Heidi Troi

BEWÄHRUNGSPROBE

Heidi Troi

BEWÄHRUNGS-PROBE

Lorenz Lovis ermittelt
Ein Brixen-Krimi

FSC
www.fsc.org
MIX
Papier aus ver-
antwortungsvollen
Quellen
FSC® C083411

1. Auflage 2021
Copyright © 2021 by Heidi Troi
Copyright © Deutsche Erstausgabe 2021 Servus Verlag
bei Benevento Publishing Salzburg – München, eine Marke
der Red Bull Media House GmbH, Wals bei Salzburg
Dieses Werk wurde vermittelt durch die agentur literatur gudrun hebel, Berlin.

Medieninhaber, Verleger und Herausgeber:
Red Bull Media House GmbH
Oberst-Lepperdinger-Straße 11–15
5071 Wals bei Salzburg, Österreich

Satz: MEDIA DESIGN: RIZNER.AT
Gesetzt aus der Palatino, Courier, Bauer Bodoni
Umschlaggestaltung: b3K design, Andrea Schneider, diceindustries
Umschlagmotiv: Katya_Bogomolova / shutterstock.com (Sattel auf Holzzaun),
Andreas Strauß / Lookphotos / picturedesk.com (Hintergrundbild Weinberge)
Printed by CPI Books GmbH, Germany
ISBN 978-3-7104-0215-9

MITTWOCH

Eigentlich war es zu heiß für eine Gewalttour mit dem Rad. Auf jeden Fall war es viel zu heiß für die steile Straße, die sich der frischgebackene Bauer und Privatdetektiv Lorenz Lovis gerade den Pfeffersberg hochquälte. Es war nicht so, dass er sportliche Ambitionen hegte, aber sein alter Kübel, ein froschgrüner VW Golf, Baujahr '77 und somit gleich alt wie er, hatte vorübergehend den Geist aufgegeben. Genau zu dem Zeitpunkt, als der Perwanger es endlich geschafft hatte, alle, die ihre Pferde auf seinem Hof untergestellt hatten, zu versammeln, damit Lovis ihnen auf den Zahn fühlen konnte. Seit einem guten Monat ermittelte er nun schon am Perwanger Hof, bislang leider erfolglos. Drei Pferde waren vergiftet worden, doch sosehr er auch suchte: Er hatte noch nicht das Zipfelchen einer Spur gefunden, wo er mit seinen Ermittlungen ansetzen konnte. Keiner der Anrainer wollte etwas wissen, der Perwanger selbst beharrte stur darauf, keine Feinde zu haben, und die

Reiter und Reiterinnen waren nie da gewesen, wenn Lovis sich den Berg hinaufgemüht hatte.

Na, wenn von dir oben noch was übrig ist, kannst du sie ja endlich vernehmen, sagte er sich und versuchte, einen Schweißtropfen aus dem Auge zu blinzeln. Es gelang mehr schlecht als recht, der Schweiß brannte in seinen Augen, aber Lovis trat stur weiter in die Pedale. Wenn er jetzt anhielt, würde er sein Rad den Rest des Weges schieben müssen. Es war einfach zu steil zum Anfahren.

Er verfluchte die ungewöhnliche Maihitze, die sich schon vor dem Sommer breitmachte, dann fluchte er weiter über sein Auto, den Sommer im Allgemeinen, den Perwanger und seine Reiter, bis er endlich die schlimmste Steigung überwunden hatte und sich im Dorf befand. Auch hier hatte die Hitze alles Leben ins Innere der Häuser getrieben. Straßen und Dorfplatz waren wie ausgestorben, nur ein dünnes Rinnsal plätscherte in einen Steintrog. Etwas später erreichte Lovis den Perwanger Hof und lehnte sein Mountainbike gegen einen morschen Zaun. Doch bevor er auch nur einen Schritt in Richtung des Hauses machen konnte, ließ ihn ein schriller Schrei zusammenfahren.

»Was fällt Ihnen ein! Parken Sie das Ding da gefälligst außerhalb der Sichtweite der Tiere!« Eine Reiterin um die vierzig flatterte wie ein aufgescheuchtes Huhn auf ihn zu. Ihr langes Haar glitzerte in der Sonne wie ein blonder Wasserfall. »Die Tiere geraten in Panik!«

Sieht mir ganz danach aus, dachte Lovis spöttisch und musterte die Pferde, die mit hängendem Kopf in der Sonne dösten. Aber er sagte nichts. Besser, er verdarb es sich nicht schon vor der Befragung mit seinen potenziellen Zeugen.

»Und wo soll ich es dann hinstellen?«

»Es reicht, wenn Sie es da hinten an den Baum lehnen.« Beinahe versöhnt deutete die Reiterin zu einer Stelle ungefähr fünfzig Meter entfernt an der Straße. Die wollte ihn wohl auf den Arm nehmen? Doch Lovis war zu erschöpft zum Streiten. Reg dich nicht auf, dachte er und schob sein Fahrrad zu dem Baum.

Zurück am Hof empfing ihn lautes Stimmengewirr.

»… vergreifen Sie sich nicht ständig an meinen Sachen!«, keifte die blonde Frau, die Lovis so einen reizenden Empfang bereitet hatte, gerade einen gutaussehenden Mittdreißiger an. Hysterisches Geschrei versetzte Pferde offenbar nicht in Panik. »Besorgen Sie sich eine eigene Gerte! Wie oft soll ich das noch sagen?«

»Ich würde ja dafür bezahlen«, entgegnete der Mann und setzte ein zweideutiges Augenzwinkern nach. »Genauso wie ich auch für … weißt schon …«

Die Dame zeigte sich immun gegen seinen Charme. »Und auch dazu sage ich Ihnen zum hundertsten Mal: Das steht nicht zur Diskussion.«

»Dann versuche ich es morgen wieder.«

»Und ich werde morgen wieder Nein sagen.«

»Jasmin, du weißt doch, dass ich am Ende immer kriege, was ich will.«

Die Blonde gab ein empörtes Fauchen von sich. »Seit wann sind wir hier per Du?«

»Auf dem Perwanger Hof sind wir alle per Du«, kam da eine gemütliche Stimme vom Hauseingang. Es war der Bauer selbst. »Worum geht's denn bei euch zweien schon wieder?«

»Er hat meine Gerte genommen!«

Der Perwanger sah von der Dame zu dem Mittdreißiger, schüttelte den Kopf und meinte: »Wisst ihr, wie ich mir vorkomme? Wie im Kindergarten.« Die Blonde schnappte empört nach Luft, aber der Bauer scherte sich nicht darum. »Obereggerin, du tust deine Sachen ab jetzt ins ehemalige Giftkammerle, und du, Liam, hast da drin nichts mehr zu suchen.« Dann sah er zu Lovis und tat so, als bemerke er ihn erst jetzt. »Und hier ist auch schon der Privatdetektiv, von dem ich euch erzählt habe. Ihr wisst, worum es geht. Lasst mich nur ein paar Worte mit ihm wechseln, dann überlass ich ihn euch. Lovis?«

Der nickte und folgte dem Perwanger Rudi in eine kleine fensterlose Kammer, die mit einer hölzernen Sitzecke und einer schmalen Küchenzeile recht gemütlich eingerichtet war.

»Welcher ist es?«, fragte Lovis. Rudi hatte ihm schon im Voraus erzählt, dass er einen der Reiter besonders im Verdacht hatte, mit den Pferdemorden in Verbindung zu stehen.

»Der eine, der grad mit der Obereggerin die Auseinandersetzung gehabt hat. Liam Verginer heißt er.« Rudi kratzte sich hinterm Ohr. »Horch, Lovis. Ich will da niemanden anschwärzen. Es ist nur so, dass halt immer die Pferde vergiftet worden sind, die in der Box neben seinem untergebracht waren. Immer die neuen …«

»Kann auch Zufall sein«, meinte Lovis.

»Eben«, gab der Perwanger unbehaglich zu.

»Ich schau ihn mir an«, versprach Lovis. »Seit wann ist er bei dir?«

»Seit zwei Monaten erst.«

»Und die Pferdemorde …«

»Haben irgendwann danach begonnen.«

Das konnte ebenfalls nur ein Zufall sein. »Ich nehm ihn mir vor«, versprach Lovis noch einmal.

Der Bauer druckste herum. »Ich möchte nicht, dass er das Gefühl hat … also, dass er draufkommt …«

Lovis verstand. Der Perwanger wollte den Frieden auf dem Hof wahren. »Ich mach das schon so, dass niemand was merkt.« Und in Gedanken fügte er hinzu: Hoffentlich gelingt mir das auch.

»Also. Fragen Sie.« Die Blonde war zuerst an der Reihe und schlug sich ungeduldig mit der Gerte gegen ihre Stiefel.

»Wollen Sie sich nicht setzen?« Lovis deutete auf den freien Stuhl, doch sie schüttelte sofort den Kopf.

»So lange wird das doch hoffentlich nicht dauern.«

Lovis atmete durch und mahnte sich zur Geduld. »Ihr Name ist Oberegger?«

»Jasmin Oberegger.«

»Seit wann sind Sie hier auf dem Perwanger Hof?«

»Mein Pferd steht seit zwei Monaten hier. Seit März. Semira. Vorher waren wir in … – das tut nichts zur Sache. Ist nicht leicht, einen Reiterhof zu finden, auf dem alles passt.«

»Alles? Was heißt das?«

»Na, Boxen für die Pferde, die groß genug sind. Ein Auslauf, ein Reitplatz, eine Weide für die Offenhaltung, autofreie Wege in Reichweite, keine Wanderwege mit verrückten Radfahrern, die die Tiere erschrecken …« Beim letzten Punkt warf sie ihm einen unmissverständlichen Blick zu.

»Und hier passt alles?«

»Na ja, die anderen Reiter kann man sich nicht aussuchen. Der Bauer ist auch … ich will nicht sagen einfältig, aber wie viel er von Pferden versteht, weiß ich nicht.« Die Reiterin verzog abfällig das Gesicht.

Auch wenn er den Perwanger erst seit Kurzem kannte, schätzte Lovis ihn doch als kompetenten Landwirt ein und ärgerte sich über die abwertenden Worte der Dame. Aber wieder verbiss er sich einen Kommentar und fragte stattdessen: »Haben Sie Probleme mit anderen Reitern?«

Sie lachte auf. »Probleme! Jeder hier glaubt, die Weisheit mit Löffeln gefressen zu haben. Dabei reiten die allesamt einen grottenschlechten Stil, verderben ihre Pferde … Es wären schon ein paar Tiere mit Potenzial darunter, aber mit einem schlechten Reiter … Und ein paar von denen wissen einfach nicht zwischen ihrem Eigentum und dem anderer Leute zu unterscheiden. Das haben Sie ja mitgekriegt.« Sie stieß wütend die Luft aus.

»Wie ist Ihr Verhältnis zu diesem Herrn, mit dem Sie die Auseinandersetzung vorhin hatten?«

»Abgesehen davon, dass er ständig meine Reitutensilien nimmt? Er ist etwas … aufdringlich.«

Lovis sah sie fragend an, doch sie wischte das Thema mit einer ungeduldigen Handbewegung weg. Auch gut, dachte er und machte mit seiner Befragung weiter. »Kennen Sie einige der anderen Reiter besser?«

»Nein und ich habe auch nicht den Wunsch, irgendwen hier besser kennenzulernen. Ich stehe Todesängste um meine Semira aus und würde lieber heute als morgen auf einen anderen Hof umziehen – wenn ich nur einen wüsste. Sie kennen nicht zufällig einen Reiterhof irgendwo in der Nähe von Brixen?«

»Ähm …«, Lovis druckste herum. Sollte er der Dame sagen, dass er selbst Stellplätze für Pferde auf dem Messner Hof vermietete? Seit ein paar Wochen bemühten sie sich darum, Reiter zu finden, aber weder Inserate noch Angelikas Kontakte hatten bislang zu Anfragen für die neuen Boxenplätze geführt. Angelika, seine … Freundin? Wirtschafterin? Jugendliebe? Er hatte keine Ahnung, wie er das, was sie für ihn bedeutete, bezeichnen konnte … Sie hatte jedenfalls sogar in der Stadt Flugzettel verteilt. Lovis seufzte bei dem Gedanken, dass der Reitplatz, in den sein Knecht Paul so viel Energie gesteckt hatte, noch immer verlassen dalag. Auch dieses vielversprechende Projekt, Geld für den völlig verschuldeten Hof zu erwirtschaften, erwies sich mehr und mehr als Sackgasse. Vor Lovis' innerem Auge leuchteten rote Zahlen auf. Seit er den Hof von seinem verstorbenen Onkel übernommen hatte, waren immer neue Außenstände aufgetaucht. Onkel Sebastian hatte bei allen möglichen Menschen Schulden gehabt, und die hatte er Lovis samt dem Hof überlassen. Endlich eine Mieterin für eine der Boxen zu haben, wäre eine Erleichterung. Andererseits: Wollte er wirklich, dass so eine streitbare Dame mit ihrem Pferd auf dem Messner Hof einzog?

»Es wäre mir sogar egal, wenn ich noch einen Funfziger drauflegen müsste. Hier rechne ich mittlerweile jeden Tag damit, dass meine Semira mit Schaum vor dem Mund auf der Weide liegt.«

Lovis rang mit sich. Er konnte doch nicht die Misere seines Auftraggebers ausnutzen und ihm die Kunden wegnehmen. Oder doch?

»Wie viel bezahlen Sie denn dem Perwanger?«

»Dreihundertfünfzig Euro plus Spezialfutter.«

Lovis riss die Augen auf. Das war eine ordentliche Summe als zusätzliches Einkommen, und die Dame wäre sogar bereit, noch einen Fünfziger draufzulegen. Seine Hemmschwelle bröselte, und schließlich gab er sich einen Schubs. »Es hat sich noch nicht herumgesprochen, aber … ich habe ein paar freie Stellplätze auf meinem Hof. Einen Reitplatz habe ich auch. Eine Weide sowieso … Also, wenn Sie es sich einmal anschauen wollen?« Er schob ihr über den Tisch seine Visitenkarte zu.

Als sie einen Blick darauf warf, verengten sich ihre Augen für einen kleinen Moment. »Messner Hof? Da haben Sie jetzt einen Reitplatz? Der muss aber wirklich sehr neu sein.«

»Einen Monat alt«, bestätigte Lovis.

Die Dame zögerte kurz, dann nickte sie. »Na gut. Ich schau's mir mal an. Haben Sie noch weitere Fragen?« Lovis schüttelte den Kopf. »Dann starte ich jetzt talwärts. Wir sehen uns, Herr Lovis.«

Wieder warf sie ihre Haare zurück und verschwand durch die Tür in den Stall hinaus. Er blieb mit seinem schlechten Gewissen zurück.

Das war jetzt so was von unprofessionell von dir, Lovis, schalt er sich selbst. Deinem Auftraggeber unter der Nase die Kunden wegzustehlen. Du solltest dich was schämen!

Das tat er, und er nahm sich fest vor, den anderen Reitern kein Sterbenswörtchen von seinen Stellplätzen zu verraten. Dieser Vorsatz kam allerdings noch ein paarmal ins Wanken, als er mit den anderen sprach. Nicht jedoch, als der Mittdreißiger, der zuvor Jasmin Oberegger zur Weißglut gebracht hatte, die Reiterkammer betrat.

»Na, Herr Privatdetektiv?« Liam Verginer grinste breit, als er das Wort Privatdetektiv mit unverhohlener Überheblichkeit aussprach. »Haben Sie Ihren Verdächtigen schon gefunden?«

Mit einem Schlag war er Lovis unsympathisch. Wie der Kerl dasaß, betont lässig mit seinem Spott im Mundwinkel und diesem Dreitagebart, der garantiert nicht aus Vernachlässigung entstanden war. Die Frauen flogen wahrscheinlich auf so einen Hollywoodverschnitt. Er ganz sicher nicht.

»Nein«, erwiderte Lovis. »Aber vielleicht finde ich ihn ja jetzt, Herr … Verginer, nicht wahr?«

Der Schönling schnaubte amüsiert. »Da bin ich doch auf Ihre Beweisführung gespannt.« Er beugte sich über den Tisch. »Hat die Obereggerin mich angeschwärzt?«

»Hätte sie einen Grund dazu?«

»Fragen Sie mich doch, ob ich sie für verdächtig halte?«

»Tun Sie's denn?« Lovis lehnte sich abwartend zurück.

»Immerhin hatte sie mit jedem hier Streit.«

»Sie hat Ähnliches von Ihnen behauptet«, gab Lovis zurück.

»Diese Schlange.« Sein amüsiertes Grinsen entblößte eine Reihe blendend weißer Zähne.

Viel zu viele für einen einzigen Mund, dachte Lovis. »Was für ein Verhältnis haben Sie zu den Reitern, deren Pferde vergiftet worden sind?«

»Welches Verhältnis?« Liam verschränkte die Arme. »Gar keins. Die hatten ihre Pferde hier untergestellt, die Tiere sind verendet, die Reiter nicht mehr aufgetaucht.« Er beugte sich vor. »Ich weiß, dass der Perwanger Sie auf mich angesetzt hat, aber ich verrate Ihnen mal was: Es ist Zufall, dass ausgerechnet immer die Viecher in der Box neben meinem Gonzo verendet sind. Reiner Zufall. Ich habe damit nichts zu schaffen.«

Als Lovis nach einer guten Viertelstunde die Befragung abgeschlossen hatte, ohne zu einem zufriedenstellenden Ergebnis gekommen zu sein, trat der Perwanger Rudi noch einmal in die Reiterkammer. »Und?«

Lovis zuckte mit den Schultern.

Der Bauer brummte. »Ich hab eh nicht gedacht, dass was dabei rauskommt. Die Reiter sind alle so pferdefanatisch. Bevor die einem der Tiere was antun, bringen sie lieber den Reiter um.«

Lovis dachte an Angelika, die eine absolute Pferdenärrin und genauso gestrickt war. »Das glaub ich dir sofort. Aber deine Nachbarn wirken auch nicht so, als würden sie dir was Böses wollen.« Die hatten Lovis gegenüber allesamt ihre gute Beziehung zum Perwanger betont, einer hatte sogar selbst ein Pferd hier untergestellt.

»Das ist ja das Vertrackte an der ganzen Geschichte«, meinte der Rudi. »Deswegen hab ich dich auch angeheuert. Wenn's so einfach wär, tät ich das sonst selber rauskriegen.«

»Na ja, ob der Mörder unter deinen Reitern zu finden ist oder nicht: Wenn ich sie mir so anschaue, scheinen die mir alle ganz schön kompliziert«, meinte Lovis.

»Die meisten sind in Ordnung, aber ein paar … Kannst froh sein, dass du dich mit denen nicht rumschlagen musst«, lachte der Rudi und klopfte ihm zum Abschied auf die Schulter.

Mit etwas Unbehagen dachte Lovis daran, dass sich das vielleicht bald ändern würde.

DONNERSTAG

EINE WOCHE VOR PFINGSTEN

Lorenz Lovis saß mit seinem zweiten Frühstückskaffee auf dem Söller seines Hofes und genoss die Morgensonne. Aus dem Hühnergehege kam zufriedenes Gurren, der kleine Bach, der sein Grundstück von der Schmiedhofer-Wiese trennte, gurgelte fröhlich vor sich hin. Eine Bauernhofidylle wie aus dem Bilderbuch. Der Himmel über dem Brixner Talkessel tat sein Übriges dazu und erstrahlte in frühsommerlichem Blau, davor hob sich der Gipfel des Radlsees grün ab, die letzten Schneeflecken waren geschmolzen, und Lovis hatte das Gefühl, losstürmen und in die Höhe wandern zu müssen. Sehnsüchtig dachte er an den Duft der Zirben, an die Weite auf den Bergen, da störte Angelika seine Ruhe. »Da bist du also. Und du bist unbeschäftigt. Gut, dann kannst du dich ja endlich mal um das hier kümmern. Und danach bringst du das Zeug so schnell wie möglich zur Steuerberaterin. Am besten noch heute.«

Auf dem Tisch neben ihm landete eine dicke Mappe mit Papieren. Ohne hinzusehen, wusste Lovis, was das für Papiere waren. Zettel! Zettel! Nichts als Zettel! Ein Lied, das in Lovis' Jugend groß in Mode gewesen war, kam ihm in den Sinn. Der Südtiroler Liedermacher Sepp Messner Windschnur hatte damit die Bürokratie auf den Arm genommen. Das Lied war zwar schon älter, aber der Büroschimmel wieherte unvermindert weiter.

»Erde an Lovis!« Angelikas Stimme riss ihn aus seinen Erinnerungen. »Wollen wir's heute angehen, Lollo? Endlich? Nach sechs Wochen?« Sie richtete den Blick aus ihren grünbraunen Augen auf ihn, und er war sofort bereit, alles zu tun, was sie von ihm verlangte. Auch wenn seine Lust sich in Grenzen hielt. Besser gesagt, nicht vorhanden war. Aber er wusste, dass es allerhöchste Zeit war.

Er seufzte. »Ja, gehen wir's an.«

Dann nahm er die Füße von der Brüstung, und während er sich dem verhassten Papierkram zuwandte, sang er leise den Refrain des Liedes vor sich hin: »Zettel, Zettel …«

Es waren viele Zettel, die zu sichten waren. Onkel Sebastian hatte zum Schluss alles schleifen lassen. Und er selbst hatte sich bis jetzt auch nicht darum gerissen, das Chaos zu ordnen. Das Ergebnis waren verpasste Termine für wichtige Ansuchen, Mahnungen wegen unbezahlter Rechnungen … Da war ganz schön viel zusammengekommen, und täglich flatterten neue, immer ungeduldiger formulierte Schreiben ins Haus. Es war höchste Zeit, sich dieses Papierkrams anzunehmen.

Der einzige Trost war, dass Angelika sich bereit erklärt hatte, diese Sisyphusarbeit mit ihm zusammen zu erledigen. Aus den Augenwinkeln musterte er sie. Ihre konzentrierte Miene, ihr sonnengebräuntes Dekolleté, das T-Shirt mit dem Aufdruck

REITEN IST DIE
ANTWORT
WEN INTERESSIERT,
WAS DIE FRAGE WAR?

Nicht zum ersten Mal fragte er sich, ob die Sprüche auf Angelikas T-Shirts Zufall waren oder geheime Botschaften. Denn seit Wochen schon trug er eine Frage mit sich herum – seit jenem besonderen Moment, in dem sie sich beinahe geküsst hätten. Dieser eine knisternde Augenblick hatte ihm bewiesen, dass zwischen ihnen beiden mehr sein könnte als nur Freundschaft. Doch anstatt dass sich ihre Beziehung danach vertieft hätte, war Angelika wieder zu ihrem üblichen flapsigen Ton zurückgekehrt und Lovis zu seinen Zweifeln. Hatte er da etwas missverstanden? Es war mehr als fraglich, ob so eine wunderbare Frau wie Angelika überhaupt etwas mit dem ewigen Zauderer, der er war, anfangen konnte. Und doch drängte ihn die Frage. Aber wie sollte er es angehen? Er konnte ja schlecht wie ein Mittelschüler fragen, ob sie mit ihm gehen wollte … Unwillkürlich entkam Lovis ein tiefer Seufzer, und er erntete prompt einen amüsierten Blick von seiner Angebeteten. In ihren Wangen erschienen die Grübchen, die er so liebte.

»Weltschmerz, Lollo?«, stichelte sie.

Wenn du wüsstest, dachte er und verzog sein Gesicht zu einem gequälten Grinsen. »Nein. Nur allergisch gegen Rechnungen.«

»Wer ist das nicht?« Angelika lächelte wieder und legte ihm die Hand auf den Arm. Sofort schlug sein Herz schneller. »Nicht lang darüber nachdenken, Lollo. Wir ziehen das jetzt einfach durch.« Sie versetzte ihm einen Klaps und legte ihm das nächste Dokument vor. »Das gehört in die Mappe mit den Steuerunterlagen.«

Seufzend gehorchte Lovis, blendete das Knistern zwischen ihnen aus und legte das Dokument ab. So arbeiteten sie eine Weile nebeneinander, die frühsommerliche Stille nur unterbrochen durch kurze Anweisungen oder Fragen. Als der Stapel an unbearbeiteten Dokumenten endlich überschaubarer wurde, näherte sich ein Motorengeräusch dem Messner Hof.

»Erwarten wir Besuch?«, fragte ihn Angelika und sah mit gerunzelter Stirn von dem Dokument hoch, das sie gerade studierte.

Lovis nahm die Ablenkung dankend an und stand auf, um zu kontrollieren, wer da kam. Sportlicher, als es die vielen Schlaglöcher eigentlich erlaubten, rumpelte ein rotes Cabrio den Feldweg herauf. Auch Angelika stand auf und sah zusammen mit ihm dem roten Flitzer entgegen. Der hatte jetzt den Messner Hof erreicht, holte schwungvoll aus und parkte zwischen zwei Apfelbaumreihen – was unmittelbar Paul auf den Plan rief. Mit vorgerecktem Kinn schoss der Knecht des Messner Hofs aus dem Stall und auf den Wagen zu. Kaum hatte sich die Autotür geöffnet, blaffte er schon los: »Hier können Sie nicht parken!«

Lovis wunderte sich über den harschen Ton. Normalerweise legte Paul gegenüber Besuchern, die ihr Auto in die Apfelbaumreihen parkten, eine Engelsgeduld an den Tag. Hatte er heute schlechte Laune?

Unbeeindruckt stieg eine Dame aus dem Wagen. An der Art, wie sie die langen blonden Haare zurückwarf, erkannte Lovis sie sofort. Es war Jasmin Oberegger, die Reiterin vom Perwanger Hof, die so verzweifelt auf der Suche nach einem anderen Platz für ihre Fuchsstute war.

Hatte sie sich tatsächlich dazu entschlossen, ihr Pferd auf dem Messner Hof unterzustellen? Lovis wusste nicht, ob er sich freuen oder seine Voreiligkeit bereuen sollte. Die Dame war sicher keine pflegeleichte Kundin, und wenn sie schon dem Perwanger seine Kompetenz absprach, was würde sie dann erst von ihm sagen? Auch sein schlechtes Gewissen gegenüber dem Rudi meldete sich, doch die Aussicht auf das Zusatzeinkommen brachte es schnell wieder zum Schweigen.

»Heilige Maria … die Obereggerin«, stieß Angelika hervor und pfiff leise durch die Zähne. Lovis sah sie verwundert an. Kannte sie die Frau? Doch bevor er fragen konnte, stieß sie ihm in die Seite. »Los, Lollo, schau, dass du die beiden auseinanderbringst. Sonst fließt da unten früher oder später Blut.«

»Blut?« Lovis verstand nur Bahnhof.

»Geh dazwischen! Los, komm in die Gänge!« Angelika sah besorgt zu dem streitenden Paar, und Lovis verstand. Paul, der sonst die Ruhe in Person war, hielt die Mistgabel so fest umklammert, dass seine Fingerknöchel weiß hervorstachen.

»Frau Oberegger!«, rief er darum freudiger, als ihm zumute war, und hatte Glück. Die beiden Streithähne wandten sich zu ihm um.

Über Jasmin Obereggers wutverzerrte Grimasse legte sich im Bruchteil einer Sekunde ein gewinnendes Lächeln. »Herr Lovis! Endlich! Ich bin wegen der Boxenplätze da, von denen Sie mir erzählt haben. Kann ich die besichtigen? Wenn es hier auch nur halbwegs anehmbar ist …«, sie warf einen giftigen Blick in Richtung Paul, »ziehe ich mit meiner Semira heute noch um. Wollen Sie mir alles ein bisschen zeigen?« Ihre Stimme klang zuckersüß.

»Aber gern«, sagte Lovis. Aus dem Augenwinkel nahm er Pauls abwehrende Armbewegungen wahr, doch er ignorierte sie geflissentlich. Das Geld war bitter nötig. »Kommen Sie«, sagte er freundlich und wies ihr den Weg zum Stall. Er würde ihr das Pferdeleben auf dem Messner Hof in den schillerndsten Farben ausmalen.

Das T-Shirt klebte an seiner Haut, als Lovis kurz nach Mittag seinen endlich wieder fahrtüchtigen Kübel vor dem Hotel Grüner Baum abstellte. Kaum ein anderes Auto stand auf dem sonst umkämpften kleinen Parkplatz, und es war kein Wunder. Bei Temperaturen von über dreißig Grad im Schatten setzte kein Mensch freiwillig einen Fuß in die stickige Altstadt, und auch er selbst bereute es, seinen Gang zum Wirtschaftsbüro nicht bereits am Morgen oder wenigstens am frühen Vormittag in Angriff genommen zu haben. Auf der Adlerbrücke warf Lovis einen kurzen Blick in den Eisack, der müde dahinfloss, als wäre es selbst dem Wasser zu heiß, und tauchte dankbar in den Schatten der dahinterliegenden Adlerbrückengasse. Ein Pärchen saß über einem Glas Hugo in einem der völlig überteuerten Cafés und folgte Lovis matt mit den Blicken, bis er gleich nach dem Pharmaziemuseum in die Laubenbögen verschwand. Aufmerksam ließ er seinen Blick über die Schaufensterauslagen wandern. Die Brixner Altstadt war wunderschön, doch hatten es die Stadtväter verpasst, ihre urtümliche Atmosphäre zu erhalten. Überhöhte Mieten hatten dafür gesorgt, dass ein althergebrachter Betrieb nach dem anderen verschwand und dafür Ketten Platz machte, die man überall auf der Welt finden konnte. Dazwischen gut verteilt Gastronomiebetriebe, die allesamt auf einen gut bestückten Geldbeutel ausgerichtet waren. Ein Ofenkartöffelchen mit zwei Schnittlauchröllchen und einem Löffelchen Quark wurde unter einem wohlklingenden Decknamen, gespickt mit etwas »heimisch« und »Alm« zu einem Gourmetgericht, das entsprechend kostete. Und das Geschäft boomte. Zum Leidwesen der Einheimischen, die in der Hochsaison die Altstadt mieden, wo es ging.

Endlich stand Lovis vor dem Stadthaus, das in einem der Obergeschosse Onkel Sebastians Wirtschaftsberater Dr. Höllrigl beherbergte. »Frag nach Inge Braunhofer«, hatte Angelika ihm geraten. »Die hat die Steuererklärungen vom Waschtl im Blick, und wenn wir was vergessen haben sollten, wird sie es merken.«

Ein paar Steinstufen führten zu einer uralten Holztür, die nicht ganz in den gemauerten Türrahmen passte. Als Lovis die handgeschmiedete Türklinke hinunterdrückte, schwang sie mit einem leisen Quietschen auf und gab den Blick frei auf das typische Innere der mittelalterlichen Stadthäuser: ein unebener mit Steinfliesen ausgelegter Flur, der zu einem Lichthof führte. An der weiß getünchten Wand hingen zwei Schilder, die ihm den Weg über eine Steintreppe nach oben wiesen: Wirtschaftsbüro Höllrigl, 1. Stock.

Lovis war dankbar für die Kühle, die ihn im Inneren des Hauses umfing. Aus eigener Erfahrung wusste er jedoch, dass diese Kühle abnahm, je höher man stieg. Er selbst hatte lange Zeit keine zwanzig Meter entfernt in einer Dachwohnung in der Brixner Altstadt gewohnt, im Winter gefroren und im Sommer unter der drückenden Hitze gelitten, die sich unter den alten Dachsparren staute.

Und jetzt hast du einen Hof und einen Wirtschaftsberater, und es ist höchste Zeit, dass du dich um deine Finanzen kümmerst, sagte er sich und stieg die Treppe empor.

»Ich bräuchte Frau Braunhofer«, erklärte er der Empfangsdame, die den Schreibtisch hinter einer Theke beherrschte.

»Ja, die bräuchte ich auch.« Genervt blies sie eine Haarsträhne aus dem Gesicht, die sich aus ihrem strengen Pferdeschwanz gelöst hatte. »Aber ist sie da? Nein, ist sie nicht. Legen Sie Ihre Unterlagen hierher, dann wird sie sich drum kümmern, wenn sie zufällig mal wieder im Büro vorbeischaut.« Die füllige Braunhaarige wies auf einen Stapel, der sich am linken Ende des Tresens auftürmte.

Lovis betrachtete den Turm an Steuerunterlagen skeptisch. »Wann kommt sie denn wieder?«

»Das weiß der liebe Himmel.« Die Dame seufzte. »Eins ihrer Kinder ist krank. Wieder einmal. Ich frage Sie: Können Kinder wirklich so oft krank sein?« Sie warf ihm einen frustrierten Blick zu, erwartete sich aber wohl keine Antwort, denn sie fuhr direkt fort: »Und das in der Zeit! Sie haben keine Ahnung, wie wir in Arbeit ertrinken. Und die Inge ist im Homeoffice, während die Unterlagen ihrer Klienten sich hier stapeln. Sie sehen ja selbst.«

Lovis sah. Er zögerte. »Wäre Ihnen geholfen, wenn ich ihr die Unterlagen bringe? Ich hab gehört, dass sie bei uns im Dorf wohnt.«

Die Dame sah ihn hoffnungsvoll an. »Das würden Sie tun?«

»Wieso nicht?« Lovis zuckte die Schultern. »Liegt auf dem Weg.«

Frau Braunhofer wohnte in der Neubausiedlung im Dorf, und plötzlich verstand Lovis, warum es seinem Onkel Sebastian so wichtig gewesen war, dass gerade sie seine Steuererklärung bearbeitete. Ihm war es schon immer um die Stärkung der Dorfgemeinschaft gegangen. Indem er Frau Braunhofer mit der Bearbeitung seiner Steuererklärung betraute, ermöglichte er ihr den Kontakt mit den Alteingesessenen – und sich selbst mit den Neuen im Dorf.

Sebastian, du Fuchs, dachte Lovis und parkte seinen Kübel im Schatten hinter der Kirche. Dann hievte er den Karton hoch, packte seine eigenen Steuerunterlagen obendrauf und machte sich auf die Suche nach der Adresse, die ihm die Empfangsdame angegeben hatte. Ein von Kinderhand gefertigtes Türschild wies darauf hin, dass hier die Familie Schiener mit Papa, Mama, Jakob und Flo wohnte, und unter der Klingel stand Schiener/Braunhofer. Lovis war richtig.

»Was wollen Sie?« Die Frau, die ihm öffnete, war ihm völlig unbekannt. Kein Wunder, er war selbst lange Jahre nicht im Dorf gewesen und kannte nur noch ein paar wenige Einheimische von früher, als er als Jugendlicher bei Onkel Sebastian ein paar Jahre auf dem Hof gewohnt hatte. Dazu kam, dass die Bewohner der

Neubausiedlung, die aufgrund der erschwinglicheren Grundstückpreise hier gebaut hatten, fast alle Zugezogene waren. Die alteingesessenen Dorfbewohner hatten anfangs große Hoffnungen in die neuen Mitbürger gesetzt. Doch sie schrieben ihre Kinder weiterhin in der Stadtschule ein, betraten das kleine Lebensmittelgeschäft im Dorf so gut wie nie und zeigten auch sonst wenig Interesse, sich ins Dorfleben einzubringen. Außer einem erhöhten Verkehrsaufkommen hatte sich hier mit dem Zuzug der »Zuagroastn« leider nichts verändert.

»Ich bin Lorenz Lovis, der Neffe vom Waschtl. Im Büro haben sie mir gesagt, dass Sie zurzeit im Homeoffice arbeiten, und da hab ich mir gedacht …« Verlegen sah er auf den Karton voller Steuerunterlagen, den er vor seiner Brust trug.

Sie seufzte. Dann trat sie einen Schritt zurück. »Kommen Sie rein.«

Lovis betrat die Wohnung und folgte ihr in ein helles Wohnzimmer. Großzügige Fenster gaben den Blick auf eine Grünfläche frei, in deren Mitte ein Fußball einsam herumlag. Auf der Couch lag ein schlafender Junge mit hochrotem Gesicht. Frau Braunhofer deutete stumm auf ihn und schnitt eine Grimasse, die wohl so was wie »Da haben Sie den Beweis« bedeutete, dann wies sie Lovis einen Platz am Esstisch. »Zeigen Sie mal her, was Sie da haben«, flüsterte sie.

Vorsichtig, um kein unnötiges Geräusch zu verursachen, stellte Lovis den Karton ab. »Das hat man mir im Büro mitgegeben«, sagte er, »und das hier sind meine Unterlagen. Ich blicke noch nicht ganz durch, was die Finanzen meines Onkels angeht. Daher war es mir wichtig, dass Sie das übernehmen. Meine … also, man hat mir gesagt, Sie haben da am ehesten den Überblick.«

Zum ersten Mal, seit er hier war, lächelte sie. »So, sagt man das?« Sie griff nach Lovis' Päckchen. »Wie auch immer … Danke, dass Sie mir das Zeug gebracht haben. Ich will schauen, was sich machen lässt. Aber Sie sehen ja selbst, dass die Krankheit meines Jungen nicht erfunden ist …« Nach einem kurzen Blick zu ihrem Sohn wandte sie sich wieder an Lovis. Sie sah müde aus, resigniert. Die Pflege ihres Sohnes machte ihr offensichtlich zu schaffen, und bei Lovis regte sich Mitgefühl. »Es hat keine Eile. Sind ja noch zwei Wochen.«

Doch sie schüttelte den Kopf. »Ich werde gleich mit Ihrer Steuererklärung beginnen. Als kleines Dankeschön.« Sie erhob sich. »Ich melde mich, wenn ich so weit bin oder wenn was fehlen sollte.«

Lovis verstand den höflichen Rauswurf. Er wollte sich soeben verabschieden, als sich an der Haustür ein Schlüssel im Schloss drehte und ein Herr in Anzug und Krawatte den Flur betrat. Eine Duftwolke nach einem scharfen Rasierwasser schwappte mit der Hitze von draußen herein und verursachte Übelkeit bei Lovis. Ein kurzer Blick zu Frau Braunhofer sagte ihm, dass es ihr ähnlich erging.

»Schatz?«, fragte der Herr, bei dem es sich offensichtlich um Frau Braunhofers Ehemann handelte, mit einem leisen Vorwurf in der Stimme und sah von Lovis zu ihr.

Ihr Gesicht bewölkte sich. »Mein Mann«, erklärte sie Richtung Lovis, der sich beeilte, sich selbst vorzustellen, als sie das nicht tat. Schiener nickte ihm kühl zu.

»Auf Wiedersehen, dann«, sagte Lovis.

»Ich rufe Sie an, wenn ich Fragen habe«, entgegnete Frau Braunhofer, ließ dabei jedoch ihren Ehemann nicht aus den Augen. Und Lovis sah zu, dass er Land gewann.

»Habe die Ehre, der Carabiniere!« Schorsch, der Wirt der Dorfkneipe, warf sich das Geschirrtuch über die Schulter und grinste Lovis aufgeräumt entgegen. Die beiden waren seit Jugendtagen miteinander befreundet.

Lovis grinste matt zurück. »Für deine Witze ist es mir heut zu heiß, Schorsch. Fast dreißig Grad im Schatten.«

»Wenn ich Carabiniere wäre, würd ich jetzt sagen: Was gehst du auch in den Schatten?«, Schorsch feixte. Er schien sich wohl auf Lovis' Besuche vorzubereiten, denn er hatte immer einen passenden Carabinieri-Witz auf Lager, wenn sein Freund die Kneipe betrat. Lovis, der bis vor Kurzem bei der italienischen Staatspolizei gewesen war – was einen kleinen, aber feinen Unterschied zu den Carabinieri ausmachte –, hatte es längst aufgegeben, mit den Zielscheiben des italienischen Spottes in einen Topf geworfen zu werden. Matt winkte er ab. Schorsch grinste und fuhr fort: »Aber weil du bei mir bist, frag ich dich, ob du vielleicht auf der Suche nach einem kühlen Blonden bist?«

»Ich hab genug von kühlen Blonden«, seufzte Lovis in Erinnerung an seine neue Mieterin, die ihn direkt nach seiner Rückkehr von der Steuerberaterin mit ihren Fragen und Kommentaren auf Trab gehalten hatte. Die Besichtigung am Morgen hatte ihr zugesagt, und sie hatte umgehend ihre Semira auf den Messner Hof gebracht. Auf die meisten ihrer Fragen hatte er keine Antwort gehabt, aber weder Paul noch Angelika hatten sich blicken lassen. »Hab eine neue Reiterin. Du wirst sie eh kennen. Jasmin Oberegger. Angelika sagt, sie ist aus dem Dorf?«

Schorsch pfiff durch die Zähne. »Da hast du dir eine feine Laus in den Pelz gesetzt. Habt ihr gehört, Mander? Die Obereggerin ist auf dem Messner Hof eingezogen.«

Die Männer, die sich wie immer am späten Nachmittag am Stammtisch zum Kartenspielen getroffen hatten, stöhnten.

»Wenn's irgendwo eine Stolperfalle gibt, kugelst du drüber, Lovis«, sagte Gunsch teilnahmsvoll. »Hättest uns mal vorher gefragt, ob das gescheit ist.«

Lovis runzelte die Stirn. Da schien er mit seiner Einschätzung dieser Dame grade ins Schwarze getroffen zu haben. Konnte er die Entscheidung noch rückgängig machen? Nein, Lorenz, rügte er sich selbst. Da musst du jetzt durch. Denk an das Geld. So schlimm wird sie schon nicht sein.

»Werd ich grad euch jedes Mal um eure Meinung fragen, wenn ich mir einen Reiter auf den Hof hole.«

»Zumindest den Paul hättest du schon fragen können. Der hat gewiss nicht Ja gesagt zu der Obereggerin!« Karl sah Lovis tadelnd an.

Was hatte Paul eigentlich mit der Obereggerin zu tun? Er dachte an Angelikas Bemerkung und wie Paul verzweifelt mit den Armen herumgewedelt hatte. Was lief da zwischen den beiden? Doch bevor er fragen konnte, schlug die Tür auf, und Goggo betrat die Dorfkneipe. Schwitzend und sichtlich erschöpft.

»Schorsch, ein Stamperle von deinem Schwarzge-
brannten. Ich brauch heut was Stärkeres«, sagte er
gleich zur Begrüßung, dann ließ er sich auf den freien
Platz bei den anderen Stammtischgästen fallen. »Ich sag
euch, das war jetzt ein Drama! Shakespeare ist nichts
dagegen.«

»Hast du's ihr endlich gesagt«, stellte Gunsch fest.
»Wie hat sie's aufgenommen?«

»Schau mich an«, sagte Goggo und deutete auf sich.
»Ich bin um Jahrzehnte gealtert, und sie hasst mich jetzt.
Ich bin der schlechteste Vater der Welt, ein Verräter und
was weiß ich noch alles. Aber … was soll ich sagen …?«
Er sah sich in der Männerrunde um und stieß einen
Seufzer der Erleichterung aus, als er nur bestätigendes
Nicken erntete.

»Was ist denn los?«, raunte Lovis dem Wirt zu. »Hat
er sich von seiner Frau getrennt?«

Schorsch grinste. »Ob du dich von deiner Frau getrennt
hast, will der Carabiniere wissen.« Er stellte Goggo ein
gut gefülltes Schnapsglas hin.

Goggo stürzte es hinunter. »Das wär nicht halb so
dramatisch abgelaufen«, lachte er trocken auf. »Nein, ich
hab meiner Tochter klargemacht, dass …«, er seufzte,
»… ihr Ross wegmuss.« Er seufzte noch einmal. »Es tut
mir ja auch leid, aber es geht einfach nicht mehr. Miriam
studiert und kümmert sich nicht mehr drum. Das arme
Vieh steht tagein, tagaus hinter unserem Haus auf der
kleinen Koppel und trauert vor sich hin. Es muss zum
Abdecker.«

Die anderen Männer nickten wieder verständnisvoll.

»Geh, wieso musst du den Gaul gleich zum Abdecker
bringen?«, meldete sich Schorsch zu Wort.

»Na ja, Shanty ist ein siebenundzwanzig Jahre altes Pony, seit gut zwei Jahren wird sie nicht mehr geritten. Die bekommen wir nicht mehr verkauft, die taugt nur noch für die Würste.«

»Das denke ich nicht«, meinte Schorsch. Er warf Lovis einen bedeutungsvollen Blick zu, und der verstand auf Anhieb.

»Stimmt«, sagte er. »Sie taugt vielleicht noch für unsere Gästekinder. Die Angelika liegt mir ständig in den Ohren, dass wir ein Pony anschaffen sollen. Da wäre deine Shanty doch ideal.« Noch während er das sagte, spielten sich vor seinem inneren Auge Bilder in schneller Abfolge ab. Angelikas Freude über seine Investition, sie beide auf dem Rücken ihrer Pferde, wie sie in den Sonnenuntergang ritten …

»Du würdest sie nehmen?«, fragte Goggo in seine Gedanken hinein. Ein Hoffnungsschimmer zeichnete sich auf seinem Gesicht ab. »Einen Gaul, der fast dreißig Jahre alt ist?«

Lovis nickte. »Klar. Ich kann ja nicht verantworten, dass deine Miriam dich hasst.«

»Danke dir, Lovis«, meinte Goggo. »Du bist ein Freund. Ich hoffe nur, du sprichst noch mit mir, wenn du gesehen hast, was für ein stures Vich unsere Shanty ist.«

Da hast du dir ja was Nettes eingebrockt, dachte Lovis. Aber insgeheim war er doch ein bisschen stolz auf sich. Und er freute sich schon auf das Gesicht, das Angelika machen würde, wenn sie seine neue Errungenschaft kennenlernte.

FREITAG

Tags darauf war Lovis damit beschäftigt, die Drahtnester, die den Vorhof verschandelten, auf die Ladefläche des Traktoranhängers zu werfen, als Frau Oberegger mit geradem Rücken und tadellosem Trab in den Hof einritt. Sie hatte die Box gleich an dem kleinen Fenster für ihre Fuchsstute Semira in Beschlag genommen. Auch wenn Paul sich auf Lovis' Bitte hin der neuen Mieterin gegenüber um Höflichkeit bemühte, war die Ruhe auf dem Messner Hof spürbar dahin. Kaum war sie am Morgen angekommen, hatte sie bereits einen Grund zum Schimpfen gefunden, worauf Paul mit verkniffener Miene und gehässigen Kommentaren in den Stall davongestapft war.

Lovis bereute es jetzt schon, der Dame von seinen Stellplätzen erzählt zu haben. Aber nun war sie da, und er war entschlossen, das Beste aus der Situation zu machen. »War der Ausritt erfolgreich?«, fragte er freundlich.

»So lala …«, erwiderte sie unzufrieden, während sie ihr Bein nach hinten schwang und abstieg. »Der Pfeffersberg ist das hier natürlich nicht … Immer nur am Bach entlang wird auf Dauer ganz schön langweilig, und dann diese ganzen verrückt gewordenen Radfahrer.«

»Aber Richtung Petersköpfl hinauf ist es doch ganz schön, nicht?«, versuchte Lovis sein Dorf und dessen Umgebung zu verteidigen. »Da herrscht vollkommene Ruhe. Die Radfahrer haben eine spannendere Route, und die paar Wanderer …«

Sie unterbrach ihn. »Da kenne ich mich nicht aus. Aber Sie können mich ja mal begleiten und mir den Weg zeigen …?« Auffordernd sah sie ihn an.

Lovis zuckte verlegen die Schultern. »Ich reite selbst leider nicht.«

»Na dann …«, sagte sie. Und in diesen zwei Wörtchen lag ihre ganze Verachtung.

Sie hievte den Sattel von ihrer Fuchsstute und legte ihn über das Geländer. Dann verschwand sie kurz in der Putzkammer, um gleich darauf mit einem kleinen Koffer wiederzukehren, in dem sie ihr Putzzeug hatte. Mit liebevollen Bewegungen, wie er sie der Dame gar nicht zugetraut hätte, fuhr sie ihrer Stute über den Rücken. Dann band sie das Pferd los und führte es Richtung Koppel.

Lovis warf weiter alte Kanister, morsche Holzlatten und immer wieder rostige Drahtrollen auf die Ladefläche und bekam so erst mit, dass Paul auf der Bildfläche erschienen war, als dieser mit lautem Fluchen und rudernden Armbewegungen, begleitet von einem ohrenbetäubenden Scheppern, zu Boden ging.

»Scheiß-blöde-Kuh-verflucht-soll-sie-sein-der-Blitz-soll-sie-beim-Scheißen-treffen-dreimal-vermaledeite-Saukuh-die!« Paul rappelte sich auf, packte das Köfferchen mit den Putzutensilien und warf es in hohem Bogen auf den Misthaufen. »Ich ersäuf sie in der Jauchegrube, die dumme Kuh!«

Lovis wollte ihn beschwichtigen, da nahm er aus dem Augenwinkel eine Bewegung wahr. Er wandte den Kopf und sah Friedrich von Stadler, seinen Nachbarn und Erzfeind, auf dem Feldweg zum Weinberg stehen und mit einem schadenfrohen Grinsen den Hut ziehen. »Guten Tag«, sagte er.

»Was tun Sie da?«, blaffte Lovis ihn an. Von Stadler hatte auf seinem Grund nichts verloren. Seit er zugegeben hatte, in Lovis' Weinberg mutwillige Schäden angerichtet zu haben, verbot ihm eine richterliche Verfügung, die Liegenschaften, die zum Messner Hof gehörten, zu betreten.

»Ich bitte vielmals um Entschuldigung. Der Weg auf meiner Seite ist zurzeit nicht begehbar. Die Arbeiten zur Verlegung der Fernwärme. Sie wissen schon … Und da dachte ich …«

Natürlich wusste Lovis von den Bauarbeiten, und er hatte sich schon gefragt, ob von Stadler es wagen würde, ihn um die Durchfahrtsgenehmigung zu bitten. Aber er wollte es seinem Erzfeind nicht zu leicht machen. Immerhin hatte der vor ein paar Wochen mehrmals versucht, seinen Weinberg zu ruinieren.

»Und?«

Von Stadler wand sich. »Dürfte ich so lange diesen Weg benutzen? Ich wäre auch bereit, mich an der Instandhaltung zu beteiligen …«

Lovis und Paul wechselten einen Blick. Das war ein Angebot. Der Feldweg den Weinberg hinauf war ausgewaschen, woran von Stadler dank einer seiner fiesen

Aktionen nicht ganz unschuldig war, und hatte eine Überholung dringend nötig.

»Aber ich sehe, ich komme in einem ungünstigen Augenblick …« Wieder zog sich ein unzweideutiges Grinsen über von Stadlers Gesicht.

Bevor seine Abneigung gegen den Kerl wieder überhandnehmen konnte, nickte Lovis schnell. »Sie können den Weg benutzen. Aber, von Stadler …«, er warf seinem Widersacher einen eindringlichen Blick zu, »ich werde regelmäßig Kontrollgänge unternehmen. Und wenn irgendwo auch nur ein Schräubchen locker ist …« Lovis ließ die Drohung offen in der Luft hängen. Er meinte es ernst. Sein Nachbar war äußerst erfinderisch, was kleine Vandalenakte im Weinberg anging. Bereits zweimal, seit Lovis sein Erbe angetreten hatte, hatte der Hotelier es beinahe geschafft, ihm das Kreuz zu brechen, und das nur, weil er darauf hoffte, dass Lovis den Weinberg verkaufen würde und er sein Stück erweitern konnte.

Betont freundlich lupfte von Stadler den Hut. »Ich danke Ihnen.« Damit wandte er sich wieder um und marschierte Richtung Weinberg.

»Ob das eine gute Entscheidung war?«, stieß Lovis hervor. Paul zuckte die Schultern. »Auf jeden Fall werden wir bei der Instandhaltung des Feldwegs dieses Jahr nicht sparen müssen.«

Ein empörter Schrei ließ sie beide zum Misthaufen herumfahren, wo Jasmin Oberegger mit vor Wut fleckigem Gesicht stand. »Was haben Sie mit meinen Putzsachen getan?«

»Urlaub!«, seufzte Lovis. »Ich brauche Urlaub!« Erschöpft sank er auf seinen Platz auf dem Söller und vergrub den Kopf in seinen Händen. Der Vormittag hatte ihn geschafft. Dem empörten Aufschrei der Obereggerin, als sie ihren Putzkoffer auf dem Misthaufen entdeckt hatte, war eine lautstarke Auseinandersetzung zwischen Paul und ihr gefolgt, in der Lovis sich vorgekommen war wie ein Tennisball, der hin- und hergeschlagen wurde. Erfolglos hatte er versucht, zwischen den beiden zu vermitteln, dabei aber nur ihren vereinten Zorn auf sich gezogen. Schließlich war Paul im Stall verschwunden und Jasmin Oberegger wutschnaubend in ihr Cabrio eingestiegen und Richtung Hauptstraße davongeholpert. Die daraufhin eintretende Stille dröhnte beinahe in seinen Ohren. Doch nicht lang, denn kaum hatte Lovis seine Beine wieder auf die Brüstung gelegt, ertönte direkt vor dem Hof ein Wiehern. War eines der Pferde ausgekommen?

Schnell rannte er den Kiesweg hinunter, um nach dem Rechten zu sehen. Im Vorhof stand Goggo, ein Pferdchen an einem Strick führend, das nicht anders als hässlich zu bezeichnen war. »Das ist gut, dass ich dich nicht suchen muss. Ich hab's nämlich eilig. Das ist unsere Shanty. Sattel und Zubehör bringt meine Frau heut Nachmittag vorbei.«

Das Pferd sah aus, als habe es sich im Dreck gewälzt. Es war von einer undefinierbaren Farbe, fleckig und hatte eine Nase, die entfernt an einen Tapir erinnerte.

»Eine Appaloosa-Stute«, erklärte Goggo, der Lovis' Missfallen nicht zu bemerken schien. »Hat sogar einen Stammbaum, aber zum Fohlen ist sie zu alt. Ein richtiges Indianerpferdchen, nicht wahr?« Er klopfte dem hässlichen Ding liebevoll den Hals. »Was sagst du?«

Lovis sagte gar nichts. Gleich nachdem er Goggo versprochen hatte, sein Pferdchen zu übernehmen, hatte er Angelika und Paul stolz davon berichtet. Ihr schallendes Gelächter auf diese Nachricht hatte seine Freude schnell verpuffen lassen.

Goggo erkannte Lovis' zwiespältige Gefühle und grinste. »Ich kann mit den Viechern auch nichts anfangen, aber die Frauen fliegen halt drauf. Weiß der Geier, warum. Hier …« Er drückte Lovis das Seil in die Hand. »Ich muss los. Und danke, dass ihr sie übernehmt. Miriam hat mich zum besten Papa der Welt erklärt und ist wieder glücklich!« Er klopfte sich die Hände an seiner Hose ab. »Du hast was gut bei mir, Lovis.« Mit diesen Worten drehte er sich um und verschwand Richtung Hauptstraße.

Lovis musterte seinen Neuerwerb, dann zuckte er die Schultern. Jetzt war er also ein Pferdebesitzer. Auch gut. Er zog an dem Strick. »Na, dann komm, Shanty.« Doch anstatt sich in Gang zu setzen, fuhr das Pferdchen unwillig mit dem Kopf hoch und tänzelte nach hinten. »Nichts da. Hier geht's lang.« Lovis zog noch einmal vorsichtig an dem Strick und ging einen Schritt Richtung Stall. Weit kam er nicht. Das Tier machte einen langen Hals und stemmte sich mit allen vieren in den Schotter auf dem Vorhof. »Mistklepper, verdammter! Willst du wohl vorwärtsgehen? Sonst gebe ich dich diesem Verräter zurück oder am besten gleich in die Würste!«

»Das nenne ich mal ein Muli!«

Lovis fuhr herum und stand dem Hollywoodverschnitt vom Perwanger Hof gegenüber. Er hatte die Arme vor der Brust verschränkt und grinste amüsiert beim Anblick von Lovis' Kampf mit seiner neuen Errungenschaft.

Was zum Geier?, dachte er, da hatte Liam Verginer ihm schon den Führstrick abgenommen. »Lassen Sie mich mal«, sagte er und schnalzte einmal kurz. Anstandslos ließ sich Shanty in den Stall bringen.

Du Verräterin, dachte Lovis grimmig. Das gab gleich noch ein paar Minuspunkte für den Klepper obendrauf.

»In welche Box soll sie?«

Wortlos deutete Lovis auf eine der freien Boxen und sah zu, wie Liam das Pferd hineinführte und dann den Riegel der Tür sorgsam vorlegte. Dann wandte sich der Kerl grinsend an ihn. »Bei der Vernehmung haben Sie mir gar nicht verraten, dass Sie auch Stellplätze für Pferde anbieten.«

Auch wenn dieser Verginer der Letzte war, dem er so einen Boxenplatz angeboten hätte, fühlte sich Lovis ertappt. »Ich … na ja …« Er hatte seine Gründe gehabt, diesem unsympathischen Kerl nichts davon zu erzählen. Einerseits weil er dem Rudi nicht alle Kunden abspenstig machen konnte, vor allem aber wollte er diesen Typ nicht auf seinem Hof. Die Obereggerin war anstrengend genug. Wenn die Streithähne beide hier einzogen … Lovis wollte gar nicht darüber nachdenken.

Verginer grinste. »Gut, dass ich es zufällig doch herausbekommen habe. Frau Oberegger hat ihr Pferd hier untergestellt? Semira?« Er sah sich suchend um.

»Auf der Weide.« Lovis verließ den Stall, und Verginer folgte ihm.

»Und Sie haben noch Boxen frei.« Das war keine Frage, sondern eine Feststellung. Lovis entschied sich für eine Flucht nach vorn.

»Jede Menge. Wir haben uns gerade erst für Reiter eingerichtet, und es hat sich noch nicht wirklich herumgesprochen. Aber unsere Miete ist etwas teurer als beim Perwanger.« Herausfordernd sah er den unerwünschten Gast an. Vielleicht konnte er ihn mit einem völlig überzogenen Preis vergraulen. »450 Euro.«

Verginer nickte unbeeindruckt. »Okay.«

»Und das Futter kommt noch dazu.«

Wieder nickte Liam Verginer. »So ist das beim Perwanger auch. Ich bin einverstanden. Wann kann ich einziehen?«

Lovis gab sich geschlagen. »Wann immer Sie wollen.«

»Dann gern so schnell wie möglich.«

Lovis seufzte schicksalsergeben. Jetzt hatte er diesen Kerl wohl an der Backe. Aber der Stall war Pauls Bereich, die Reiter hatte Angelika versprochen zu übernehmen, also würde er mit dem Verginer wohl nicht allzu viele Berührungspunkte haben.

Da ging oben im Wohnhaus das Stubenfenster auf, und Angelika streckte ihren Kopf heraus. »Das Essen ist fertig, Loll…« Sein Name blieb ihr im Hals stecken, als sie den neuen Reiter sah.

»Ein neuer Mieter«, stellte Lovis vor. »Liam Verginer. Und das ist …«, setzte er gerade an, um Angelika vorzustellen, doch Verginer unterbrach ihn.

»Wir kennen uns. Hallo Angie! Nett, dich wiederzusehen.«

»Scheiße«, brachte Angelika heraus, zog ihren Kopf zurück und knallte das Fenster zu.

Lovis sah ratlos vom Fenster zu seinem neuen Mieter. Er mochte den Kerl auch nicht, aber Angelikas Abneigung schien seine noch zu übertrumpfen. Kannten sich die beiden? Das konnte ja heiter werden. Erst Paul und die Obereggerin, jetzt auch noch Angelika und dieser Verginer.

Lovis musterte ihn prüfend, und Verginer zwinkerte ihm vielsagend zu. »Hier hat sie sich also versteckt. Hm. Hat sie das T-Shirt noch, auf dem steht:

REITEN!
MEHR SPASS KANN MAN ANGEKLEIDET EINFACH NICHT HABEN!?«

Er setzte ein anzügliches Grinsen auf. »Das hab ich ihr nämlich geschenkt, als kleines Dankeschön für … na ja, Sie wissen schon.«

Lovis wusste nicht, und er wollte auch nicht wissen. Und noch weniger wollte er die Bilder sehen, die sich da automatisch vor seinem inneren Auge abspielten. Er ballte die Faust. Dann schloss er die Augen. 450 Euro, betete er sich vor. 450 Euro, 450 Euro. Das Mantra wirkte.

»Dann bis bald«, verabschiedete sich Verginer jetzt zum Glück. »Sobald ich einen Transporter auftreiben kann, zieht mein Gonzo zu Ihnen um.« Er streckte ihm die Hand entgegen.

Nur mit äußerster Willensanstrengung gelang es Lovis, den Händedruck zu erwidern. »Bis bald« war alles, was er zwischen zusammengebissenen Zähnen herausbrachte. Mit einem Stein im Magen sah er zu, wie der Kerl in seinen glänzenden SUV stieg und den Feldweg Richtung Straße hinunterschaukelte. Als der Wagen um die Ecke bog, schoss ihm siedend heiß ein Gedanke durch sein Hirn: Was, wenn der Perwanger mit seinem Verdacht recht hatte und er mit diesem überheblichen Menschen jetzt den Pferdemörder direkt auf den Messner Hof geholt hatte?

»Was wollte der Kerl hier?« Angelika holte mit nassen Händen etwas von der Masse aus der Schüssel, formte sie zu einer Kugel und legte sie zu den anderen auf das Holzbrett.

»Mmmh, Speckknödel?«, fragte Lovis und begann den Tisch zu decken. »Er will mit seinem Pferd hier einziehen.«

Angelika gab keine Antwort, rollte stattdessen stumm ihre Knödel weiter. Der Furche über ihrer Nase nach zu urteilen, war wohl Gewitter angesagt.

Lovis verfluchte sich selbst dafür, dass er nicht einfach seinem Bauchgefühl nachgegeben hatte. »Ich mag ihn ja auch nicht«, versuchte er sich zu verteidigen. »Aber er zahlt 450 Euro und das Futter noch dazu und … Ihr liegt mir ständig in den Ohren, dass wir zu wenig reinkriegen, und 450 Euro nur so … da hab ich gedacht …«

Angelika schnaufte durch. Dann sah sie ihn an und quetschte ein Lächeln in ihr Gesicht. »Du hast ja recht, aber …« Noch einmal schnaufte sie durch. »Er ist mein Ex, und lieber wäre es mir gewesen, wenn er mir einfach nie mehr in meinem Leben über den Weg gelaufen wäre.«

Autsch. Lovis blieb die Sprache weg. Angelikas Ex. Dieser Hollywoodverschnitt. Auf seinem Hof. Und dann gleich das Stimmchen in seinem Kopf: Empfindet sie noch etwas für ihn?

»Warum habt ihr … seid ihr …?«

»Nicht mehr zusammen?« Angelika drehte die Flamme auf dem Herd zurück, wartete kurz, dann legte sie vorsichtig Knödel um Knödel ins heiße Wasser. »Schau ihn dir an. Glaubst du, so einem ist eine wie ich genug?«

Mir wärst du genug, dachte Lovis. Sie warf ihm einen kurzen Blick zu, erwartete sich wohl eine Antwort. Schnell zog er zumindest die Schultern hoch. »Nein?«

Angelika schnaubte. »Aber so was von nicht. Ich hab ihm eine Chance gegeben, dann noch eine. Und dann hab ich unter die Sache einen Strich gezogen.« Sie wischte ihre Hände an der improvisierten Schürze, einem Küchenhandtuch, das in ihrem Hosenbund steckte, ab und fuhr sich mit dem Handrücken über die Stirn. »Zum Glück hatte ich genau da meine Ausbildung fertig und konnte mit Diablo wieder zum Waschtl heraufziehen. Ich konnte ihn nicht mehr ansehen, ohne ihm an die Gurgel gehen zu wollen.«

Lovis gratulierte sich selbst zur Auswahl seiner Reiter. Die eine war im Dauerstreit mit Paul, mit dem anderen hatte Angelika eine Rechnung offen. So viel zu der Ruhe, von der er gehofft hatte, sie möge nach der Auflösung des Cavagna-Falls wieder auf dem Messner Hof einkehren. Er fasste einen Entschluss.

»Ich sage ihm, dass ich ihm den Stellplatz nicht vermiete.« Dann kratzte er sich hinterm Ohr. »Andererseits … 450 Euro im Monat … können wir darauf verzichten?«

»Auf 450 Euro im Monat verzichten?«, kam es da von der Tür. »Bist du des Wahnsinns?« Mit Paul kam ein Schwall Stallgeruch in die Küche. »Wer schmeißt dir 450 Euro nach, und du willst drauf verzichten?«

»Dieser Kerl, dem ich vorhin die Ställe gezeigt habe.«

»450 Euro will der zahlen? Im Monat? Welcher Teufel hat dich geritten, als du ihm diesen Preis vorgeschlagen hast? Müssen wir seine Box dafür mit Laaser Marmor auslegen?« Paul sah Lovis ungläubig an.

»Ich wollte ihn einfach nicht auf dem Hof haben, weil er mir so unsympathisch ist. Und da hab ich ihm diesen Preis genannt. Und Futter muss er noch separat zahlen.«

Paul lachte schallend. »Das hättest du mal bei der Obereggerin auch machen sollen. Die will ICH nämlich nicht auf dem Hof haben. Aber der Kerl soll mir willkommen sein!«

Angelika schnaubte.

»Da ist noch etwas«, meinte Lovis kleinlaut. »Der Typ ist momentan oben beim Perwanger mit seinem Ross. Und der Rudi hat ihn im Verdacht … wegen der vergifteten Pferde, ihr wisst schon …« Er schrumpfte unter den fassungslosen Blicken seiner beiden Freunde zusammen und fuhr schnell fort: »Es gibt überhaupt keine Beweise, aber es sind halt immer die Pferde in der Box neben seinem eingegangen.«

»Willst du damit sagen: Du hast uns den Pferdemörder auf den Hof geholt?«, sagte Paul langsam.

»Nein … aber, es ist nicht ganz ausgeschlossen.« Lovis schnitt eine zerknirschte Grimasse. »Wir sollten ihn auf jeden Fall im Auge behalten.«

»Ich nicht«, erklärte Angelika kategorisch. »Das macht ihr mal unter euch aus.« Dann knallte sie die Schüssel mit den Knödeln auf den Tisch. »Und jetzt will ich nichts mehr hören von dem Kerl. Mahlzeit.«

EINE WOCHE SPÄTER

Der Hahn Fernando, den Lovis nach seinem ständig schimpfenden Ex-Chef bei der Staatspolizei, Fernando Botta, benannt hatte, krähte aus Leibeskräften. Ein Blick auf den Wecker zeigte ihm, dass es halb sechs war. Er hatte die ganze Nacht nicht geschlafen. Seit gestern hatte sich dieser Liam Verginer mit seinem Ross auf dem Messner Hof einquartiert, und Lovis hatte ein ganz übles Gefühl dabei.

Er überlegte, ob er sich einfach umdrehen und versuchen sollte, wieder einzuschlafen, aber er war hellwach. Entwickelte er sich zum Frühaufsteher? Vor dem Fenster krakelten die Hühner zufrieden vor sich hin. Paul rückte vermutlich bereits den Kühen mit der Melkmaschine auf den Leib. Ob er helfen sollte? Lovis zögerte. Schließlich befand er, dass es keinen Grund gab, länger im Bett zu sein, wo er schon mal wach war, und schwang seine Beine über die Bettkante. Es gab immer ein erstes Mal. Heute würde der frischgebackene Bauer

Lorenz Lovis eben zum ersten Mal beim Melken behilflich sein. Oder im Weg. Je nachdem, von welcher Warte aus man das Ganze betrachtete.

Gerade polterte er die ausgetretenen Holzstiegen Richtung Haustür hinunter, als vom Vorhof ein schriller Schrei ertönte.

»Lollooo!!!« Das war Angelika. »Loooollooo!«, rief sie noch einmal. Ohne einen weiteren Gedanken an die durchwachte Nacht zu verschwenden, nahm er die letzten drei Stufen in einem Sprung, riss die Tür auf und starrte in ihr aufgeregtes Gesicht.

»Lollo, komm! Paul!« Sie packte ihn am Arm und zerrte ihn hinter sich her aus dem Wohnhaus hinaus und Richtung Vorhof hinunter. Er folgte ihr mit klopfendem Herzen. Weit musste er nicht gehen. Auf dem Kiesweg, der vom Hof zum Stall führte, lag Paul – bäuchlings ausgestreckt – und regte sich nicht. Mit einem Satz war Lovis bei ihm und beugte sich zu seinem Knecht hinunter. Unmittelbar darauf fuhr er naserümpfend zurück. Der Kerl stank zum Himmel. Nach Alkohol, Erbrochenem, Urin – seine Ausdünstungen warfen den stärksten Mann um. Erleichtert registrierte Lovis, dass Pauls Brust sich regelmäßig hob und senkte.

»Völlig besoffen«, stellte er laut fest.

»Aber so was von!«, war Angelikas Antwort. »Wir müssen ihn ins Haus bringen.«

Lovis bückte sich zu seinem Knecht hinunter und versuchte, ihn so zu drehen, dass er ihn unter den Achseln fassen konnte. Selbst das erwies sich jedoch als unmöglich. Wie um alles in der Welt sollte er den Hundert-Kilo-Mann den Kiesweg hinauf ins Haus schleppen? Ratlos sah er Angelika an.

»Hol Wasser!«, befahl sie. »Dir werden wir schon zeigen, was es für Folgen hat, eins über den Durst zu trinken, mein Freund.«

Oder zwei, ergänzte Lovis spöttisch, während er aufstand und Richtung Haus verschwand. Seltsam. So kannte er seinen Knecht nicht. Paul gab ihm in letzter Zeit überhaupt Rätsel auf. Auch die Auseinandersetzungen mit Jasmin Oberegger passten so gar nicht in das Bild, das er sich von Paul gemacht hatte. Was war bloß los mit dem Kerl?

»Hier. Das Wasser«, sagte er, als er mit dem vollen Kübel wieder vor Angelika stand. Die nahm ihm den Eimer ab und schüttete Paul einen ordentlichen Schwall ins Gesicht. Der Betrunkene fuhr zusammen, öffnete mit Mühe die Augen und erkannte Angelika. »Wissumiheiratn?«

»Was sagt er?« Angelika beugte sich über ihn.

»Nichts. Nichts.« Lovis trat schnell einen Schritt vor und stellte sich zwischen Angelika und Paul. Das fehlte noch, dass dieser versoffene Heiratsantrag bei Angelika ankam. »Bidde. Sagja. Sonsmussi noeinssaufn.« Paul schloss die Augen wieder und sein Kopf sank zu Boden, hinein in eine Lache Erbrochenes.

Lovis verzog angewidert das Gesicht. »Gekotzt hat er zumindest schon«, meinte er.

»Ja, und zwar ausgiebig. Es gibt nicht viel, was wir tun können. Außer ihn in die Stube zu bringen. Wir legen ihn aufs Sofa und lassen ihn ausnüchtern.« Angewidert rümpfte sie die Nase. »Aber vorher lege ich die Stube mit einer Plastikplane aus.«

Während sich Angelika auf die Suche nach einem Schutz für den mehrere Generationen alten Holzfußboden der Stube machte, ließ Lovis seinen Blick den

Kiesweg hinuntergleiten. Wie um alles in der Welt hatte Paul es bis hierher geschafft? Tiefe Schleifspuren endeten genau dort, wo seine Füße lagen. Irgendjemand musste ihn zum Messner Hof gebracht haben, ihn den Weg buchstäblich heraufgeschleift haben. Offensichtlich hatte zumindest einer seiner Saufkumpane noch auf zwei Beinen gehen können.

»Paul, Paul, was machst du denn für Sachen?«, fragte er ihn leise, doch auch er bekam nur ein flehentliches »Wissumiheiratn« zur Antwort.

Mit vereinten Kräften schafften sie es, Paul in die Stube zu bringen. Schlaff wie ein Mehlsack sank er auf das Sofa, schloss die Augen und schlief augenblicklich ein.

»Hast du ihn schon einmal so gesehen?«, fragte Lovis.

»Noch nie«, antwortete Angelika im Brustton der Überzeugung. »Keine Ahnung, was da passiert ist.«

Sie schnüffelte an ihrem T-Shirt. Lovis konnte nicht verhindern, dass seine Augen über den Spruch glitten, der darauf gedruckt war:

DU BIST SEXY?

DU BIST STYLER?

ICH BIN REITERIN, DAS IST GEILER!

stand in bunten Lettern drauf.

»Pfui Teufel«, stöhnte sie. »Das stinkt zum Gotterbarmen! Ich muss mich umziehen. Du übrigens auch!« Sie deutete auf einen nassen Fleck, der auf seiner Brust prangte. »Arbeitskleidung. Wir treffen uns im Stall.«

»Im Stall?«

»Wer, meinst du wohl, melkt heute die Kühe?«

Lovis riss die Augen auf.

Sie grinste. »Was dann wohl bedeutet, dass ich es mache. Aber du kannst zumindest ausmisten, Bauer Lovis.«

»Und Frühstück?« Sehnsüchtig dachte er an die Tasse Kaffee, mit der er sich für die miese Nacht hatte entschädigen wollen, bevor er Paul zur Hand gegangen wäre.

»Danach«, sagte sie unerbittlich. »Die Kühe schreien schon, hörst du sie nicht?«

Tatsächlich klang flehendes Muhen vom Stall herüber. Angelika deutete ein Schulterzucken an, was so viel bedeutete wie: *Siehst du wohl?*, und wandte sich um. Lovis schleppte sich die Treppen hinauf.

Dieser Tag hatte so beschissen begonnen, der konnte nur besser werden. Dachte er ...

Während Angelika nach dem Melken noch einmal nach Paul schaute, setzte Lovis Kaffee auf. Er deckte den Frühstückstisch und hatte soeben Brot, Butter und Marmelade auf den Tisch gestellt, als die Tür mit einem lauten Knall aufschlug und Angelika atemlos rief: »Lollo, komm schnell! Polizei!«

»Polizei?«

Statt einer Antwort nahm sie ihm die Butter aus der Hand, stellte sie irgendwo ab und schob ihn aus der Küche, durch den Flur hinaus auf den Söller. An der Wand des gegenüberliegenden Geräteschuppens flackerte blaues Licht.

»Was zum …« Fluchend hastete er den Kiesweg hinunter. Der ganze Hof war voller Einsatzwagen. Nicht nur Polizeiautos standen mit flackerndem Blaulicht dort, sondern auch der Wagen eines Notarztes und ein Rettungswagen. Erleichtert erkannte Lovis mitten in dem Gewimmel an Einsatzkräften ein bekanntes Gesicht.

»Scatolo!«, rief er, und sein Freund und ehemaliger Kollege bei der Staatspolizei drehte sich zu ihm um. Giovanni Scatolin sah aus wie immer. Seine schwarz glänzenden Haare hatten die vorgeschriebene Länge und waren mit Wachs in Form gebracht. Unter der gut sitzenden Uniform erahnte man einen durchtrainierten Körper. Als er Lovis erkannte, leuchtete sein Gesicht kurz auf, bevor er wieder eine ernste Miene aufsetzte.

»Amico«, begrüßte er ihn mit einem Schulterklopfen. »Ich wollte eben zu dir ins Haus kommen. Es gibt Probleme.«

»Habt ihr euch verfahren und findet den Weg zurück in die Stadt nicht mehr?«, versuchte Lovis zu witzeln.

Doch der Ispettore schüttelte ernst den Kopf. »Das ist kein Anlass für Späße, Amico. In deinem Weinberg wurde eine Leiche gefunden.«

»Eine Leiche?«

Scatolin nickte ernst. »Vor zehn Minuten ging die Meldung ein. Von deinem lieben Nachbarn von Stadler übrigens. Er meinte auch, es wäre am besten, wir würden hier bei dir parken.«

Statt einer Antwort zog Lovis die Augenbrauen hoch. Hat er euch auch den Rat gegeben, eure Wagen in den Obstwiesen zu parken?, fragte er sich zynisch. Gut, dass Paul das nicht mitbekam, besoffen wie er war. »Nur weiß ich nichts von einer Leiche. Wo soll die sein?«

Scatolin zuckte die Schultern. »Das wird wohl er uns zeigen. Da kommt er schon.« Scatolin deutete auf den Feldweg, der vom Weinberg auf den Messner Hof führte.

Von Stadler fühlte sich sichtlich wohl in seiner Haut. Er nickte Lovis zu, dann sah er den Ispettore ernst an und streckte ihm die Hand entgegen.

»Führen Sie uns bitte zu der Stelle, Signor von Stadler«, sagte Scatolin kühl und fuhr an Lovis gewandt fort: »Kommt der Krankenwagen da hoch?« Er deutete auf den Feldweg.

Lovis zuckte die Schultern. »Wo genau liegt denn die Leiche?«

Ohne ihn eines Blickes zu würdigen, beschrieb von Stadler ihm den genauen Fundort.

Verdammt, das liegt in meinem Teil des Weinbergs, dachte Lovis. Und etwas verzögert durchfuhr ihn ein zweiter Gedanke: Was hatte dieser Kerl schon wieder da zu suchen? Noch dazu um diese Zeit? Er warf einen Blick auf die Uhr. Es war acht Uhr morgens.

Prüfend musterte er von Stadler. Der war jedoch schon in eine aufgeregte Beschreibung des Fundes vertieft und ging an der Seite von Scatolin auf den Weinberg zu.

Na warte, Bürschchen, das klären wir noch, dachte Lovis. Dann stieg er in den Krankenwagen ein und leitete den Fahrer Richtung Fundstelle. Das letzte Stück mussten sie zu Fuß zurücklegen. Die beiden Rettungskräfte packten eine Trage aus und folgten Lovis, der sich bergan in die Reben schlug. Bald kam ihnen wild gestikulierend von Stadler entgegen. Er und Scatolin mussten sämtliche Abkürzungen genommen haben, um zu der Stelle zu gelangen.

»Hierher! Hierher!«, rief von Stadler und rannte voraus auf die Kuppe des Weinbergs. Onkel Sebastian hatte dort eine Bank aufgestellt, von der aus man einen herrlichen Blick gen Süden hatte. In seiner Jugend hatte es Lovis öfters für ein heimliches Stelldichein genutzt. Jetzt, wo er der Bauer war, kam er immer wieder hier herauf, um mit seinen Gedanken allein zu sein und neue Energie zu tanken. Es war ein Kraftort, den er nicht gern mit jemandem teilte – schon gar nicht mit einer Leiche.

Natürlich wusste er, dass er nicht der Einzige war, den es hier heraufzog. Oft genug war er Spaziergängern aus dem Dorf begegnet oder Liebespärchen. Und dieses besondere Plätzchen sollte jetzt durch ein Massenaufgebot an Polizei entweiht werden? Missmutig folgte er von Stadler, die Sanitäter im Schlepptau. Oben angekommen, konnte er zunächst nichts erkennen. Die Einsatzkräfte der Polizei standen in einem großen Kreis um die Bank herum und diskutierten. Ein Beamter machte Fotos, jemand sperrte den Bereich mit einem Band ab. Dann ergab sich eine Lücke, und Lovis konnte einen Blick auf die Leiche werfen. Es war eine Frau, und eins war ihm sofort klar: Sie war gewaltsam ums Leben gekommen. Bäuchlings lag sie ihm Gras, alle Gliedmaßen von sich gestreckt. Die ursprünglich blonden Haare waren blutverklebt, aus einer klaffenden Wunde am Hinterkopf war Hirnmasse ausgetreten. Lovis musste würgen.

»Ich habe nichts angerührt«, beteuerte von Stadler.

Der Notarzt beugte sich über die Frau und drehte sie um.

Lovis stockte der Atem. Bei dem Mordopfer handelte es sich um keine Geringere als seine neue Boxenmieterin.

Jasmin Obereggers Augen blickten leblos ins Leere, das ganze Gesicht war dreckverschmiert. Irgendjemand deckte es ab. Trotzdem wusste Lovis, dass ihn der Anblick noch lange im Schlaf verfolgen würde.

»Sie haben die Tote hier gefunden?«, fragte Scatolin von Stadler.

Der bestätigte eifrig nickend. »Genau hier. Ich habe sie nicht angerührt, sondern gleich die Polizei verständigt.«

Lovis wartete darauf, dass sein Freund von Stadler zum Verdächtigen erklärte und ihn zu einem Verhör ins Polizeikommissariat einlud. Ihm selbst war es vor einigen Wochen widerfahren, dass er einen Brand gemeldet und sich plötzlich ganz oben auf der Liste der Verdächtigen befunden hatte. Aber Lovis wartete vergeblich darauf, dass es von Stadler nun ebenso erging.

»Kennen Sie die Frau?«, fragte Scatolin.

»Nur vom Sehen«, wiegelte von Stadler ab.

»Sie heißt Jasmin Oberegger«, meldete sich Lovis zu Wort, »und hat ihr Pferd bei mir untergestellt. Seit einer Woche. Eine Fuchsstute.« Als ob das was zur Sache täte.

»Wann hast du sie das letzte Mal gesehen?«

»Gestern Vormittag.«

»Ist dir was aufgefallen?«

Von Stadler hüstelte leicht.

»Ja?«, wandte sich Scatolin ungeduldig an ihn.

»Ich weiß nicht, ob das wichtig ist«, tat von Stadler unschuldig, die diebische Freude in seinen Augen konnte er aber nicht ganz verhehlen. »Sicher war es nur ein Zufall. Oder ich habe mich verhört. Aber …« Er warf Lovis einen hämischen Blick zu. »Neulich gab es eine wirklich unschöne Szene zwischen dem Knecht vom Messner Hof und dieser Dame.«

»Stimmt das?« Scatolin sah Lovis an.

Der nickte widerstrebend und versuchte Paul zu verteidigen: »Sie hatten ein paar Differenzen. Aber nichts Gravierendes.«

»Na ja …« Von Stadler wiegte mit bedeutungsvoller Miene den Kopf.

»Was wollen Sie damit andeuten?«, blaffte Lovis ihn an.

»Nichts, nichts.« Abwehrend hob er beide Handflächen und raunte Scatolin geheimnisvoll zu: »Nur, dass ›ein paar Differenzen‹ es nicht ganz trifft. Er hat geäußert, ihr was antun zu wollen.«

»Paul? *Geäußert?* Was?« Lovis versuchte ein Lachen, aber es gelang ihm nicht.

Von Stadler zog in einer Geste der Unschuld seine Schultern nach oben. »Dieser Knecht sagte, und ich zitiere: ›Wenn die so weitermacht, ersäufe ich sie in der Jauchegrube!‹ Es hat bestimmt nichts zu sagen, aber …« Mit entschuldigender Miene in Lovis' Richtung setzte er nach: »Ich halte viel von Paul, aber … Wenn es um Mord geht, soll man ja alles tun, um …« Er verstummte.

Der Ispettore sah Lovis an. »Wir werden mit deinem Mitarbeiter sprechen müssen.«

»Er will nur von sich ablenken!«, warf Lovis ein. »Viel interessanter ist doch die Frage, was Sie in diesem Teil des Weinbergs überhaupt zu suchen gehabt haben?«

»Ja, das würde mich auch interessieren«, stimmte ihm Scatolin zu. »Gibt es da nicht eine richterliche Verfügung, dass Sie keinen Fuß auf dieses Grundstück setzen dürfen?«

Ha!, dachte Lovis. Erwischt!

Und tatsächlich war es nun von Stadler, der sich wand. »Ich habe … nun … Herr Lovis hat mir …« Hilfe suchend sah er Lovis an, doch der war nicht bereit, ihm beizustehen. Nicht, nachdem dieser Mistkerl Paul derart hinterhältig in Schwierigkeiten gebracht hatte.

Scatolin musterte ihn kritisch. »Das notiere ich mir mal. Sie halten sich zu unserer Verfügung, Signor Stadler!«

Von Stadlers Wangen verfärbten sich dunkel. Ob vor Furcht oder weil Scatolin es gewagt hatte, ihm das »von« abzuerkennen, wusste Lovis nicht. Leise grinste er in sich hinein. »Du weißt, wo du mich findest«, meinte er an Scatolin gewandt. »Ich werde inzwischen Paul ausfindig machen.« Und zusehen, dass er halbwegs nüchtern ist, wenn ihr ihn vernehmt, dachte er. Damit wandte er sich um und ging zurück auf seinen Hof.

»Hast du meine Anrufe nicht gehört?«, empfing ihn Angelika bei seiner Ankunft auf dem Söller. »Was hat das alles zu bedeuten? Was will die Polizei hier?«

Lovis ließ sich erschöpft auf die Bank fallen. »Jasmin Oberegger ist ermordet worden. Im Weinberg.«

Angelika riss die Augen auf und schluckte. »Also geht das alles von vorne los?«, fragte sie leise.

»Sieht so aus«, sagte Lovis, der nur ungern daran erinnert wurde, dass die letzte Mordsache noch gar nicht lange zurücklag. »Nur diesmal geht es Paul an den Kragen. Dieser Mistkerl von Stadler hat vor Scatolin so eine bescheuerte Bemerkung gemacht, und der will jetzt mit ihm sprechen … Das macht sicher ein tolles Bild, wenn der besoffene Depp ihn fragt, ob er ihn heiraten will.« Er seufzte.

Die beiden schauten besorgt zum Weinberg, von wo der Rettungswagen soeben vorsichtig den Wirtschaftsweg herunterrumpelte. Sonst tat sich nichts. Eine kleine Gnadenfrist für Paul.

Lovis seufzte noch einmal. Da spürte er Angelikas Hand auf seinem Arm. Er sah sie an und direkt in ihr aufmunterndes Lächeln. »Es wird alles gut.«

»Wenn ich mir da auch so sicher sein könnte.«

»Ich kenne Paul. Er ist der gutmütigste, geduldigste Mensch, der mir jemals untergekommen ist. Und jeder, der ihn kennt, wird das bestätigen. Außerdem war er gestern mit seinen Jahrgangskollegen unterwegs. Er hat ein Alibi für den ganzen Abend. Was soll ihm da schon groß passieren?«

Ihre beruhigenden Worte hatten Wirkung auf ihn. Angelika hatte recht. Was sollte schon groß passieren? Lovis nickte. »Dann schaue ich jetzt mal nach ihm und sehe zu, dass er für die Befragung in die Gänge kommt.«

»Viel Spaß dabei.« Angelika bedachte ihn mit einem Blick, der ihren Zweifel am Erfolg seines Vorhabens zum Ausdruck brachte. »Ich hoffe, bis zur Abendfütterung wird er wieder. Ich kann dir heute nicht mehr helfen im Stall. Muss zum Dienst. Wenn der Paul noch nicht so weit ist, ruf beim Schmiedhofer an. Der hat seinen Kuhstall zwar in Ferienwohnungen umgebaut, aber können tut er's noch. Und vergiss die Wiedenhofs nicht.«

Als Lovis leise in die Stube lugte, war Paul wach, aber noch immer in einem bedauernswerten Zustand. Er saß auf dem alten Sofa, den Kopf in die Hände gestützt und stöhnte bei Lovis' Eintritt leise auf. »Sag nichts«, bat er. »Ich weiß selbst nicht, wie sie mich dazu gebracht haben, so viel zu saufen.«

Lovis drückte ihm einen Becher starken Kaffee in die Hand. »Trink erst mal das hier«, sagte er. Dann zog er sich einen Stuhl heran und ließ sich drauffallen.

Sein Knecht nahm einen Schluck. »Du hast nicht zufällig eine Kopfschmerztablette?«

Ohne Worte hielt ihm Lovis, der so was vorausgeahnt hatte, eine Packung hin.

Paul löste eine Tablette aus dem Blister und schluckte sie. Nach kurzem Zögern nahm er gleich noch eine zweite. Dann fuhr er mit einem Stöhnen hoch. »Die Kühe …«

»Haben wir schon erledigt«, beschwichtigte ihn Lovis. »Angelika und ich. Aber das ist heute dein kleinstes Problem.« Er suchte nach den richtigen Worten, mit denen er seinem Knecht möglichst schonend beibringen konnte, dass er gleich einem Verhör unterzogen würde und vor allem warum. »Die Polizei ist da. Es hat …« Er zögerte einen Moment, entschied sich dann aber für die harte Wahrheit. »… einen Mord gegeben. In unserem Weinberg.«

Aus blutunterlaufenen Augen stierte Paul ihn verständnislos an. »Mord?«

»Unsere neue Reiterin … Jasmin …«

»Die Obereggerin?!« Paul zwinkerte mühsam. »Und die Polizei will mit mir reden, weil …«

Lovis nickte. »Dieser von Stadler war so freundlich, Scatolin von deinem Streit mit ihr zu erzählen.«

Paul schüttelte verständnislos den Kopf, was ihm ein schmerzerfülltes Stöhnen entlockte. »Warum?«

Lovis zuckte die Schultern. Weil von Stadler ein mieses Arschloch ist, hätte er sagen können. Aber was nutzte das? »Scatolin wird dich befragen wollen.«

Paul fiel noch ein wenig mehr in sich zusammen. »Ich schaff das jetzt nicht. Kannst du nicht …?«

Lovis seufzte. Natürlich konnte er. Aber er bezweifelte, dass es ein sonderlich gutes Bild für Paul abgeben würde, wenn er sich jetzt vor der Vernehmung drückte. Trotzdem würde Lovis versuchen, Scatolin zu vertrösten. »Versuch noch ein bisschen zu schlafen!«

Matt ließ sich Paul zurücksinken und schloss die Augen. Lovis verließ die Stube. Aber kaum hatte er die Tür leise hinter sich zugezogen, trat sein Ex-Kollege durch die Haustür. »È qua dentro?«, fragte er und deutete mit dem Kinn auf die Stubentür hinter ihm.

Lovis nickte unbehaglich. »Er ist in der Stube, ja. Aber vielleicht kannst du das aufschieben? Er ist … es geht ihm nicht sonderlich gut. Nur ein paar Stunden?«

»Du weißt genau, dass wir auf die Befindlichkeit keine Rücksicht nehmen können«, meinte Scatolin und drückte sich an Lovis vorbei. Unerbittlich klopfte er an die Stubentür und bat um die Erlaubnis einzutreten. »Permesso?« Von drinnen kam nur ein Stöhnen. Der Ispettore warf Lovis einen fragenden Blick zu, den der Privatdetektiv mit einem Schulterzucken beantwortete.

»Signor Paul? Ich muss Ihnen ein paar Fragen stellen.« Ohne auf eine weitere Antwort zu warten, öffnete Scatolin die Tür und erfasste auf einen Blick die Situation. Naserümpfend sah er Lovis an. Kein Wunder: Die ganze Stube, die sonst den Duft von altem Zirbenholz atmete, stank nach Pauls Ausdünstungen, dem Erbrochenen, das inzwischen in seine Kleidung eingetrocknet war, dem Schnapsatem, der wie schwerer Dunst in der Luft hing. Kurz: Es roch wie in der Ausnüchterungszelle der Polizei.

Paul hatte sich inzwischen unter Stöhnen wieder aufgesetzt. »Signor Ispettore?«

»Darf ich Ihnen ein paar Fragen stellen?«, wiederholte Scatolin.

Paul schnitt eine leidende Grimasse, meinte aber: »Es nützt ja doch nichts, wenn ich Nein sage, nicht wahr?«

Der Ispettore nickte zustimmend. »Ich mach's kurz. Wo waren Sie gestern zwischen zehn und zwölf Uhr nachts?«

Paul schloss die Augen. »Unterwegs mit ein paar Freunden. Ausstandsfeier.«

»Das heißt?«

»Ein Jahrgangskollege von Paul aus dem Dorf heiratet demnächst. Sie haben seine letzte Nacht in Freiheit …«, sprang Lovis seinem Knecht bei.

Scatolin winkte ab. »Ich weiß, was Junggesellenabschied bedeutet. Aber Sie haben meine Frage nicht beantwortet: Wo waren Sie?«

»Wir sind herumgezogen. Zuerst im Dorf, dann in der Stadt, dann wieder im Dorf. Genauer weiß ich es nicht mehr.«

»Warum?«

Paul blieb die Antwort schuldig.

Ungeduldig wiederholte der Inspektor seine Frage: »Warum?«

»Ich war sternhagelvoll.«

Scatolin und Lovis wechselten einen Blick.

»Ich weiß selbst nicht, wie das passiert ist. Normalerweise wird bei so was der Bräutigam abgefüllt. Diesmal haben sie sich gegen mich verschworen. ›Du bist der Letzte von uns, der noch keine Braut hat‹, haben sie gesagt, und ich musste alle Mädels, die uns begegnet sind, fragen, ob sie mich heiraten. Wenn sie Nein gesagt haben, musste ich trinken. Natürlich haben sie alle abgelehnt.« Paul schwieg eine Weile. »Irgendwann war ich so voll, dass ich nur noch sterben wollte.«

»Und dann?«

Paul sah Scatolin schuldbewusst an. »Dann weiß ich nichts mehr, Signor Ispettore.«

Scatolin überlegte. Schließlich kam er zu einem Entschluss. »Lasciamo perdere. Zumindest für heute belassen wir es dabei, Signor Paul. Aber Sie kommen zu mir ins Kommissariat, wenn Sie …«, er zog tadelnd die Augenbrauen hoch, »… ausgenüchtert sind. Inzwischen verraten Sie uns bitte, mit wem Sie unterwegs waren.«

Paul nannte leise ein paar Namen. Scatolin notierte sie mit flüchtigen Strichen in seiner schwarzen Kladde, die er immer bei sich trug. Lovis wusste, dass er die jungen Männer noch am selben Tag aufsuchen würde. Er hoffte, dass sie sich in einer besseren Verfassung befanden als Paul und dass sie seinen Knecht entlasten konnten, damit sich der Verdacht gegen ihn schnell in Luft auflösen würde.

»Die Tatwaffe haben wir nicht gefunden. Sollte dir was auffallen …«

Lovis nickte, während er Scatolin nach draußen begleitete.

»Der Leichenwagen ist unterwegs. Der Tatort bleibt vorerst abgeriegelt, aber in den Weinberg kannst du natürlich gehen, wenn du dort arbeiten musst.«

Zumindest das war eine gute Nachricht.

»Irgendwelche persönlichen Sachen hatte die Dame nicht auf dem Hof?«

»Ihren Putzkoffer mit ein paar Striegeln und Bürsten, den Sattel, eine Gerte …«

Scatolin nickte. »Wo finde ich die Sachen?«

»In der Reitkammer gleich neben dem Pferdestall. Über ihrem Platz hängt ein Holzschild, auf dem Semira steht.« Lovis seufzte ergeben. Nun würde die Polizei vermutlich auf dem Messner Hof das Unterste zuoberst kehren. Sollten sie doch. Aber eines musste er noch klarstellen: »Scatolo, glaub mir … Paul hat damit nichts zu tun!«

Der Ispettore hob nur bedauernd die Schultern. »Du weißt, dass wir dem nachgehen müssen, Amico. Und weil ich schon dabei bin: Auch du musst zur Vernehmung ins Kommissariat kommen.«

Lovis rieselte es eiskalt den Rücken hinunter. Schon wieder? Fassungslos sah er seinen Ex-Kollegen an. »Aber ich …«

»Amico, mach's mir nicht immer so schwer. Die Tote hatte das Pferd auf deinem Hof, der Weinberg gehört dir … sai bene che devo interrogarti.«

Lovis seufzte. Natürlich wusste er, dass Scatolin auch ihn befragen musste. Und er ahnte auch, wie es weitergehen würde. Kaum sähe sein Ex-Chef Fernando Botta seinen Namen in Zusammenhang mit einem Mord, würde er höchstpersönlich dafür sorgen, dass Lovis auf die Liste der Verdächtigen kam.

Ein Hupen ertönte im Vorhof, und Lovis spähte durchs Fenster nach draußen. Eine Familienlimousine mit deutschem Kennzeichen stand zwischen all den Einsatzwagen, und der Fahrer wusste eindeutig nicht, wohin mit sich.

Die Wiedenhofs. Die deutsche Urlauberfamilie, die ihre Pfingstferien auf dem Messner Hof verbringen wollte, war eingetroffen. Lovis wandte sich fragend an Scatolin. »Wenn du mich nicht mehr brauchst, sollte ich wohl meine Gäste empfangen. Angelika ist unterwegs; in was für einer Verfassung Paul ist, siehst du ja. Darf ich oder willst du mich gleich verhaften?«

Der Ispettore wiegte den Kopf. »Du weißt genau, dass das nichts Persönliches ist, Amico. Ich melde mich später. Inzwischen werden wir uns noch ein bisschen umsehen, wenn du erlaubst …«

Als ob du es unterlassen würdest, wenn ich es nicht erlaube, dachte Lovis sarkastisch. Doch er breitete einladend seine Hände aus. »Fühl dich wie zu Hause.« Dann sprang er eilig den Kiesweg hinunter zu seinen neuen Feriengästen, die – mangels anderer Möglichkeiten – ihr Auto zwischen die Apfelreihen parkten. Er setzte sein Südtiroler-Gastwirte-Grinsen auf und ging den Wiedenhofs entgegen. Diesmal würde er es besser machen als damals bei den Schmidts, der ersten Urlauberfamilie, die auf dem Hof Einzug gehalten hatte. Fiasko umschrieb deren Aufenthalt noch zu milde.

»Willkommen auf dem Messner Hof«, sagte er und streckte der Frau am Steuer durch das heruntergekurbelte Fenster die Hand entgegen. »Lovis, Lorenz Lovis«, sagte er. »Ich bin der Bauer. Sebastian …«

»Was ist denn hier los?«, unterbrach ihn Hanne Wiedenhof. Neugierig rückte sie ihre dunkel umrandete Brille zurecht und beäugte die Polizeiautos im Vorhof.

»Nichts«, sagte er etwas zu schnell.

Sie zog die Augenbrauen hoch. »Das können Sie Ihrer Großmutter erzählen.«

»Na ja.« Er druckste herum. Dann entschied er sich für eine Notlüge. »Das ist eine Übung. Sie tun so, als wäre ein Toter in meinem Weinberg gefunden worden.«

»Für so was hat die italienische Polizei also Zeit?« Die Urlauberin schüttelte verständnislos den Kopf. »Und da wundert man sich, dass dieses Land von der Mafia regiert wird. Die Polizei vertreibt sich die Zeit mit Räuber-und-Gendarm-Spielen, und wenn wirklich ein Verbrechen passiert, steckt sie den Kopf in den Sand.«

Lovis hatte das plötzliche Bedürfnis, sein Land zu verteidigen. So chaotisch Italien und manchmal auch Südtirol sein mochten, so wenig wollte er das von einer Urlauberin unter die Nase gerieben bekommen. Er setzte schon zu einer glühenden Verteidigungsrede an, da purzelten die beiden Söhne der Frau zusammen mit einem Haufen an Kissen, Spielsachen und anderem Kram aus dem Auto und rappelten sich schubsend und zankend auf.

»Cool! Lauter Bullenautos!« Die Augen des etwa zehnjährigen Jungen leuchteten.

»Darf ich da mal rein?«, fragte der Jüngere, der wohl noch im Kindergartenalter war.

»Nein«, sagte die Mutter. »Autos haben wir zu Hause genug. Wir sind hier, damit ihr mal Tiere seht. Und Natur. Riecht mal!« Sie zog genießerisch die Luft ein. Die Jungen taten es ihr gleich.

»Stinkt!«, stellte der Jüngere fest.

»Stimmt. Eklig. Nach Kacke!«

Die beiden Jungen kicherten und hielten sich die Nase zu.

Stadtrangen, dachte Lovis. Obwohl er selbst hie und da über den Gestank lästerte, den sein neues Lebensumfeld mit sich brachte, gestattete er das anderen nicht gern.

»Ihr könnt morgen mithelfen, den Stall so sauber zu putzen, dass er wie euer Bad zu Hause duftet«, schlug er vor.

»Au ja! Wo sind die Ponys?«, fragte der ältere der beiden Jungen.

»Und die Schafe?«, hakte der Jüngere nach.

»Selber Schaf«, spottete der Ältere und boxte dem Kleinen in den Arm. »Niemand hat was von Schafen gesagt!«

»Doch!«

»Nein!«

»Doch!«

»Nein!«

»Doch, nicht wahr Mama, du hast gesagt, dass es hier Schafe gibt?« Der Jüngere zerrte an der Hand seiner Mutter.

Lovis' Grinsen fror ihm auf seinem Gesicht ein. »Keine Schafe, Jungs«, sagte er, um dem Quengeln ein Ende zu bereiten. »Aber mein Nachbar hat welche. Wenn ich ihn bitte, dürft ihr sie bestimmt mal besuchen.« Der alte Schmiedhofer hatte ein paar Schafe, die meistens auf der Wiese unter Lovis' Weinberg weideten, wo auch der Hochstand war, auf dem der Altbauer den Großteil seiner Tage verbrachte. Ob er allerdings große Freude an den wirbeligen Jungs haben würde, bezweifelte Lovis.

Vor allem, als es mit diesem Versprechen noch nicht getan war.

»Siehst du? Keine Schafe!«

»Doch wohl Schafe! Beim Nachbarn!«

Der Kleine streckte seinem Bruder die Zunge raus und versteckte sich dann hinter der Mutter, die inzwischen ausgestiegen war. Die fuhr ihm über den Wuschelkopf und sah Lovis entschuldigend an. »Die lange Fahrt, Sie wissen schon …«

»Kein Problem«, sagte Lovis. Dann erinnerte er sich an das, was Angelika bei der Ankunft der Schmidts vor einem Monat gesagt hatte: »Ihr seid sicher müde. Die Ferienwohnung ist schon gerichtet. Ich helf euch mit dem Gepäck.«

Er wollte eben zum Kofferraum gehen, als er bemerkte, dass auf der Beifahrerseite ein Herr mit zurückgelegtem Kopf und geöffnetem Mund saß und friedlich vor sich hin schnarchte.

»Das ist Papa-Neu«, erklärte der Jüngere.

»Quatsch, das ist kein Papa«, widersprach der Ältere. »Papa hat sich mit seiner neuen Flamme aus dem Staub gemacht.«

»Deswegen ist das Papa-Neu«, beharrte der Jüngere.

»Das ist der neue Freund von Mama«, stellte der ältere Junge an Lovis gewandt fest. »Er schläft immer!«

»Und wir lassen ihn schlafen«, bestimmte Hanne. »Ulli, du schnappst dir jetzt deine Bücher und dein Handy, und du, Timmi, nimmst bitte deinen Hasi und Froschi und wie sie alle heißen. Der Bauer zeigt euch, wo die Ferienwohnung ist. Manfred lassen wir schlafen. Er wird uns schon finden, wenn er aufwacht.« Mit den letzten Worten öffnete sie den Kofferraum, wuchtete zwei schwere Taschen heraus und nickte Lovis zu. Er verstand die Aufforderung, packte eine der Taschen und wartete auf Hanne Wiedenhof, die selbst einen Rucksack schulterte, zwei Stoffbeutel über den Arm hängte und mit beiden Händen eine Plastikbox voller Bücher packte. »Den Rest soll Manfred hochschleppen, wenn er aus dem Reich der Träume zurückkommt.«

Lovis konnte nicht umhin, einen Blick auf die Bücher zu werfen, die fein säuberlich mit dem Buchrücken nach oben in die Kiste gestapelt waren. *Abgehackt, Lonas Geheimnis, Die Ameisenfrau.* Es waren lauter Krimis und Thriller. Konkurrenz, dachte er spöttisch bei sich. Das konnte ja heiter werden.

»Was ist denn bei euch im Dorf schon wieder los?«, flüsterte ihm sein Pultnachbar Arthur zu, als Lovis sich – zu spät wie immer – neben ihn quetschte, und reichte ihm das Päckchen mit den Noten. Die Chorempore war bis auf den letzten Platz mit Chor und Orchester gefüllt. Es war die Generalprobe vor dem Pfingstwochenende. Die Schubert-Messe in G-Dur stand auf dem Programm, die Lovis besonders liebte. Auch wenn ihm der Kopf jetzt überhaupt nicht nach Gesang stand, wusste er, dass die Musik ihn wieder ins Gleichgewicht bringen würde, und um nichts in der Welt hätte er sich das jetzt nehmen lassen. Außerdem war das Singen im Brixner Domchor so herrlich weit weg von all seinen Problemen, von Schulden, Landwirtschaft, Mord und Totschlag, dass die Proben für ihn eine Art Auszeit bedeuteten.

Dachte er, aber er wurde gleich eines Besseren belehrt. »Wieso?«

»Na ja, schon wieder ein Mord?« Arthur ließ die Augenbrauen hochschnellen. »Da unten ist irgendwie immer was los, seit du auf dem Hof deines Onkels eingezogen bist.«

Lovis seufzte. Wie schnell diese Geschichte schon wieder die Runde machte. Und er mittendrin in der Gerüchteküche. Aber es half nichts, es sah tatsächlich so aus, als zöge er die Gewaltverbrechen an.

»Ja, ich bestell mir die Mörder, damit ich was zu tun krieg.«

Arthur lachte leise und zog den tadelnden Blick des Chorleiters auf sich. »Jedenfalls gibt's einen, der den Tod von dieser Jasmin Oberegger ehrlich betrauert«, flüsterte er etwas leiser in Lovis' Richtung.

Das konnte der sich zwar kaum vorstellen, aber neugierig war er trotzdem. »Wen?«, fragte er.

»Meinen Chef.« Arthur lachte wieder leise. Er arbeitete in einem Anwaltsbüro in Brixen, als Rechtsanwaltsgehilfe in Teilzeit. Nebenher betrieb er eine kleine, aber feine Bierbrauerei, in der er nach Herzenslust herumexperimentierte. »Irgendwer muss ja endlich ein Bier erfinden, das man trinken kann, in diesem Land«, pflegte er immer zu sagen, wenn die Menschen ihn wegen seines mangelnden Ehrgeizes belächelten. Lovis vermutete aber insgeheim, dass all die Konflikte in der Kanzlei seinem Freund einfach auf den Magen schlugen und er einen Ausgleich brauchte. Und vielleicht auch irgendwann einmal eine Alternative zu seinem Job.

»Die Obereggerin war unsere beste Kundin«, erklärte Arthur.

»Erzähl«, verlangte Lovis, doch bevor sein Pultnachbar das tun konnte, wurden sie vom Chorleiter unterbrochen. »Was ist denn heut los bei den Tenören? Dai, konzentriert's enk! Ich lass euch halt erst gehen, wenn die Schubert-Messe steht. Ich hab die ganze Nacht Zeit.«

Reumütig nickten die beiden und warteten, bis er wieder den Taktstock gehoben und die Musiker eingesetzt hatte. Dann flüsterte Lovis: »Mach mal ausfindig, welche Streitigkeiten es gab und ob da was so schwerwiegend war, dass jemand ein Motiv für einen Mord gehabt hätte.«

»Zu Befehl.« Arthur grinste. »Dann bin ich jetzt dein Doktor Franck, Herr Matula?«

»Da musst du aber noch zulegen.« Lovis betrachtete seinen durchtrainierten Pultnachbarn schmunzelnd.

Da brach der Chorleiter das Kyrie ab und sah vorwurfsvoll zu ihnen herüber. »Der reinste Kindergarten. Muss ich ein paar Soprane zwischen euch zwei Ratscher stellen?« Lovis und Arthur schüttelten die Köpfe. »Dann tut's jetzt endlich singen, statt zu ratschen. Sonst mach ich das wirklich!«

Beide grinsten verlegen. Doch vorwurfsvolle Blicke aus dem Sopran machten ihnen klar, dass sich das nicht halb so lustig anfühlen würde, wie es sich anhörte, sollte der Chorleiter seine Drohung wahr machen. Also senkten die beiden Männer ihre Köpfe und konzentrierten sich auf ihre Aufgabe, und bald trugen die wunderschönen Harmonien Lovis Gedanken davon.

»Ich hab dich vernachlässigt, meine Gute, nicht wahr?«
Lovis betrachtete liebevoll das Araucana-Huhn Alma, das
an seinem angestammten Platz im Heustadel auf seinem
Gelege saß und brütete. Sie war ihm während des Cavagna-
Falls eine gute Zuhörerin gewesen, als er selbst als Mord-
verdächtiger gehandelt worden war. Nicht nur einmal
hatte er erst an ihrer Seite im Heu in den Schlaf gefunden.
Aus den wunderschönen blauen Eiern, die Alma dabei vor
ein paar Wochen ausgebrütet hatte, waren tatsächlich Kü-
ken geschlüpft, kleine braune Federbüschel, die inzwischen brav mit den anderen Hühnern im Freigehege nach
Würmern scharrten. Lovis strich sacht über das seidige
Gefieder des Huhnes, und Alma ließ es gnädig geschehen.

»Wir haben endlich mal ein bisschen Ruhe gehabt in
letzter Zeit, weißt du, und außer dem ganzen Papierkram hat mir nichts wirklich Kopfzerbrechen bereitet.
Nur jetzt … ist ein Mord passiert. Schon wieder! Und ich
warte nur, bis mein Name wieder auf der Verdächtigenliste steht …«

Alma legte den Kopf schief, wie sie es immer machte,
als würde sie verstehen, was Lovis da erzählte.

»Der Mord ist ausgerechnet auf meinem Grund passiert. Und nachdem schon gegen mich ermittelt wurde,
weil ich das Feuer damals gemeldet habe, was wird dann
diesmal erst passieren?«

Alma gurrte beruhigend.

»Ich mache mich auf das Schlimmste gefasst. Ich
tippe auf U-Haft. Leitest du dann die Ermittlungen?«

Ein leises Glucksen war die Antwort. Alma fand das
wohl auch zum Lachen.

»Dass jemand die Obereggerin umbringt, ist ja kein
Wunder. So, wie die war. Immer auf Streit aus. Sogar

Paul hat sie zur Weißglut gebracht, und das will was heißen.« Lovis überlegte. »Aber wieso auf meinem Grund?« Wieder ließ er seine Finger über das seidige Gefieder gleiten. »Und was sollten die Bemerkungen von diesem von Stadler? Das war doch beinahe so, als wollte er Paul absichtlich schaden. Was hätte er davon?« Er zog die Augenbrauen zusammen und sah Alma fragend an. »Ich mein, damals beim Osterfest bei den Cavagnas wollte er ihn mir noch abwerben, und jetzt hat er ihn beinahe … nein, nicht nur beinahe: Er hat ihn belastet. Wieso?«

Das war wirklich rätselhaft. Und dass Paul bei der ersten Vernehmung mehr ein Zombie als er selbst gewesen war, war sicher auch nicht hilfreich gewesen. Plötzlich rieselte es Lovis kalt über den Rücken. Was, wenn es Paul wirklich an den Kragen ging?

SAMSTAG

....

VOR PFINGSTEN

In Lovis' Träumen flackerte Blaulicht, und ein Bataillon Polizeiwagen kreiste mit gellender Sirene um ihn herum. Erst langsam realisierte er, dass er nach stundenlangem Herumwälzen doch noch eingeschlafen sein musste, nur um jetzt in aller Herrgottsfrühe von den spielenden Urlauberkindern aus seinen Träumen gerissen zu werden. Unter seinem Zimmerfenster rannten die beiden schreiend auf dem kleinen Platz zwischen Söller und Hühnergehege hin und her. Immer wieder polterte einer der Jungen auf den Steg, der über das Bächlein und zur Schmiedhofer-Wiese führte.

Wenn die so weitermachen, bricht das Holz, so morsch wie das Ding ist, dachte Lovis entnervt und schwang sich fluchend aus dem Bett. Barfuß und mit verstrubbeltem Haar tappte er die Holztreppe hinunter, fluchte erneut, als seine Zehen den kalten Steinfußboden im Flur berührten, und riss die Haustür auf. »Jungs! Habt Erbarmen! So ein Krach zu nachtschlafender Zeit!«

Die Jungs kugelten sich vor Lachen. »Du siehst aber lustig aus«, kicherte Timmi und ließ dabei eine große Zahnlücke sehen. »Was heißt nachtschlafend?«

Lovis konnte nicht anders, als sich von der guten Laune der Kleinen anstecken zu lassen. Er schmunzelte. »Dass es noch Nacht ist und alle schlafen sollten. Ihr auch«, fügte er betont streng hinzu.

»Niemand schläft mehr«, stellte Ulli fest. »Die Pferdefrau nicht und der Kuhmann auch nicht. Dem haben wir im Stall geholfen beim Melken.«

»Und es ist auch nicht mehr Nacht«, fügte Timmi hinzu. »Die Sonne scheint doch schon.«

»Schon lange«, ergänzte Ulli und hatte damit recht. Die Sonne stand bereits über dem Tal, und das bedeutete, dass es mindestens schon acht Uhr war. Lovis gab sich geschlagen.

»Wenn das so ist, dann müsst ihr natürlich weiterlärmen. Aber nicht auf diesem Steg. Sonst landet irgendwann einer von euch im Bach. Und nicht in der Nähe der Hühner, sonst legen die keine Eier mehr, und nicht …« … in der Nähe von Barnabas, wollte er sagen, aber das ging in ohrenbetäubendem Geheul unter, denn die Jungs hatten ihr Spiel wieder aufgenommen. Macht doch, was ihr wollt, dachte er resigniert. Ich brauch jetzt einen Kaffee.

Paul und Angelika saßen bereits über dem Frühstück, als er die Küche betrat. Paul sah immer noch furchtbar aus. Sein Butterbrot lag unberührt vor ihm, dafür schien er Schmerztabletten gefrühstückt zu haben. In deiner Haut möchte ich jetzt nicht stecken, dachte Lovis.

Paul sah ihn schuldbewusst an. »Wegen gestern …«, begann er.

Lovis winkte ab. »Schon gut, vergiss es.«

Paul fuhr trotzdem fort. »Ich trinke nie. Zumindest nicht mehr als ein Bier, seit …« Er sah Lovis verstört an. »Seit ich den Jungen damals fast getötet hätte.«

Eiskalt fuhr der Schreck durch Lovis' Glieder. Einen Jungen getötet? Ohne dass er es wollte, blitzte das Bild von Jasmin Oberegger vor seinem inneren Auge auf.

»Ich war mit meinen Kumpels feiern … mit denselben wie gestern übrigens … und wir haben wohl ein paar Gläser über den Durst getrunken. Ich bin … na ja … trotzdem gefahren. War ja nur die paar Meter vom Festplatz ins Dorf, und dann …« Er schluckte. »Dann war da plötzlich dieser Junge vor meinem Wagen. Wie aus dem Nichts … Ich höre noch immer das Geräusch … ein dumpfer Schlag …« An Pauls Gesicht war das Grauen, das er empfunden haben musste, deutlich abzulesen. »Und dann sehe ich ihn durch die Luft fliegen …« Er schluckte wieder. »Er hat zehn Tage im künstlichen Koma gelegen, bevor sie ihn aufgeweckt haben. Zehn Tage, in denen ich nicht wusste, ob ich ihn getötet habe …«

»Er hat überlebt«, erklärte Angelika dem fassungslosen Lovis, weil Paul nicht mehr weitersprechen konnte. »Und heute ist er quietschfidel und mittlerweile selbst kräftig beim Feiern, wie man so hört. Also kannst du jetzt langsam aufhören, dir deswegen Schuldgefühle zu machen, Paul.«

Der schüttelte den Kopf. »Ich werde das Bild nie vergessen. Und deswegen trinke ich auch nicht mehr. Und ich fahre nicht mehr. Zumindest nichts, was mehr als dreißig Stundenkilometer macht. Aber vorgestern …«

»… hast du deine guten Vorsätze vergessen«, ergänzte Lovis, als Paul abermals abbrechen musste. »Um einen Unfall geht es aber diesmal nicht, sondern um

Mord. Und dieser Idiot von Stadler hat dafür gesorgt, dass die Polizei dich auf dem Radar hat. Ist dir inzwischen eingefallen, was du vorgestern Nacht alles gemacht hast? Wo du warst? Ob es jemanden gibt, der dir ein Alibi verschaffen kann?«

Paul schüttelte mutlos den Kopf. »Totaler Filmriss.«

Angelika legte ihm ihre Hand auf den Arm. »Mach dir keine Sorgen. In der Notaufnahme landen ja öfter solche … Fälle. Na ja, Leute, die einen über den Durst getrunken haben. Die wissen oft nicht mal mehr, wie sie heißen.«

»Da kann ich ja von Glück reden«, stellte Paul sarkastisch fest. »Ich weiß zwar nicht mehr, ob ich einen Menschen umgebracht habe oder nicht, aber immerhin weiß ich meinen Namen noch.«

»Du hast keinen Menschen umgebracht. Das weiß ich«, sagte Lovis. Er hoffte, dass Paul die leise Unsicherheit in seiner Stimme nicht hörte.

»Uiiiiuiiiiuiiii«, kam es da vom Flur.

Ihre Köpfe fuhren herum. Timmi und Ulli polterten zur Tür rein. Der Ältere blieb abrupt stehen, und der Jüngere, der nicht so schnell abbremsen konnte, purzelte über ihn. Beide landeten ziemlich unsanft auf dem Boden, und die Sirene verstummte.

»Wo ist die Polizei?«, fragte Timmi.

»Wir brauchen Eier«, verlangte Ulli gleichzeitig.

Angelika erhob sich. »Natürlich. Sonst noch was?«

»Brot, Butter, Marmelade«, zählte Ulli auf.

»Und Schokocreme und Kakao«, fügte Timmi hoffnungsvoll hinzu.

»Gar nicht«, widersprach Ulli. »Das erfindest du bloß.«

»Nein. Tu ich nicht!«

»Tust du doch!«

»Nein!«

»Doch!«

»Nein!«

Bevor der Streit weiter eskalieren konnte, hielt Angelika den beiden Jungs den Korb hin, in dem alles für das Frühstück vorbereitet war.

»Schokocreme und Kakao gibt's leider nicht«, erklärte sie schmunzelnd. »Aber vielleicht schmeckt euch unser Honig. Ich hab ein Glas davon in den Korb gegeben.«

»Honig?«, kam es zweifelnd von Ulli. »Na gut …« Mit einem Schulterzucken nahm er den Korb entgegen, drehte sich um und rannte mit Sirenengeheul aus der Küche. Timmi folgte ihm. An der Tür bremste er kurz ab, wandte sich um und sagte noch schnell: »Danke!« Dann war auch er verschwunden.

Die Stille, die daraufhin einkehrte, war beinahe ohrenbetäubend. Paul holte tief Luft und wollte gerade ansetzen, doch Angelika erriet, was er sagen wollte, und lenkte schnell ab: »Ich werde mich um die Jungs kümmern, wenn ich wieder da bin. Aber zuerst muss ich meine Runde mit Diablo machen.«

Paul hob abwehrend die Hände. »Ich will die beiden nicht im Stall haben. Das Animationsprogramm heute Morgen hat gereicht. Wenn wir das öfter machen, können wir die Kühe zum Psychologen schicken. Und mich auch.«

Angelika seufzte. »Wir können sie schwerlich in der Ferienwohnung einsperren. Außerdem bieten wir Ferien auf dem Bauernhof an …«

»Aber ich bin hier nicht als Babysitter angestellt, sondern als landwirtschaftlicher Facharbeiter. Also haltet sie mir vom Hals! Außerdem muss ich aufs Polizeikommissariat.«

»Angelika ...?«, fragte Lovis zögerlich, doch die wehrte sofort ab. »Kannst du vergessen. Ich mache meine Runde mit Diablo, hab ich gesagt. Warum kannst du dich nicht mit ihnen abgeben?«

»Weil ich auf den Perwanger Hof muss.« Der Rudi würde ihn zwar nicht grad mit offenen Armen empfangen, nachdem er ihm gleich zwei Reiter abspenstig gemacht hatte, aber da musste er jetzt durch. Es gab noch ein paar Nachforschungen anzustellen. An diesem Liam war etwas verdächtig, auch dass er der Obereggerin auf den Messner Hof gefolgt war, fand Lovis merkwürdig – vor allem, wenn er an die Szene dachte, die er erst vorige Woche miterlebt hatte. Und wenn jemand ihm etwas über das Verhältnis zwischen den beiden erzählen konnte, war das der Perwanger.

Das war aber noch nicht alles, was er zu erledigen hatte: »Außerdem sollte ich wohl besser noch jemanden finden, der diesem versoffenen Kerl da ein Alibi verschaffen kann.« Verstanden die beiden den Ernst der Lage nicht? Lovis war wider Willen laut geworden, und seine beiden Freunde sahen ihn sprachlos an. Doch bevor irgendwer was antworten konnte, gab sein Telefon einen summenden Ton von sich. Er warf einen Blick auf das Display, und ein freudiges Grinsen überzog sein Gesicht. »Die Jungs!«, rief er. »Wir fragen die Jungs!«

Paul und Angelika wechselten einen verständnislosen Blick.

»Erik, Iwan und Matthias!«, erklärte er, während er nach dem Telefon griff. Die drei Mittelschüler hatten ihm bei der Lösung des Cavagna-Falls geholfen, und an diesem verlängerten Pfingstwochenende sollten sie schulfrei haben. »Ich hab einen Job für euch«, sagte er ins Telefon, während er auf den Söller ging. Der Empfang war in der Küche äußerst dürftig.

Iwan, der am anderen Ende der Leitung war, antwortete begeistert: »Einen Schnüffeljob?«

»Nein, leider nicht … etwas anderes.« Beinahe schämte er sich, mit der Wahrheit herauszurücken.

»Uiiiuiiiiuiii!« Zweistimmiges Sirenengeheul kam um die Ecke, die beiden Jungs vollführten im Kies vor dem Söller eine Vollbremsung und purzelten wieder übereinander. Grinsend streckte Ulli ihm den leeren Frühstückskorb entgegen. »Die Mami sagt Danke!«, sagte er dazu. Dann tobten die beiden wieder mit Sirenengeheul davon.

»Lassen Sie mich raten«, meinte Iwan. »Babysitten?«

»Genau.«

»Kostet aber was«, war die Antwort.

»Ihr Geier!« Iwan lachte nur, und Lovis lenkte ein. »Okay, okay … Ich habe verstanden. Hauptsache, ihr haltet uns diese Rabauken vom Hals!«

Als er wieder in die Küche kam, sahen ihn Paul und Angelika fragend an.

»Erledigt«, sagte Lovis. »Zumindest übers Wochenende sind die beiden Fratzen beschäftigt.«

Im selben Moment klopfte es, und gleich darauf streckte Liam Verginer seinen Kopf zur Tür rein. »Jemand da? Guten Morgen, Angie.« Ein anzügliches Lächeln erstrahlte auf seinem Gesicht.

Angelika wandte sich ab und stand abrupt auf. »Ich muss dann. Räumst du auf, Lollo? Und mach das Fenster auf. Irgendwas stinkt hier.«

Lovis nickte stumm und sah ihr zu, wie sie sich an ihrem Ex vorbeidrückte, der ihr grinsend nachsah. »Immer noch die alte Kratzbürste«, meinte er, und an die beiden Männer gewandt: »Gibt's hier etwa Kaffee?«

Für dich ganz gewiss nicht, dachte Lovis grantig, zwang sich jedoch zu einer halbwegs höflichen Antwort. »Leider nein. Und die privaten Wohnräume sind für Reiter auch nicht zugänglich. Was wollen Sie?«

Liam griff sich eine Tasse und füllte sie bis an den Rand mit Kaffee. »Ich hab den Transporter schon auf heute organisieren können. Bin etwas in Sorge, mein Gonzo könnte das nächste Opfer dieses Giftmörders auf dem Perwanger Hof sein.«

Wenn nur nicht du selbst dieser Giftmörder bist, dachte Lovis bei sich und warf Paul einen beredten Blick zu. Auf jeden Fall musste irgendwer diesen Kerl im Auge behalten. Nicht, dass demnächst auch auf dem Messner Hof die Pferde qualvoll verendeten. Mit leichter Verzweiflung fragte er sich, ob ihm nicht gerade alles über den Kopf wuchs.

Doch er riss sich zusammen. »Dann warten Sie doch bitte draußen. Wir kommen gleich zu Ihnen.« Kaum dass Liam Verginer den Raum verlassen hatte, neigte er sich Paul zu und flüsterte: »Den da dürfen wir auf keinen Fall aus den Augen lassen. Du weißt schon.«

Paul hob abwehrend die Hände. »Was soll ich denn noch alles tun?«

»Nichts weiter. Einfach die Augen offenhalten, wenn er da ist. Ihn nicht allein lassen.«

Paul verdrehte die Augen. »Dann sollte ich ihm wohl jetzt nachgehen, nicht wahr?« Er stand auf, öffnete die Tür und stieß beinahe mit Liam Verginer zusammen.

Lovis und Paul wechselten einen Blick. Hatte er etwa gelauscht?

»Heute geht es hier zu wie in einem Taubenschlag«, stellte Lovis halb belustigt, halb grantig fest, als kurz danach die Tür schon wieder aufflog. Diesmal waren es die Jungs. »Aber von all den Vögeln, die heute hier ein- und ausgeflogen sind, seid ihr mir doch die liebsten«, setzte er versöhnlich hinzu.

Matthias grinste verschwörerisch. »Wo sind die Babys, auf die wir aufpassen sollen?«

Lovis zuckte mit den Schultern. »Irgendwo zwischen Stall und Ferienwohnung, vermute ich. Sind erst gestern Vormittag angekommen. Paul hat schon angeboten, sie im Trog zu ertränken.«

»So schlimm?«, fragte Iwan.

»Schlimmer noch. Und ich kann mich nicht um die beiden Rangen kümmern. Nicht, solange Paul …« Er verstummte.

»Was ist mit Paul?«, fragte Erik.

Lovis hob gequält die Schultern, und Matthias riss die Augen auf. »Wollen die ihm etwa die Schuld an dem Mord in die Schuhe schieben?«

Erschrocken sogen die Jungs die Luft ein.

»Das ist nicht wahr, oder?«, sagte Iwan. »Wie kommen die auf so einen Blödsinn? Paul würde nie …«

»Nie!«, fielen die beiden anderen in Iwans Empörung mit ein.

»Die Polizei kennt ihn halt nicht so gut wie ihr und ich, und von Stadler hat dem Ispettore brühwarm erzählt, dass Paul und diese Jasmin Oberegger sich nicht grün waren. Außerdem gibt es außer Paul noch einen Verdächtigen.«

»Lassen Sie mich raten: Sie«, stellte Iwan trocken fest. Lovis nickte frustriert.

»Na ja, aber warum genau ihr beide?« Erik war mit seinen Schlussfolgerungen nicht so schnell wie Iwan.

»Ist doch klar«, erwiderte der geduldig. »Lovis, weil ihm der Weinberg gehört und die Tante ihr Pferd hier untergestellt hatte, und Paul, weil der sich mit ihr ständig in die Haare gekriegt hat.«

»Da war er aber doch nicht der Einzige.« Matthias zog eine abschätzige Grimasse. »Die hatte doch mit jedem Streit.« Die beiden anderen Jungen nickten überzeugt.

»Mit wem denn noch?« Lovis sah sie neugierig an. Wenn er der Polizei ein paar andere Verdächtige präsentieren konnte, wäre das sicher nicht schlecht.

»Na, zum Beispiel mit Ihrem Lieblingsnachbarn. Friedrich von Stadler. Vor ein paar Wochen gab es direkt nach der Messe eine ziemlich witzige Szene auf dem Dorfplatz. Besser als Fernsehen!« Die Jungs kicherten bei der Erinnerung an den Streit. »Davon hat er der Polizei wahrscheinlich nichts erzählt, wie?«

Jetzt wurde Lovis hellhörig. Wenn von Stadler ein Tatmotiv hätte, konnte er damit vielleicht den Verdacht von Paul auf seinen Erzfeind lenken. »Worum ist es gegangen?«

Der Junge legte die Stirn in Falten. »Keine Ahnung. Wisst ihr's?« Die anderen beiden schüttelten beinahe synchron die Köpfe.

»Irgend so ein Erwachsenenquatsch«, meinte Matthias.

»Aber wir können's rausfinden«, bot Erik an, und sofort blickten Lovis drei Paar Augen eifrig entgegen. Der nickte. Hoffentlich fanden sie's schnell raus.

»Yeah!!!!« Sie brachen in ein Freudengeheul aus, das verdächtig ähnlich wie die Sirene der beiden Urlauberkinder klang, was Lovis wieder auf sein ursprüngliches Anliegen brachte. »Aber zuerst kümmert ihr euch um die Stadtkinder.«

»Och …« Enttäuschung malte sich auf die Gesichter der drei Nachwuchsdetektive, bis Iwan die Erleuchtung hatte. »Wir könnten sie ja mitnehmen. Das finden die sicher total super. Krimispielen in Südtirol oder so. Können Sie gern als besondere Attraktion auf Ihre Website schreiben.«

»Ich weiß nicht.« Lovis rümpfte die Nase. Die Gäste wollte er da lieber raushalten. Am Ende brachte ihn das Ganze noch in Teufels Küche.

»Ach, kommen Sie schon. Wir tun so, als ob wir Räuber und Gendarm spielten. Das gibt sicher einen Mordsspaß für die Kleinen ab. Die checken ja nicht mal, dass es blutiger Ernst ist.«

Beim »blutigen Ernst« rieselte es Lovis kalt über den Rücken. Auch für die drei Jungs war das Ganze nur ein Spiel. Nicht aber für Paul. Wie der sich jetzt fühlte, konnte Lovis nur zu gut nachvollziehen. Hatte er doch vor ein paar Wochen erst dasselbe durchgemacht, und sein ehemaliger Chef Fernando Botta würde die Gelegenheit, ihm Schwierigkeiten zu bereiten, mit Sicherheit nutzen. Widerwillig gab er sein Einverständnis.

»Wo sind die beiden eigentlich?«, fragte Iwan.

Lovis zuckte die Schultern. »Wenn ihr Glück habt, haben sie sich in den Bach gestürzt und sind inzwischen auf dem Weg in die Adria.«

Matthias schüttelte den Kopf. »Können Sie vergessen. Da ist kein Wasser drin. Wenn die da reingefallen sind, haben sie sich höchstens die Knie aufgeschlagen, und das würden wir wahrscheinlich hören …«

»Auch wahr«, meinte Lovis.

Da durchbrach das markante »Uiiiiuiiiiuiiii« von draußen die ansonsten friedliche Ruhe.

Lovis deutete vielsagend Richtung Küchenfenster.

»Gefunden.«

Lovis schaute, dass er zum Stall hinunterkam. Irgendwer musste diesen Verginer im Auge behalten. Paul hatte die Hände voll zu tun, und Angelika hatte deutlich klargemacht, dass sie mit ihm nichts zu tun haben wollte. Umso überraschter war er, als ihn im Vorhof ein inniges Bild erwartete.

Angelika war wohl soeben dabei gewesen, ihren Wallach zu satteln, als Liam Verginer seinen Rappen aus dem Transporter befreite. Dieser hatte Diablo offenbar wiedererkannt, und die beiden schwarzen Friesen feierten ein liebevolles Wiedersehen, beschnoberten sich gegenseitig und warfen übermütig die Köpfe hoch.

»Da freut sich einer genauso wie ich«, stellte Liam mit einem anzüglichen Blick auf Angelika fest, die seinem auswich, dafür Lovis Hilfe suchend ansah.

»Sie können gern in die andere freie Box einziehen, wenn Sie sich so freuen, Diablo wiederzusehen. Eine ist noch frei.«

Verginer lachte, warf dabei den Kopf zurück und ließ sein perfektes Gebiss aufblitzen. »Sie sind nicht auf den Mund gefallen, wie?« Lovis zuckte nur mit den Schultern, gönnte ihm aber keine Antwort.

»So froh, wie Gonzo ist, dass er seinen Diablo wiederhat, bin ich, dass du mir wieder über den Weg gelaufen bist«, stellte Liam mit einem neckischen Blick zu Angelika seinen Satz von zuvor richtig.

Die zog die Augenbrauen hoch. »Weiß deine Freundin, dass du mit mir flirtest? Oder sollte ich sagen: deine Freundinnen?«

Liam griff sich theatralisch an die Brust. »Autsch, das tut weh! Immer noch die alte Giftspritze, wie?«

»Immer noch der alte Windhund. Glaubst du, ich habe nicht gemerkt, dass du das Thema wechselst?«

Angelika fixierte ihren Ex herausfordernd. Doch der ließ sich nicht beeindrucken. »Wie wär's mit einer Pizza heute Abend? Oder lieber ein Candle-Light-Dinner?«

Jetzt reichte es Lovis. Ohne lang darüber nachzudenken, griff er besitzergreifend nach Angelikas Hand. »Da hat sie leider schon was vor.« Er wagte es nicht, Angelika anzusehen, richtete dafür einen umso kämpferischeren Blick an Verginer.

Der trat einen Schritt zurück, nickte. Sein Lächeln war nicht mehr allzu strahlend, als er meinte: »Verstehe. Na, dann … zeigen Sie mir mal, in welche Box ich meinen Gonzo stellen darf.«

Lovis nickte. Widerstrebend ließ er Angelikas Hand los, wagte immer noch nicht, sie anzusehen, und ging ein paar Schritte Richtung Stall in der Meinung, dass Liam Verginer ihm mit seinem Pferd folgen würde. Gonzo hatte aber wenig Lust, sich von seinem wiedergefundenen Freund Diablo zu trennen. Sehnsüchtig wieherte er ihm zu.

»Verräter«, flüsterte Angelika ihrem Wallach ins Ohr.

»Die beiden sind ja wirklich ein Herz und eine Seele«, meinte Lovis.

»Wie ihre Reiter«, ergänzte Verginer.

»Nun ja, wohl nicht mehr«, stellte Lovis trocken fest. »Oder habe ich da was falsch verstanden?«

»Man soll nie ›nie‹ sagen.«

Lovis fühlte, wie sein Herzschlag sich beschleunigte. Er hatte nicht übel Lust, den Kerl einfach vor die Tür zu setzen. 450 Euro hin oder her. Die mussten dann eben irgendwie anders reinkommen.

Dann aber dachte er an Angelikas Reaktion. Der Kerl ging ihr genauso sehr auf die Nerven wie ihm. Vielleicht sogar noch mehr. Da hatte er eigentlich nichts zu befürchten.

Also schröpfen wir ihn, dachte er mit Genugtuung. Mit Argusaugen beobachtete er jeden Handgriff seines neuen Mieters, folgte ihm auf Schritt und Tritt, bis Verginer sich ihm irgendwann zwinkernd zuwandte und meinte: »Ich glaube, ich finde den Weg zum Transporter und in die Reiterkammer jetzt allein.«

Zu auffällig, Lovis, schimpfte er mit sich selbst und überlegte fieberhaft, mit welcher Ausrede er sich weiter in Verginers Nähe aufhalten konnte. Da fiel ihm Shanty ein, und er beschloss, sich seinem Neuzugang zu widmen und das Pferdchen ein wenig zu striegeln.

Er wollte soeben den Putzkoffer holen, da trat Paul aus dem Stall. Kreidebleich im Gesicht, sein Handy in der Hand.

»Sie wollen meine DNA«, sagte er, sank auf den gemauerten Trog an der Stallwand und wiederholte noch einmal fassungslos: »Sie wollen meine DNA.«

»Sicher eine Routinemaßnahme«, versuchte Lovis seinen Knecht zu beruhigen. »Das machen sie immer. Bei mir werden sie sicher auch vorstellig werden. Mach dir keine Sorgen.«

Doch Paul machte sich Sorgen. Er deutete auf den Stall, das Handy, sah noch einmal verstört seinem Chef ins Gesicht, dann ging er ohne ein weiteres Wort Richtung Hauptstraße. In seinem stinkenden Overall und den miststarrenden Stallschuhen.

Doch Lovis blieb keine Zeit, ihn darauf hinzuweisen, denn in diesem Moment gellte eine schrille Stimme über den Hof: »Herr Loooovis! Stimmt es, dass hier ein Mooord passiert ist? Ein Mooord?«

Hanne Wiedenhof! Woher hat sie das bloß so schnell erfahren, dachte Lovis verzweifelt. Die Frau hatte gerade eine Nacht auf dem Hof verbracht. Und was sollte er ihr sagen? Die Wahrheit? Damit die Wiedenhofs auf der Stelle abreisten und ihn um die Einkünfte brachten? »Na ja, also …« Er suchte nach Worten.

»Hören Sie auf mit Ihrem blöden Na-ja. Ist ein Mord passiert oder nicht?« Sie fixierte Lovis mit zusammengekniffenen Augen.

Der entschied sich für eine Flucht nach vorn. »Ja, Sie haben recht. Im Weinberg wurde eine Tote gefunden. Aber es ist noch zu früh, zu behaupten …«

»Ein Mord!« Hanne Wiedenhof nickte bekräftigend. »Ich hab das im Gespür. Es ist Mord. Und ich bin hier.«

Irgendwie muss ich sie beruhigen, dachte Lovis und meinte: »Sie müssen auf jeden Fall keine Angst …«

»Angst?« Sie lachte auf. »Nein, da kennen Sie mich schlecht.«

Plötzlich erkannte Lovis, dass es nicht Furcht war, die aus Hanne Wiedenhofs Augen leuchtete, sondern Sensationsgier. Er kam gar nicht dazu, sich zu wundern, denn sie bombardierte ihn schon mit ihrer nächsten Frage: »Hat man schon einen Verdacht?«

»Nein«, sagte Lovis etwas zu schnell. Sein kurzer Seitenblick Richtung Stall verriet ihn jedoch.

»Aha«, sagte sie.

»Nichts aha«, sagte Lovis.

Sie zog wieder die Augenbrauen hoch. »Sie selbst?«

»Nein!«, rief er aus und fügte rasch hinzu: »Jetzt hören Sie endlich auf! Sie sind ja schlimmer als die Polizei!«

Ein selbstzufriedenes Grinsen erschien auf ihrem Gesicht. »Das nehme ich mal als Kompliment. Wenn nicht Sie, dann wohl Ihr Knecht?«

Lovis blieb ihr die Antwort schuldig. Sie brauchte aber auch keine Bestätigung von seiner Seite.

»Also der Knecht«, stellte Hanne Wiedenhof mit hörbarer Genugtuung fest.

»Nein«, wehrte Lovis ab, doch gegen die Hobbydetektivin hatte er keine Chance.

»Und Sie lassen einen Mörder frei auf dem Messner Hof herumlaufen?« Hanne Wiedenhof schnappte nach Luft.

»Er steht nur deshalb unter Verdacht, weil er ein paar kleinere Auseinandersetzungen mit der Dame hatte. Sie hat sich nicht besonders um die Regeln auf dem Messner Hof geschert und ihm mit ihrem Verhalten die Arbeit erschwert. Aber Paul würde nie ...« ... einer Fliege was zuleide tun, wollte er wiederholen, aber Hanne ließ ihn nicht ausreden.

»Gerade die Unauffälligen sind die, die man besonders im Auge behalten muss! Der Spruch ›Der Mörder ist immer der Gärtner‹ kommt nicht von ungefähr. Es sind immer die, bei denen man am wenigsten denkt, dass sie es sind. Lassen Sie sich das gesagt sein!« Mit erhobenem Zeigefinger fuchtelte sie Lovis vor der Nase herum.

Er wollte ihr soeben klarmachen, dass das Leben kein Krimi war, da läutete sein Telefon. Es war Scatolin. Beinahe dankbar signalisierte er seinem Urlaubsgast, dass das Gespräch beendet war, und nahm den Anruf an.

»Du hast Paul in den Bunker bestellt?«

»Ja … und dich brauchen wir auch. Unter anderem für eine DNA-Probe.«

Lovis schluckte. Obwohl er Paul gegenüber so getan hatte, als sei das eine reine Routinemaßnahme und daher kein Grund zur Besorgnis, sackte ihm bei dem Gedanken doch das Herz in die Hose. Er fühlte sich, als würde er bereits als Mörder gehandelt. Schon wieder!

Scatolin räusperte sich. »Botta besteht darauf.« Das war ja klar. Würden Bottas Schikanen nie aufhören? »Wir müssen sie mit der DNA unter den Fingernägeln der Toten vergleichen. Nachdem der Weinberg dir gehört …« Scatolin ließ den Satz offen in der Luft hängen.

Lovis hatte überhaupt keine Lust, seine DNA abspeichern zu lassen, und er wusste auch, dass man ihn nicht dazu zwingen konnte. Aber wenn er sich weigerte, machte ihn das erst recht zum Verdächtigen. Es blieb ihm also nichts anderes übrig, als das Spiel mitzuspielen. »Wann soll ich kommen?«

»Am besten gleich, und …« Scatolin druckste herum, doch Lovis ahnte schon, was nun kommen würde. Und er behielt recht. »Deine Vernehmung will Botta höchstpersönlich übernehmen.«

»È una coincidenza, che ogni volta che ci incontriamo ci scappa il morto?«, schnarrte ihn Botta, der Commissario Capo, gleich zur Begrüßung an, ohne den Blick von seinen Unterlagen zu nehmen. Ein glänzender Metallkugelschreiber kreiste blitzschnell um die Finger seiner Rechten. Beim Anblick seines verhassten Ex-Chefs fühlte sich Lovis sofort wieder klein und ausgeliefert, und er ballte seine Fäuste. Er hatte genug von diesem Gefühl der Ohnmacht. Trotz regte sich in ihm.

»Wollen Sie etwa behaupten, dass ich mit dem Mord etwas zu tun habe? Natürlich ist es ein Zufall. Ich habe den Mörder ganz sicher nicht in meinen Weinberg bestellt«, gab er zur Antwort.

Botta sah auf. »In italiano.«

Doch Lovis schüttelte den Kopf. Botta konnte ihm nichts mehr anhaben. Er hatte keine Lust, sich von seinem Ex-Chef wegen seines Akzents schikanieren zu lassen, wie das in seiner Zeit bei der italienischen Staatspolizei an der Tagesordnung gewesen war. Mutiger, als er sich fühlte, verlangte er: »Ich möchte meine Zeugenaussage in meiner Muttersprache machen.«

Botta schnappte nach Luft. »Lei …!«, setzte er an, doch Lovis machte einfach weiter. »Ich habe nichts dagegen, wenn Sie Ihre Fragen in italienischer Sprache stellen, aber ich werde in deutscher Sprache antworten. Und ich werde meine Zeugenaussage auch nur unterschreiben, wenn sie in deutscher Sprache abgefasst ist. Sie wissen genau, dass ich das Recht dazu habe.«

Die Worte waren heraus, bevor er die Folgen überdacht hatte. Natürlich hatte er recht mit seiner Behauptung. Das Autonomiestatut des Landes Südtirol beinhaltete, dass jeder Südtiroler vor Gericht, in der Schule, in öffentlichen Ämtern und natürlich im Gespräch mit den Ordnungshütern seine Muttersprache verwenden konnte. In der Praxis sah das jedoch oft anders aus. Besonders wenn man mit Polizeibeamten zu tun hatte, die meistens aus südlicheren Regionen stammten, tat man gut daran, sich in deren Muttersprache zu äußern, egal wie radebrechend man sich durch seine Argumentation stotterte. Tat man das nicht, nahm man sein Gegenüber schon von vornherein gegen sich ein, und das hatte natürlich Folgen. Warum kannst du nicht einmal dein vorlautes Maul halten, Lovis, schalt er sich selbst und war auf eine Hasstirade vonseiten seines ehemaligen Chefs gefasst. Doch der war immer noch damit beschäftigt, Lovis' offenkundige Provokation zu verdauen, und schnappte nach Luft wie eine Sardine auf dem Trockenen.

Dann veränderte sich sein Gesichtsausdruck langsam. Ein gefährlicher Rotton überzog Wangen und Glatze, und an der Stirn trat eine Ader zornig hervor. Er setzte zum Sprechen an, stoppte wieder, setzte wieder zum Sprechen an. Schließlich hob er seine Hand und zeigte Richtung Tür. »Fuori«, zischte er. »Fuori. Prima che io mi dimentichi, fuori!« Und dann noch einmal in anschwellender Lautstärke: »Fuori! Qualcun'altro si occuperà di Lei!«

Lovis tat nichts lieber, als seinem Ex-Chef aus den Augen zu gehen und suchte schnell das Weite, um bei einem anderen Beamten der italienischen Staatspolizei seine DNA abzugeben und seine Zeugenaussage zum Mordfall Oberegger zu Protokoll zu geben.

Der angekündigte Kollege war Scatolin, und der betrat mit einem »Du hast Goliath besiegt, Amico« den Raum. Um gleich danach fortzufahren: »Lass uns diese DNA-Probe hinter uns bringen. Deine Aussage können wir auch bei einem Caffettino aufnehmen, einverstanden?« Er schwenkte ein Röhrchen.

Dankbar nickte Lovis, nahm das Stäbchen für den Abstrich entgegen und rieb es ein paarmal über die Innenseite seiner Wange. »Dann hoffe ich mal, dass ihr nicht nur mich und Paul einem DNA-Test unterzieht, sondern auch diesen von Stadler«, meinte er, als er Scatolin das Stäbchen zurückgab.

»Werden wir, Amico«, sagte der, verstaute es ordnungsgemäß in dem Plastikröhrchen, dann schnappte er sich seine Uniformjacke und meinte: »Ab zu Bruni!«

In Brunis Bar sah es aus wie immer. Durch die kleinen Fenster drang kaum Licht in den schmuddeligen Raum, und die Schuhsohlen erzeugten ein schmatzendes Geräusch auf dem klebrigen Linoleum. Sie selbst saß auf einer Bank in der Fensternische und war in eine Klatschzeitung vertieft, wobei sie ihre Brille wie eine Lupe die Zeilen entlangwandern ließ. Beim Eintreten der beiden Männer hob sie den Kopf, nickte auf Scatolins ausgestreckten Zeige- und Mittelfinger hin und schob sich ächzend aus der Bank. Während Lovis und Scatolin sich an ihrem Stammplatz niederließen, watschelte die füllige Frau hinter den Tresen und machte sich an der Kaffeemaschine zu schaffen. Vorsichtig untersuchte Lovis die Tischplatte. Auf den ersten Blick wirkte sie sauber, doch sie fühlte sich klebrig an, und er zog schnell seine Arme zurück und verschränkte sie vor der Brust. Wie Bruni es geschafft hatte, ihren Barbetrieb all die Jahre aufrechtzuerhalten, war ihm ein Rätsel, und er hoffte, dass – sollte sich einmal ein Beamter des Hygieneamts hierher verirren – er ihren Kaffee kostete, bevor er eine Schließung anordnete. Brunis Kaffee war nämlich der beste der Welt.

»Ich wollte mit dir allein sprechen«, sagte Scatolin. »Wegen deinem Paul.« Lovis wurde sofort hellhörig.

»Wir haben euch nicht nur gerufen, weil wir DNA-Spuren unter den Fingernägeln gefunden haben. Es gibt auch …«

»Due caffè«, flötete Bruni und stellte die beiden Tassen vor Scatolin und Lovis auf den Tisch. »Schön, dich auch wieder einmal zu sehen, Lorenz!«

»Geht mir genauso. Der Kaffee hier fehlt mir wirklich.«

»Ich bin immer hier. Du musst nur vorbeikommen.« Verschwörerisch wackelte sie mit den Augenbrauen.

Lovis grinste. »Ich werd's mir merken.«

Abwartend blieb Bruni neben den beiden stehen. Scatolin sah sie an. »Ist noch was?«

»Nein, nein«, sagte sie schnell, blieb aber weiter stehen und musterte sie neugierig.

»Wir melden uns, wenn wir noch etwas brauchen.« Scatolin klang jetzt leicht genervt, und Bruni verstand. Sie setzte sich wieder in ihre Ecke und zückte die Lesebrille, um sich weiter in ihre Lektüre zu vertiefen.

»Es ist nicht nur die DNA«, sagte Scatolin mit gesenkter Stimme. »Es gibt belastende Aussagen. Er wurde gegen zehn Uhr nachts gesehen … im Weinberg.«

Lovis erstarrte. »Wer sagt das?«

Scatolin wand sich. »Sai bene che non posso …«

Ja, Lovis wusste genau, dass Scatolin ihm keine Einzelheiten aus einer laufenden Ermittlung verraten durfte, aber das war ihm jetzt egal. »Wer?«, wiederholte er.

Scatolin schüttelte den Kopf. »Ich habe schon mehr gesagt, als ich darf. Ich wollte dich nur warnen. Dein Knecht ist nicht so friedfertig, wie du glaubst.«

Lovis versuchte die leise Stimme in seinem Inneren auszublenden. Die Stimme, die ihm einflüsterte, dass Paul der Mörder sein könnte.

»Er war es nicht«, wehrte er lauter ab, als er wollte.

Scatolin nickte nur wissend. »Kannst du das auch beweisen?«

»Das werde ich«, versprach Lovis. Eines musste er dafür aber wissen: »Sag mir, wer ihn belastet hat.«

Scatolin seufzte. »Amico … Ich darf nicht, das weißt du genau. Ich habe Frau und Kinder und möchte meinen Job behalten.«

»Und ich möchte meinen Arbeiter behalten. Wenn du mir den nimmst, geht der Messner Hof vor die Hunde, und ich fange wieder bei euch an!«

»Gott bewahre!« Scatolin hob abwehrend seine Hände. »Ich werde Botta darauf vorbereiten.«

»Du wirst es mir nicht sagen?«

»Du solltest ernst nehmen, was Botta gesagt hat. Halt dich aus diesem Fall raus. Hier geht es nicht um irgendwelche toten Uhus, sondern um Mord.« Scatolin sah ihn eindringlich an. »Das ist eine Schuhnummer zu groß für dich.«

»So wie der Cavagna-Mord.«

»Dass du den aufgeklärt hast, war purer Zufall.«

»Dann habt ihr die DNA-Probe zum Spaß entnommen?« Lovis sah seinen Freund herausfordernd an.

»Das ist eine Formsache.«

Lovis schnaubte.

»Du glaubst mir nicht?«

Lovis warf die Hände in die Höhe. »Nein. Ich glaube dir nicht. Ihr habt diese Probe von mir und von Paul genommen. Von Stadler, der sich vor dem ganzen Dorf mit der Obereggerin gefetzt hat, sehe ich hier nirgends, und keiner ist auf die Idee gekommen, mich zu fragen, ob es andere Verdächtige gibt.« Bruni hatte die Illustrierte sinken lassen und tat mittlerweile nicht einmal mehr so, als würde sie darin lesen.

Auch Scatolin zeigte plötzlich nicht mehr die übliche Resignation, sondern Interesse. »Gibt es?«

»Ja, gibt es.« Lovis beugte sich vor und erzählte Scatolin mit unterdrückter Stimme von diesem Liam, der dem Mordopfer vom Perwanger Hof auf den Messner Hof nachgezogen war, wo Jasmin Oberegger ein bitteres Ende gefunden hatte. »Das ist ein Stalker! Ich sage es dir! Kein Wunder, dass Angelika sich von ihm getrennt hat.«

»Er ist Angelikas Ex?«

Lovis nickte düster.

In Scatolins Gesicht arbeitete es. Schließlich meinte er: »Der eine Verdächtige ist dein Erzfeind, der andere der Ex deiner Angebeteten. Sei mir nicht böse, aber ich glaube, da ist der Wunsch Vater des Gedankens.«

»Wunsch Vater des Gedankens …«, wiederholte Lovis fassungslos. Da präsentierte er seinem Freund und Ex-Kollegen zwei Verdächtige auf dem Silbertablett, und er tat es als Rachefeldzug ab. »Wenn du so denkst, ist eine Fortsetzung des Gesprächs wohl nutzlos.« Er stand auf, zog einen zerknitterten Fünf-Euro-Schein aus der Gesäßtasche seiner Jeans und legte ihn Bruni auf den Tisch. »Der Rest ist für dich, Bruni. Wir werden uns wohl so bald nicht mehr wiedersehen.«

»Amico!«

»Spar dir den Amico. Überprüf einfach, ob dieser Schleimer ein Alibi hat. Sonst mach ich's! Und wenn du schon dabei bist, kannst du dasselbe bei von Stadler machen. Dass alle beide um ein Vielfaches verdächtiger sind als der Paul, sieht ein blindes Huhn, nur die Polizei nicht. Aber vielleicht wollt ihr das ja nicht sehen. Die Frage ist nur: Warum?«

Und damit ließ er seinen fassungslosen Freund zurück und ging.

Als Lovis aus der Bar trat, erkannte er auf der anderen Straßenseite Paul. Aschfahl im Gesicht überquerte er die Straße. »Die wollen mich drankriegen«, sagte er. »Die sind sicher, dass ich die Obereggerin umgebracht habe. Einfach so. Da kann ich sagen, was ich will.«

Lovis nickte nur verständnisvoll. Da hatte Paul wohl leider den Nagel auf den Kopf getroffen.

»Du verstehst nicht, Lovis. Die haben mich gefragt, ob ich sie umgebracht habe, und ich habe gesagt: ›Nein, nicht dass ich wüsste.‹ Weil, ich weiß ja wirklich nichts mehr von dieser Nacht. Und die haben nur so geschaut … Aber ins Gesicht stand ihnen deutlich geschrieben, dass sie mir kein bisschen trauen. Dann haben sie mich gefragt, wo ich zur Tatzeit war. Ich hab wieder gesagt, dass ich es nicht weiß, weil ich hab ja immer noch diesen Filmriss. Aber sie glauben mir das einfach nicht. Chef …« Er sah Lovis verzweifelt an. »Was passiert da?«

Der zuckte hilflos mit den Achseln. »Wenn sie deine DNA mit der unter den Fingernägeln der Toten vergleichen und sie nicht übereinstimmt, bist du aus dem Schneider«, meinte er. Sein Blick fiel auf Pauls Hände. Groß wie Baggerschaufeln. Arbeiterhände. Oder Mörderhände. Wieder dieser Gedanke. Schnell schüttelte er ihn ab.

»Man fühlt sich so …« Paul unterbrach sich.

»Hilflos«, ergänzte Lovis und dachte daran zurück, wie Scatolin ihm verraten hatte, dass er im Mordfall Cavagna als Hauptverdächtiger geführt wurde. Es war ein Gefühl, das alle anderen Empfindungen lähmte. Schweben im luftleeren Raum, totale Haltlosigkeit.

»Ja«, sagte Paul. »Hilflos. Das Schlimmste ist, ich weiß nicht einmal, ob sie nicht sogar recht haben damit. Chef, ich …« Verzweifelt suchte er Lovis' Blick. »Ich hab dich noch nie um etwas gebeten, aber heute flehe ich dich an … Ich bitte dich, meine Unschuld zu beweisen. Der Polizei … aber vor allem mir selbst. Ich … bezahle natürlich auch dafür.«

Lovis schüttelte den Kopf. »Du brauchst mich gar nicht darum zu bitten, Paul, und ich werde ganz sicher kein Geld von dir nehmen.«

»Doch. Ich möchte dafür bezahlen. Wie ein ganz normaler Kunde. Wie viel verlangst du? Brauchst du einen Vorschuss?«

»Jetzt hör schon auf, Paul. Ich weiß auch schon, wie wir anfangen: Wir helfen deiner Erinnerung auf die Sprünge.«

Paul sah ihn groß an. »Wie willst du das anstellen?«

»Mit einem Erinnerungsspaziergang.« Auch wenn damit sein Plan zunichtegemacht wurde, auf dem Perwanger Hof mehr über diesen Verginer herauszufinden: Paul war einfach wichtiger.

Lovis hatte sich nicht die Mühe gemacht, seinen Kübel in der Remise abzustellen, sondern parkte ihn – wie ein paar Tage zuvor Frau Oberegger – zwischen den Apfelbaumreihen. Pauls Widerspruch tat er mit einer Handbewegung ab. »Ich will nichts hören. Du wirst deine Apfelbäume in der nächsten halben Stunde nicht streicheln.«

Paul nickte resigniert.

»Also. Was ist das Letzte, woran du dich erinnerst?«

»Ich hab die Kühe gemolken.«

»Dann gehen wir jetzt dahin.« Er ging seinem Mitarbeiter voran in den Stall. Die Kühe käuten zufrieden ihr Futter wieder und begrüßten Paul mit leisem Muhen. Angelika und Liam Verginer waren nirgends zu sehen. Wo die beiden wohl waren? Angelikas Vespa stand nicht mehr da. Wahrscheinlich hatte sie wieder Dienst. Und Verginer? Sein Pferd stand einträchtig neben Diablo auf der Koppel. Was hatte er für einen Beruf, dass er einfach so 450 Euro für die Standmiete bezahlen konnte? Würde er heute noch einmal hier auftauchen? Und konnte Lovis von dem Kerl verlangen, dass er sich anmeldete? Schließlich konnten Paul und er selbst nicht die ganze Zeit herumwarten, nur weil Verginer vielleicht auftauchte oder nicht. Lovis stellte fest, dass er viel zu wenig über ihn wusste und dass ihm das gar nicht passte. Auch über diesen Liam Verginer würde er in den nächsten Tagen also Nachforschungen anstellen müssen. Der Besuch beim Perwanger würde aber bis morgen warten müssen. Da war zwar Pfingstsonntag, aber kein Kirchengesetz verbot ein freundliches Gespräch.

»Und was machen wir jetzt?« Pauls Stimme holte ihn aus seinen Grübeleien zurück.

»Du machst genau die Handgriffe, die du gemacht hast.«

Zweifelnd sah Paul seinen Chef an. »Also, ich hab mir den Toni ausgezogen.«

»Mach's.«

»Ja, aber ich hab ihn ja nicht einmal an.«

»Dann zieh ihn zuerst an.«

Paul verdrehte die Augen himmelwärts, gehorchte aber und zog sich seinen grauen, verdreckten Arbeitsoverall über, den die Bauern aus unerfindlichen Gründen Toni nannten.

»Ich hab den Reißverschluss aufgezogen, den Toni ausgezogen und an diesen Nagel gehängt. Dann hab ich mir meine Jacke geschnappt und bin gegangen.«

»Wohin?«

»Zu den Schweinen.«

»Also …« Genau beobachtend folgte Lovis seinem Mitarbeiter in den Schweinestall, wo dieser gedankenverloren Luises Schopf kraulte, ihr und den anderen Schweinen ein paar Möhren in den Futtertrog warf und dann seinen Weg fortsetzte. Während Paul Schritt für Schritt den Abend des Mordes wiederholte, ging Lovis auf, was der Knecht an einem Tag alles leistete. Es waren viele kleine Handgriffe, die Paul schon automatisiert hatte und ohne die auf dem Messner Hof gar nichts lief. Wieder einmal fühlte er sich in der Meinung bestätigt, dass der Hof einen besseren Bauern verdient hätte und Paul einen besseren Chef. Schlechtes Gewissen überkam ihn, als er daran dachte, wie wenig er ihn unterstützte.

»Und dann bin ich gestartet … Und hier setzt meine Erinnerung aus.« Der Frust in Pauls Stimme war unüberhörbar.

»In welche Richtung bist du gegangen?«

»Über die Wiesen. Ist kürzer als über die Straße.«

»Dann machen wir das doch.«

»Nein, Chef.« Paul schüttelte den Kopf. »Das bringt nichts. Ich hatte heute Vormittag lang genug Zeit, darüber nachzudenken. Ich …« Er zögerte und sah Lovis entschuldigend an, der plötzlich eine ganz schlechte Vorahnung hatte. Nein, dachte der. Bitte sag jetzt nicht, was ich denke. Doch das Schicksal erhörte ihn nicht. »Ich kann nicht hierbleiben. Ich werde nach Hause gehen, bis … alles vorüber ist.«

Paul wollte wohin? Nach Hause? Kaum dass er volljährig war, war Paul als Jugendlicher zu Hause ausgezogen, hatte die Schule geschmissen und die Stelle als Knecht auf dem Messner Hof angetreten. Seit damals hatte er seine Eltern nur an Feiertagen getroffen, war zu einem Höflichkeitsbesuch nach Hause gegangen, um so schnell wie möglich wieder dem ständigen Hader dort zu entfliehen. Und jetzt wollte er freiwillig genau dorthin zurück, in den Schoß der Familie?

»Aber warum …?« Lovis klappte ein paarmal den Mund auf und zu. »Was ändert das, wenn du …?«

»Wenn ich hierbleibe, schade ich dir nur, Chef. Das Gerede im Dorf … Ich will mich einfach nur irgendwo verkriechen. Und das … geht hier nicht.«

»Ich brauche dich aber auf dem Hof, Paul. Auch um in Ruhe meine Nachforschungen anzustellen.« Paul sah ihn zweifelnd an. Doch Lovis ließ keinen Widerspruch zu. »Glaub mir. Das beste Mittel gegen das Getratsche im Dorf ist, ganz normal weiterzumachen. Wenn du dich verkriechst, gibst du ihnen erst recht Stoff zum Reden.«

»Und deine Gäste?«

»Meine Gäste werden ihre Entscheidung treffen.« Lovis wäre nicht traurig, wenn die lärmenden Rangen das Weite suchen und ihre Mutter ihre Nase anderswo in ihre Krimis stecken würde.

Paul schluckte und schüttelte dann langsam den Kopf. »Ich kann wirklich nicht bleiben. Wirst du meinen Fall trotzdem übernehmen?«

Lovis nickte, immer noch fassungslos. Er konnte seinen Knecht nicht umstimmen, das sah er in seinen Augen. »Aber gib mir Bescheid, wenn dir noch was einfällt.«

»Mach ich, Chef. Wenn ich auch nicht viel Hoffnung habe, dass die Erinnerung noch mal kommt.«

Ich auch nicht, dachte Lovis. Schon allein deshalb, weil Paul so krampfhaft danach suchte. Je angestrengter man sich erinnern wollte, desto weniger gelang es einem. Ob Hypnose eine Möglichkeit war, sein Gedächtnis aufzufrischen?

»Ich werde tun, was ich kann«, sagte er.

»Also dann … werde ich jetzt meinen Urlaub genießen.« Paul stand das schlechte Gewissen deutlich ins Gesicht geschrieben. Er zog eine schmerzliche Grimasse. »Sorry, Chef.«

Statt einer Antwort nickte Lovis. Er hätte auch nicht gewusst, was er sagen sollte. Dass ohne Paul alles den Bach runterging? Dass er keine Zeit finden würde, den Mordfall aufzuklären, wenn er sich gleichzeitig um den Hof kümmern musste? Aber er verstand, was in seinem Knecht vorging. Er nickte noch einmal. Paul wandte sich um und stapfte den Kiesweg hoch zum Steg. Lovis sah seinem Knecht schweren Herzens nach, wie er querfeldein über die Schmiedhofer-Wiese wanderte, mit hängenden Schultern und schwerem Schritt. Das Gras auf der Wiese stand Paul beinahe bis zu den Knien – der Schmiedhofer war wohl mit dem Mähen im Verzug –, und wären die grünen Berge nicht gewesen, die zu beiden Seiten des Brixner Talkessels aufragten, hätte es ausgesehen, als bahne er sich seinen Weg durch die Prärie mitten hinein in den Abendhimmel, der in leuchtenden Farben erglühte. Ein hoffnungsvolles Bild, das überhaupt nicht dem entsprach, was Lovis fühlte. Paul war das Herz und Hirn des Messner Hofs. Er hatte den Überblick, er wusste, welche Arbeiten zu welcher Zeit anstanden. Lovis selbst … wusste überhaupt nichts. Und trotzdem lastete nun alles auf seinen Schultern. Er seufzte schwer.

Da hörte er vom Wald her helle Stimmen.

»Nein, niemandem!«, erklärte Erik dem Fünfjährigen an seiner Hand. »Das ist streng geheim.«

Timmis älterer Bruder verzog verächtlich das Gesicht. »Der ist zu doof, um das zu verstehen. Wir hätten ihn nicht mitnehmen sollen, den Doofie!«

»Hättet ihr doch!«, begehrte Timmi auf.

»Nein!«

»Doch!«

»Nein!«

»Doch!« Timmi blieb stehen und stampfte mit dem Fuß auf. Eine Träne schoss aus seinem Auge. Er holte tief Luft um loszubrüllen, da griff Iwan beschwichtigend ein: »Er ist groß genug, um ein Geheimnis zu bewahren, nicht wahr, Timmi. Schau, ich hab da einen Trick.«

Lovis beobachtete lächelnd, wie Iwan einen Kuli aus seiner Hosentasche zog und Timmi etwas auf die Hand malte.

»Wenn du kurz davor bist, das Geheimnis zu verraten, schaust du da drauf. Das gibt dir Kraft, es zu behalten.«

Timmi schaute auf das Symbol, das Iwan ihm auf den Handrücken gemalt hatte, und nickte andächtig. Sein Bruder schnaubte verächtlich. Dann streckte auch er Iwan seine Hand entgegen und verlangte: »Ich will auch so eins. Nicht dass ich was verraten würde, aber …«

… aber es geht nicht an, dass dein Bruder etwas kriegt, was du nicht hast, dachte Lovis mit einem schelmischen Grinsen. »Na, ihr Helden?«, rief er ihnen zu, um die Aufmerksamkeit der Jungs auf sich zu lenken.

Die sahen ihm freudig entgegen. »Gut, dass Sie da sind.«

»Warum? Habt ihr was rausgefunden?«

Matthias legte mit einem Seitenblick auf die Urlauberkinder den Finger auf die Lippen. Lovis verstand.

»Eure Mutter hat schon dreimal nach euch gerufen«, sagte er. »Ihr solltet in die Wohnung gehen.«

»Oooooch«, machte Timmi. »Wir haben …« Sein Bruder boxte ihn in die Seite und deutete vielsagend auf die Hand seines Bruders, auf der Lovis jetzt einen Totenkopf erkannte. Timmi schlug sich erschrocken die Hand vor den Mund.

»Doof, hab ich ja gesagt«, erklärte Ulli.

»Nein!«

»Doch!

»Nein!« Timmis Gesicht verzog sich zu einer wütenden Grimasse.

Bevor das Hickhack zwischen den beiden wieder eskalieren konnte, machte Lovis: »Pst! Hört ihr?«

Die beiden legten den Kopf schief und horchten. »Was? Ich höre nichts«, erklärte Ulli.

»Eure Mutter hat zum Essen gerufen.« Die drei Dorfjungs drehten sich weg, um nicht in Lachen auszubrechen.

Lovis musste sich ebenfalls auf die Lippen beißen. »Ab mit euch! Morgen ist auch noch ein Tag!«

Timmi schmollte, aber sein Bruder packte ihn unsanft an der Hand. »Los doch, du Nervensäge. Du weißt genau, dass Mama es nicht abhaben kann, wenn wir zu spät zum Essen kommen.«

Lovis und die drei Jungs sahen ihnen belustigt nach. Als Ulli und Timmi in dem schmalen Durchgang zwischen Hühnerstall und Hof um die Ecke gebogen waren, meinte Lovis: »Bevor ihr mir erzählt, was euch wirklich unter den Fingernägeln brennt: Was für ein Geheimnis meint der Kleine? Muss ich mir Sorgen machen?« Er dachte daran, wie die drei Jungs ein paar Wochen zuvor Angelika heimlich beim Sonnenbaden beobachtet hatten.

Iwan winkte ab. »Wir bauen ein Lager im Wald vom Schmiedhofer und haben da ein bisschen Wirbel drum gemacht. Dass sie still sein müssen, damit uns der Alte nicht auf die Schliche kommt und so.«

Matthias grinste: »Er würde eh nix sagen, aber das Verbot macht es für die Kleinen halt ein bisschen spannender.«

Die Jungs waren gut, das musste er ihnen lassen. »Dann bin ich ja beruhigt. Und jetzt zu euren Neuigkeiten. Was habt ihr rausgekriegt?«

»Also … Es ist bei dem Streit um ein … Bild gegangen.« Matthias machte eine Pause und zwinkerte seinen beiden Begleitern zu.

»Jetzt macht es mal nicht so dramatisch.« Lovis hasste es, so auf die Folter gespannt zu werden.

»Sag du es«, meinte Matthias an Iwan gewandt. »Ich kann mir den Namen nie merken.«

Iwan nickte. »Also. Die Obereggerin hat behauptet, dass der von Stadler ihrer Großtante ein Bild abgeschwatzt hat.«

»Ein wertvolles Bild«, warf Matthias ein, »auf dem die Tante von der Obereggerin abgebildet war!«

»Nicht die Tante, sondern irgendeine Urtante, du Stopsel, und soll ich erzählen, oder machst doch du?« Iwan gab seinem Freund einen Klaps.

»Bin schon still.«

»Also. Das Bild war von einem berühmten Maler, und darauf ist die Ur-Ur-Irgendwas von der Obereggerin abgebildet. Es war bis jetzt immer im Besitz der Familie, bis der von Stadler es der Großtante von der Frau Oberegger abgekauft hat. Um einen Spottpreis, hat die Obereggerin gesagt. Der von Stadler behauptete, er habe das Bild gar nicht und dass die Obereggerin das alles nur erfinden würde. Dann haben sie sich beide gegenseitig angeschrien, dass das ganze Dorf zusammengelaufen ist. Die Obereggerin hat geschäumt und gespuckt, so wütend war sie, und der Pfarrer wollte schon mit einer Teufelsaustreibung beginnen.« Die Jungs lachten, als sie sich die Szene vorstellten. »Aber dann hat sich der von Stadler einfach umgedreht und ist auf und davon. Sie hat ihm noch nachgebrüllt, dass sie ihm den Anwalt auf den Hals hetzen wird, aber er hat nur gelacht. Und das war's dann.«

»Der Maler heißt Moroder-Lusenberg«, fügte Matthias hinzu. »Ich hab's mir doch gemerkt.«

»Hmmm.« Lovis lehnte sich zurück. Der Name des Malers sagte ihm nichts, aber das musste nichts heißen. Er war ja kein Kunstverständiger. Wenn von Stadler eine alte Dame wegen dieses Bildes übervorteilt hatte, war es sicher wertvoll, und die Aktion passte genau in sein Schema. Aber dass er wegen der Anschuldigungen gleich einen Mord verübte? So gern er seinem Nachbarn die Tat in die Schuhe geschoben hätte: Das reichte nicht als Grund aus.

»Das ist ein Mordmotiv, nicht wahr?« Die Jungs sahen ihn hoffnungsvoll an.

Lovis wiegte den Kopf. »Ich denke, leider nein. Wieso sollte von Stadler sie umbringen, nur weil sie ihm mit dem Anwalt droht?«

»Na, weil er den Stress nicht brauchen kann.«

»Nur weil er von ihr genervt war, bringt er sie doch nicht gleich um!«

»Vielleicht hat sie ihn bedroht?«

»Irgendwas ist sicher faul an der Sache. Aber mit dem Mord hängt das wohl nicht zusammen.«

»Ma dai ...« Auf den Gesichtern der Jungs machte sich Enttäuschung breit. »Dann war alles umsonst?«

»Nein«, wiegelte er schnell ab, »nichts ist umsonst. Wir sollten der Sache unbedingt nachgehen – auch wenn ich nicht glaube, dass uns diese Spur zum Mörder führt. Aber ...«

»... jede Spur, die von Paul weglenkt, hilft uns weiter«, ergänzte Iwan. »Oder besser: ihm.«

Lovis nickte. So gesehen konnte es nicht schaden, wenn er sich erneut ein bisschen um die fiesen Machenschaften seines Nachbarn kümmerte.

»Sollen wir dann wieder von Stadler beschatten?« Iwan sah ihn erwartungsvoll an.

»Ihr?« Lovis schüttelte schnell den Kopf. »Auf gar keinen Fall! Das mache schön ich! Ihr haltet eure Nasen aus dieser Sache heraus. Nicht dass ihr euch Probleme einhandelt!« Wieder kam ein enttäuschtes Stöhnen von den Jungen. »Nichts da! Eure Mütter würden mir schön heimleuchten, wenn sie das spitzkriegen würden.«

»Meine Alte weiß nicht einmal, dass es mich gibt«, machte Matthias noch einen Versuch, doch Lovis blieb dabei.

»Ihr helft mir viel mehr, wenn ihr euch um die Stadt-riffl kümmert.

»Okay«, sagte Iwan scheinbar einsichtig. »Dann spielen wir halt Babysitter für die Flöhe.«

Lovis entging der verschwörerische Blick nicht, den Iwan mit seinem Freund Matthias tauschte, und er gefiel ihm gar nicht.

Der Abendhimmel leuchtete immer noch in kräftigen Farben, als Lovis zum Nachdenken durch den Weinberg spazierte. Dort, wo Jasmin Oberegger gefunden worden war, war das Gras niedergetrampelt. An einigen Büscheln konnte man noch eine Braunfärbung erkennen, sonst erinnerte nichts an die Bluttat. Die Leute der Mordkommission hatten ordentlich aufgeräumt.

Und sicher haben sie auch ordentlich gesucht, sagte er sich. Hier würde er nichts von Belang finden. Aber vielleicht hatten die von der *Scientifica*, der Spurensicherung, doch irgendetwas übersehen. Reifenabdrücke, Fußspuren, irgendeinen Hinweis … Auch wenn es noch so unwahrscheinlich war: Er musste den Suchradius ausdehnen und das kleine Detail finden, das die Polizei übersehen hatte und zu Pauls Entlastung führte. Lovis heftete seine Blicke auf den Boden und arbeitete sich in einer Spirale Meter um Meter um den Tatort herum, nicht nur auf seiner Seite des Weinbergs, sondern auch auf von Stadlers, denn dass der an der Geschichte so ganz unschuldig war, wollte ihm einfach nicht in den Kopf gehen.

Sei mir nicht böse, aber ich glaube, da ist der Wunsch Vater des Gedankens …

Scatolins Unterstellung kam ihm wieder in den Sinn, und er schnaubte empört. Von wegen – die Polizei, dein Freund und Helfer! Für die ist der einfachste Weg der richtige, dachte er. Dass ihn sein Freund dermaßen im Stich ließ, würde er ihm lange nicht verzeihen.

Er stieß zornig mit dem Fuß gegen einen Betonpfeiler, der am Boden unter den Reben lag, als ihn ein durchdringender Ruf von weiter oben zusammenzucken ließ.

»Huhuuu!«

Er blickte hoch. Am Gipfel des Hügels, über den sich der Weinberg zog, direkt an der Stelle, wo Frau Oberegger gefunden worden war, stand Hanne Wiedenhof und winkte mit beiden Händen. »Huhuuu, Herr Lovis!«, flötete sie noch einmal.

Leise stöhnte er auf. Auf ein Zusammentreffen mit der Urlauberin hatte er nun wirklich keine Lust. Konnte er noch so tun, als habe er sie nicht gesehen? Nein, kannst du nicht, sah er resigniert ein. Wieder ertönte ein »Huhuuu!«, und Hanne Wiedenhof machte Anstalten, den steilen Abhang herunterzurutschen. Lovis hielt den Atem an, als die rundliche Frau höchst unkoordiniert talwärts stolperte. Wieder blieb sie huhuuuend stehen und winkte. Jetzt erkannte Lovis, dass sie einen Plastikbeutel in der Hand trug. Was hatte sie da dabei? Zum

Pilzesammeln war es noch zu früh … Neugierig sah er zu, wie sie sich abmühte. Endlich kam sie mit einem stolzen Lächeln im hochroten Gesicht vor ihm zum Halt und meinte keuchend: »Ich war auf Spurensuche.«

»Auf was?« Lovis glaubte, sich verhört zu haben.

»Auf Spurensuche. Sehen Sie mal: Das alles habe ich sichergestellt.« Stolz schwenkte sie den Plastikbeutel vor seinem Gesicht. Zigarettenkippen, Münzen, Kaugummis, diverse Flaschen und Döschen klapperten fröhlich in dem durchsichtigen Beutel um die Wette. Müll, den die Spaziergänger glaubten, auf keinen Fall wieder den Hügel hinabtragen zu können.

»Aha«, stellte Lovis fest und verstand immer noch nicht, worauf sie mit ihrer Müllsammelaktion hinauswollte.

»Alle diese Sachen könnte der Mörder in der Hand gehabt haben. Da sind vielleicht seine Fingerabdrücke drauf.« Lob heischend sah sie ihn an, und Lovis zwang ein anerkennendes Lächeln auf sein Gesicht. Wenn der Mörder ein Müllsammler gewesen ist, dann sind da sicher seine Fingerabdrücke drauf, dachte er bei sich. Aber ob wir davon ausgehen können …

»Das haben Sie toll gemacht!« Er sprach mit der Urlauberin wie mit einem Kleinkind. Hoffentlich merkte sie nicht, dass er sie auf den Arm nahm.

»Nicht wahr?« Sie strahlte weiter. »Schauen Sie mal hier, dieses Pillendöschen – sogar noch versiegelt. Wer wirft denn so was weg? Das hat sicher mit dem Mord zu tun!«

»Wieso das denn?« In dem Moment, als er die Frage ausgesprochen hatte, bereute Lovis sie schon. Als habe er ihren Motor damit angeworfen, sprudelte es jetzt nur so heraus aus Hanne Wiedenhof: »Also meine These diesbezüglich ist, dass jemand eine schwere Krankheit hatte – nehmen wir mal an, Ihr Knecht …«

»Paul ist kerngesund«, warf Lovis ein.

Sie machte eine wegwerfende Handbewegung. »Dann eben nicht Ihr Knecht. Sondern … der Liebhaber des Mordopfers!« Lovis konnte erkennen, wie viel Freude die Hobbydetektivin an ihren messerscharfen Gedankenspielchen hatte. »Also ein Liebhaber – das könnte übrigens doch immer noch Ihr Knecht sein.«

Ganz bestimmt, dachte Lovis spöttisch. Eine Liebesbeziehung zwischen Paul und der Obereggerin hätte mit Sicherheit in einem Blutbad geendet. Doch Hanne Wiedenhof ließ sich von seiner zweifelnden Miene nicht aus dem Konzept bringen und fuhr in ihren Ausführungen fort. »Er hat eine schlimme Krankheit. Das Opfer …«

»Jasmin Oberegger«, half Lovis aus.

Sie nahm die Hilfe dankbar an und spann ihren Faden weiter: »… Jasmin Oberegger, hat das Medikament an sich genommen und gedroht, es ihm erst wiederzugeben, wenn er ihr einen Antrag macht. Er weiß, er muss sterben, wenn er es nicht bekommt, und …«

»… erschlägt sie und lässt das Döschen liegen. Sicher …«, beendete Lovis die wilden Phantasien von Hanne Wiedenhof.

»Ja, Sie haben recht, das ist nicht ganz stimmig«, gab sie kleinlaut zu. »Dann ist es eben anders gewesen. Sie hat sich mit einem Wirtschaftsspion aus Russland getroffen …«

»Aus Russland?«, unterbrach sie Lovis ironisch. Doch sie überhörte den Spott in seiner Stimme.

»Ja, natürlich. Wirtschaftsspione kommen meistens aus Russland. Also, der Spion will von ihr das Rezept für ein Heilmittel gegen Ebola.«

»Eine Krankheit, die in Russland seit jeher ein immenses Problem darstellt«, wandte Lovis ein, aber Hanne Wiedenhof warf ihm nur einen verächtlichen Blick zu und machte weiter: »Sie stellt natürlich Forderungen. Doch er will auf die Forderungen nicht eingehen und …« Sie zeigte eine eindeutige Handbewegung, die das Durchschneiden der Kehle darstellen sollte.

»Bei dem Mord war kein Messer im Spiel.«

»Sondern?«

»Irgendein harter Gegenstand. Ein Stock oder so.«

»So wie der hier?« Hanne deutete auf den Schlüssel für die Wasserleitung, der neben dem Betonpfeiler unter den Reben lag – ein Vierkantstab aus Eisen, der an dieser Stelle gar nichts zu suchen hatte. Das Ventil für die Wasserleitung war unten am Wirtschaftsweg. Lovis stutzte. Wie war der Schlüssel hierhergelangt?

Dann durchzuckte ihn ein Gedanke. Das also hatte von Stadler in seinem Teil des Weinbergs gesucht! Ging es wieder los mit den Sabotageakten? Lovis seufzte. Das war wirklich der ideale Zeitpunkt dafür. Sollte von Stadler tatsächlich wieder damit beginnen, immer mal wieder kleinere und größere Schäden in seinem Weinberg anzurichten, hatte er diesmal keine Chance, ihm auf die Schliche zu kommen. Eine Rund-um-die-Uhr-Beschattung war jetzt absolut nicht mehr drin.

Er seufzte noch einmal, dann stockte ihm der Atem. Hanne Wiedenhof hatte inzwischen die Eisenstange aufgehoben, und man konnte ganz deutlich bräunliche Flecken darauf erkennen. Blut. Er wechselte einen Blick mit ihr, die genauso aschfahl im Gesicht war, wie er selbst sich fühlte.

»Das ist die Tatwaffe«, stammelte sie.

Lovis nickte nur und zog mechanisch sein Telefon aus der Hosentasche. »Scatolin, ich weiß, womit sie erschlagen wurde.«

»Bitte?«, kam es vom anderen Ende der Leitung.

»Da ist Blut am Schlüssel für die Wasserleitung. Ihr habt die Mordwaffe übersehen.«

»Resta dove sei e non toccare niente!«

»Zu spät«, sagte Lovis mit einem Blick auf die Eisenstange in Hanne Wiedenhofs Händen, aber Scatolin hörte es schon nicht mehr.

»Mein Freund von der Staatspolizei kommt gleich. Er hat gemeint, wir sollen nichts anrühren.«

Als wäre sie plötzlich heiß geworden, ließ Hanne die Eisenstange fallen.

»Das nutzt jetzt auch nichts mehr«, wiederholte Lovis. »Da sind jetzt Ihre Fingerabdrücke drauf.«

»Aber Sie werden Ihrem Freund doch sagen, wie das passiert ist, nicht wahr, Herr Lovis?« Hanne Wiedenhof sah ihn ängstlich an.

Lovis nickte. »Ich mach das. Gehen Sie ruhig in die Wohnung. Sollte der Ispettore etwas von Ihnen brauchen, weiß ich ja, wo Sie zu finden sind.«

»Sie werden doch hoffentlich beim Ispettore erwähnen, dass ich die Stange gefunden habe, nicht wahr?«

»Verlassen Sie sich drauf.«

»Sagen Sie ihm: Ich werde auch weiterhin zur Aufklärung des Falls beitragen.«

»Das werde ich ihm ganz sicher nicht sagen.«

»Aber …«

»Nein. Das ist Mord! Da stecken weder Sie noch ich unsere Nase hinein.« Das schlechte Gewissen zwickte

Lovis nur ein bisschen, als er in Gedanken hinzufügte: Ich tu's auch nur, um Paul rauszuhauen.

»Aber …«

»Hören Sie, Frau Wiedenhof. Da versteht die Polizei keinen Spaß.« Lovis sah ihr eindringlich ins Gesicht.

»Sie können mich nicht daran hindern.« Sie verschränkte die Arme. »Auch wenn Sie noch so finster dreinschauen. Hier …« Sie reichte ihm den Plastikbeutel. »Das sind Beweismittel. Wenn Sie lieb bitten, vertraue ich sie Ihnen an. Am besten geben Sie sie direkt diesem Ispettore weiter.«

Lovis war zwar weit davon entfernt, lieb um den Müll zu bitten, aber trotzdem drückte sie ihm ihre gesammelten Schätze in die Hand. Dann drehte sie sich auf dem Absatz um und stapfte den Feldweg hinunter Richtung Messner Hof.

Er blieb sprachlos zurück, in der Hand einen Beutel voller Abfall, während sich die Dämmerung über den Brixner Talkessel legte.

»Auch schon da?«, begrüßte ihn Schorsch, als Lovis eine Stunde später die Kneipe betrat. Scatolin war angebraust gekommen, hatte die Mordwaffe sichergestellt, aber wie erwartet darauf verzichtet, mit Hanne Wiedenhof zu sprechen. Danach wollte Lovis das Abendessen zu sich nehmen. Beim Anblick der leeren Küche war ihm aber der Hunger vergangen. Abgesehen von den Feriengästen, war er allein auf dem Messner Hof, und das fühlte sich gar nicht gut an. Daher war er in Schorschs Kneipe geflohen. Auch wenn er im Tausch für die Gesellschaft Schorschs seichte Witze ertragen musste, von denen einer ihm sofort bei seiner Ankunft um die Ohren flog. »Weißt du, warum sich ein Carabiniere im Theater immer in die letzte Reihe setzt?«

Lovis erwiderte seinen erwartungsvollen Blick mit einem resignierten Seufzen. »Spuck's einfach aus, sonst erstickst du womöglich an dem Knaller«, sagte er.

Reini, der mit den üblichen Kartenspielern am Stammtisch saß, grunzte amüsiert.

»Weil: Wer zuletzt lacht, lacht am besten!« Schorsch johlte, und die anderen Männer stimmten mit ein.

»Hahaha«, machte Lovis müde.

»Du bist nicht gekommen, um dir Carabinieri-Witze anzuhören?«, fragte Schorsch mit einem unschuldigen Lächeln und schob unaufgefordert ein volles Bierglas vor Lovis hin.

»Nein.« Lovis nahm einen Schluck.

»Sondern wegen der Obereggerin.«

»Volltreffer.« Lovis ließ sich auf einem der Barhocker am Tresen nieder. »Und wegen Paul.«

»Der als Hauptverdächtiger gilt«, stellte Schorsch fest. »Und deswegen willst du wissen, ob ich die Kerle kenne, die ihn am Donnerstag so abgefüllt haben, dass er nicht mehr auf seinen eigenen Beinen nach Hause gehen konnte.«

Lovis fragte sich, woher Schorsch das nun wieder hatte. Aber er musste gar nicht nach einer Erklärung fragen, denn Schorsch gab sie ihm von selbst: »Die waren inzwischen schon zweimal in der Kneipe und haben wieder tüchtig getankt. Den Pegel halten nennen sie das. Was ihre Frauen an denen finden, frage ich mich schon seit längerem. Noch mehr wundert mich aber, dass Paul ihnen bei dieser Dummheit aufgesessen ist.«

Mit dieser Frage bist du nicht allein, dachte Lovis. »Wo finde ich sie?«

»Du brauchst sie gar nicht zu suchen.« Schorsch warf einen Blick auf die Wanduhr. »Warte ein halbes Stündchen, dann kommen sie von allein hierher. Anglühen …« Seine verächtliche Grimasse sprach Bände.

Lovis nickte zufrieden. Die Zeit bis dahin konnte er wunderbar nutzen, um mehr über das Mordopfer zu erfahren. »Magst du mir was über die Obereggerin erzählen? Zum Beispiel, ob sie irgendwelche Feinde im Dorf hatte? Ihr alle vielleicht?« Hilfe suchend wandte er sich an die Kneipenbesucher, ausschließlich Männer.

Schorsch kam hinter dem Pudel hervor und setzte sich auf den Hocker neben Lovis. »Feinde?« Er seufzte. »Wenn ich da jetzt mit dem Aufzählen beginne, bin ich morgen früh noch beim Reden.« Er erwiderte Lovis' erwartungsvollen Blick mit einem bedeutungsvollen Nicken. »Sie hatte ungefähr mit jedem im Dorf irgendeinen Streit, gegen jeden zweiten einen Prozess laufen.«

»Das kannst du laut sagen«, stimmte Goggo vom Stammtisch her zu.

»Wir haben nur deswegen keinen Pfarrer mehr, weil sie den alten Habicher mit ihren ständigen Prozessandrohungen ins Grab gebracht hat«, fügte Karl hinzu.

»Geh, Schmarrn, Karl!«, rief Schorsch zu den Kartenspielern hinüber. »Der ist nicht mehr gekommen, weil ihr öfter bei mir als in der Kirche seid.«

»Hosch holt in bessern Leps.« Der alte Schmiedhofer lachte meckernd.

»Und hier kriegen wir ihn ohne Predigt«, fügte Karl hinzu. »Die krieg ich ohnehin täglich von meiner Göttergattin zu hören.«

»Könnt ihr vielleicht ein bisschen konkreter werden?«, fragte Lovis leicht genervt. Das Geplänkel unter den Männern war ja ganz amüsant, aber er brauchte etwas Handfestes, das Paul entlastete.

Schorsch grinste. »Dann präsentiere ich dir hier gleich einmal vier Verdächtige. Der Reini ist Hauptverdächtiger Nummer eins.«

»He!«, wehrte sich der Angesprochene, doch Schorsch winkte grinsend ab. »Parkt sie ihren Kübel nicht immer auf deinem Parkplatz?«

»Oh ja, diese arrogante Ziege! Aber, nein danke. Deswegen bringe ich sie doch nicht um. Vielleicht du, Karl? Dir hat sie den Anwalt auf den Hals gehetzt, weil du angeblich immer dann Jauche auf deiner Wiese ausgebracht hast, wenn sie Wäsche auf der Leine hatte, nicht wahr?«

Karl schlug lachend auf die Tischplatte. »Oh ja, das war ein Spaß. Mein Anwalt hat einen Lachkrampf gekriegt, als er den Brief gelesen hat.« Wieder brachen die Männer in Lachen aus.

Jetzt deutete Schorsch auf Goggo. »Ihm hat sie unterstellt, dass ...« Er signalisierte dem Glatzkopf, selbst fortzufahren, und der nahm den Faden feixend auf: »Dass ich ihr die Zeitung aus dem Briefkasten gestohlen habe.«

»Mir hat sie unterstellt, dass ich ihr immer das Gemüse aus dem Biokistl fladere«, sagte Gunsch.

»Und mit dem alten Schmiedhofer hatte sie einen Prozess laufen, weil er bei dem Fotowettbewerb, den er gewonnen hat, eine Blume aus ihrem Garten fotografiert hatte, stimmt's, Schmiedl?«

Wieder ertönte das meckernde Lachen des alten Schmiedhofer Bauern. »Als ob se an dem Preisgeld reich wordn warat. Hot grod und grod für a Pizza geglong.«

»Und guat wor se«, stimmte der Altbauer vom Moar Hof zu. »Mir hobm sogor af die Obereggerin ungstoaßn.«

»Jo, der Trinkspruch wor obr net grod der freindlichschte.« Ein Lausbubengrinsen erschien auf dem Gesicht des Schmiedhofers.

Schorsch wandte sich wieder an Lovis: »Du siehst, jeder hatte irgendeinen Streit mit ihr. Gar nicht zu reden von deinem Nachbarn von Stadler.« Er linste ihn schelmisch an.

Die Geschichte kannte er schon, doch er ließ sie sich gern von den Männern bestätigen. Als Schorsch mit seiner Schilderung des Streits zwischen der Obereggerin und von Stadler geendet hatte, nickte er bedächtig. Er verstand erst jetzt, welches Pulverfass er sich mit der neuen Mieterin eigentlich eingehandelt hatte. Hätte nicht jemand anders vorgesorgt, hätte er womöglich auch schon bald einen Anwaltsbrief im Briefkasten gehabt.

Da räusperte sich Schorsch verlegen. »Das hier wird dir allerdings weniger gefallen: Die Obereggerin war auf den Tod verfeindet mit der Familie von …« Seine mitleidige Miene sprach Bände.

»Paul«, ergänzte Lovis, und bei dem bestätigenden Nicken der versammelten Männer wurde ihm das Herz schwer. »Was ist da genau gelaufen?«

Schorsch zuckte die Schultern und sah hilfesuchend zu den Kartenspielern hinüber. »Sie wohnt … hat in den neuen Siedlungen gewohnt. Die Schlafburgen, wo lauter Stadtler einquartiert sind.« Lovis nickte. Er kannte den Verdruss der Alteingesessenen, weil sie ihr idyllisches

Dorf mit den Menschen teilen mussten, die im Rahmen des geförderten Wohnbaus in der Peripherie bauten, aber wenig Lust hatten, sich ins Dorfleben zu integrieren. Außer einem erhöhten Verkehrsaufkommen brachten sie dem Dorf gar nichts ein. Wenn Jasmin Oberegger dort gelebt hatte, war sie genauso eine »Zuagroaste« wie er, eine Fremde. Auch wenn die Südtiroler ein herzliches Volk waren, gab es doch diese Reserviertheit all denen gegenüber, die nicht seit jeher im Dorf ansässig waren. Die Tote hätte sicherlich auch Schwierigkeiten gehabt, sich in die Dorfgemeinschaft zu integrieren, wenn sie ein einnehmenderes Wesen gehabt hätte. Doch Lovis konnte sich darüber keine großen Gedanken machen, denn Schorsch fuhr in seinen Ausführungen schon fort: »Die Zingerles wohnen ja dort, seit das Widum für baufällig erklärt worden ist.«

Auch das wusste Lovis. Im Pfarrwidum war lange Jahre nichts gemacht worden, irgendwann war an einer Stelle der Boden durchgesackt. Zum Glück hatte es keine Verletzten gegeben, aber es war natürlich durch alle Medien gegangen. Daraufhin war der Dorfpfarrer ins Widum in der Stadt umgezogen, und Frau Zingerle, seine Häuserin, hatte mit ihrer Familie in der neuen Siedlung gebaut.

»Einmal war es die Fernwärme«, erzählte Schorsch weiter. »Die Obereggerin hat sich gegen einen Anschluss ausgesprochen. Und die Zingerles mussten ganz schön Überzeugungsarbeit leisten, bis sie das Okay gegeben hat und das Haus an die Fernwärme angeschlossen werden konnte. Aber es gab noch mehr …« Schorsch sah hilfesuchend in die Runde, und Karl sprang ihm bei.

»Die Geranienblüten, die vom Balkon der Zingerles auf die Terrasse von der Obereggerin geregnet sind.«

»Oder die Glyzinie … Sie hat von Frau Zingerle verlangt, dass sie die Glyzinie ausreißt, die Pauls Mutter auf dem Balkon gezogen hat. Hat ihr zu sehr gestunken.« Reini lachte meckernd.

»Sie hat behauptet, dass die Zingerles immer dann etwas mit Knoblauch kochen, wenn sie gerade Kopfweh hatte«, machte Gunsch weiter.

»Als ob das die Annegret geahnt hätte.« Reini schüttelte verständnislos den Kopf. »Weiber!« Die Männer brummten zustimmend.

»Aber gab es nur zwischen Pauls Eltern und ihr Streit, oder war auch Paul beteiligt?«, wollte Lovis wissen.

»Paul war ja kaum zu Hause«, meinte Schorsch. »Aber … sie hat da wohl alle Zingerles in einen Topf geworfen. Wenn sie ihm begegnet ist, sind jedes Mal die Fetzen geflogen. Gunsch wohnt ja auch in der Siedlung. Der hat eine Zeit lang jeden Abend neue Episoden aus dem Fall Oberegger / Zingerle erzählt.« Der Erwähnte nickte zustimmend.

Nachdenklich drehte Lovis das Glas zwischen seinen Fingern. »Aber gab es da etwas, das schwerwiegend genug war für einen Mord? Ich meine … gab es einen Grund für Paul, sie zu töten?«

Schorsch warf ihm einen vorwurfsvollen Blick zu. »Du wirst doch nicht ernsthaft die Möglichkeit in Betracht ziehen, dass …«

»Ich muss die Möglichkeit in Betracht ziehen, Schorsch«, unterbrach ihn Lovis. »Das ist mein Job. Ich muss so tun, als ob er schuldig wäre, damit ich weiß, wie ich ihn entlasten kann.«

»Den Job möchte ich nicht nachgeworfen haben«, brummte Schorsch. »Paul hat die Obereggerin nicht umgebracht, und damit basta.«

»Und wie beweise ich das?«

Schorsch hob hilflos die Hände.

»Wenn ihr mich fragt: Der Paul ist der Einzige im Dorf, dem ich so einen Mord wirklich nicht zutrauen würde«, meldete sich Gunsch vom Stammtisch herüber. »Schon eher der Obereggerin selber, um Paul eins auszuwischen.«

Der Schmiedhofer lachte wieder meckernd. »Des kannt hinkemmen«, meinte er.

Reini wiegte den Kopf. »Ich habe als Lehrer eines gelernt: Du kannst für niemanden die Hand ins Feuer legen. Irgendwann macht jeder eine Dummheit, und die größten Spitzbuben können am überzeugendsten lügen.«

»Paul, ein Mörder? Nie!«, sagte Goggo im Brustton der Überzeugung.

»Genauso wie du und ich«, sagte Reini.

»Schöne Scheiße«, meinte Karl. »Also ich möchte jetzt nicht die Polizei sein.«

»Und auch nicht Pauls Chef«, raunte Goggo und deutete mit dem Daumen auf Lovis.

Der nickte und zuckte die Achseln. »Ich muss einfach mehr wissen. Was könnt ihr mir sonst über sie sagen? Was wisst ihr noch über sie? Familie? Mann? Kinder?«

Schorsch zuckte die Schultern. »Sie war alleinstehend, glaube ich. Auch kein Freund, soweit ich weiß. Mit der hätte es auch keiner ausgehalten, glaub mir. Sie war seit ungefähr fünf, sechs Jahren im Dorf. Wo sie vorher gewohnt hat, weiß ich nicht. Sie fährt ein rotes Angebercabrio. Zur Kirche geht sie kaum, und sie will auch keinen Anschluss ans Dorfleben. Mehr gibt's nicht.«

»Nicht gerade viel.«

»Tja. Mehr ist für das Geld, das du bei mir ausgibst, nicht zu holen.« Schorsch zwinkerte ihm zu. »Hör zu, Lovis. Ich werde mich umhören. Aber ich an deiner Stelle würde mir weniger um ihre Feinde Sorgen machen als um Pauls. Wenn ich deine Fragen richtig interpretiere, dann will ihm irgendjemand Böses. Wer?«

Von Stadlers Gesicht tauchte vor Lovis' Auge auf. Wieso wollte sein Erzfeind, dass es Paul an den Kragen ging? Oder wollte er über Paul vielleicht ihm selbst schaden?

»Deine Zeugen«, unterbrach Schorsch Lovis' Gedanken und deutete durch das Fenster auf vier junge Männer, die eben den Dorfplatz überquerten und zielstrebig auf die Kneipe zusteuerten. Würde er von ihnen die Beweise für Pauls Unschuld erhalten?

»Nor, Mander?«, begrüßte Schorsch seine Gäste. »Habt ihr euren Rausch von gestern ausgeschlafen?«

»Wir müssen den Pegel halten«, erklärte einer mit leichten Flügelohren und sah seine Kumpane auffordernd an, die pflichtschuldigst in sein Lachen einstimmten.

»Ihr wisst aber schon, dass bei jedem Rausch ein paar Gehirnzellen absterben, oder Edi?«

»Do stirb nimmer viel«, mischte sich der Schmiedhofer ins Gespräch und erntete Gelächter der anderen Männer.

»Wir wissen schon, wie viel wir vertragen«, wehrte ein weiterer der jungen Männer ab. »Und außerdem hat man ja sonst nix im Leben.«

»Das musst gerade du sagen, Alex. Wann ist die Hochzeit?« Schorsch musterte den jungen Mann kopfschüttelnd.

»In einer Woche.«

Das war also der Kerl, der seinen Junggesellenabschied gefeiert hatte, dachte Lovis. Es hatte genau eine Minute gebraucht, um eine abgrundtiefe Abneigung gegen diese vier Kerle zu entwickeln, deren Lebensziel es offensichtlich war, in einem Dauerrausch zu bleiben.

»Danoch werd sich's ausgfeiert hobm«, sagte der Schmiedhofer feixend.

Alex machte eine wegwerfende Handbewegung. »Die Hosen hab immer noch ich an, daheim.« Die anderen drei quittierten das mit dröhnendem Gelächter.

»So ist's recht, Alex«, sagte der Dritte im Kleeblatt. »Zeig deiner Traudi gleich, wo's lang geht, sonst hast nach der Hochzeit nichts wie Scherereien.«

»Der Berti muss es wissen«, warf Edi ein. »Seine Kattl verbläut ihn, wenn er zu spät heimkommt.«

»An Schmarren …«, wehrte sich Berti.

»Ich weiß, was ich weiß.« Edi grinste frech. »Wenn meine Lilli solche Sätze vom Stapel lassen würd, dann würd ich sie übers Knie legen.«

Auf jeden Fall kann keine von den Damen recht hell im Hirn sein, wenn sie bei euch bleibt, dachte Lovis bissig und verstand langsam, warum Paul an dem Abend lieber in einen Rausch geflüchtet war, als sich auf das Niveau der vier Kerle herabzulassen. Was hatte er mit denen nur zu schaffen? Ein Blick zu Schorsch verriet ihm, dass er dasselbe dachte wie er. Trotzdem wollte er sich offenbar seine Gäste nicht vergrätzen, denn er brummte: »Auf alle Fälle gibt's hier immer ein warmes Plätzchen für dich, Alex, wenn dich die Traudi mal rausschmeißen sollte – was ich persönlich verstehen würde. Und jetzt horcht einmal zu, ihr Helden. Ihr kennt den hier, oder?« Die vier drehten ihre Köpfe synchron Richtung

Lovis, der grüßend die Hand hob, und nickten – ebenfalls synchron.

»Der Bauer vom Messner Hof«, meinte Berti. Auf seinem Gesicht zeichnete sich Unbehagen ab.

»Bingo! Zehn Punkte und eine Waschmaschine«, sagte Schorsch. »Der Bauer vom Messner Hof ist nicht nur Bauer, sondern auch Detektiv.«

»Hat sich rumgesprochen «, warf Alex ein.

»Gut«, sagte Schorsch. »Er hat ein paar Fragen an euch.«

»Wegen?« Misstrauen zeigte sich auf den Gesichtern der vier jungen Männer.

»Wegen dem Mord«, sagte Lovis langsam. »Wegen dem Mord an Jasmin Oberegger.«

»Ich war's nicht«, sagte Edi schnell.

»Ich auch nicht.« Willi sah besorgt aus.

»Haltet die Klappe, ihr zwei Idioten.« Berti fuhr zu ihnen herum. »Natürlich wart ihr's nicht. Und ihr braucht ihm nicht einmal zu antworten, nicht wahr, Herr Lovis? Sie sind nämlich kein Polizist. Und deshalb kann ich Ihnen auch ins Gesicht furzen, wenn ich will. Sagen muss ich Ihnen gar nichts.«

Dann lässt du's eben, dachte Lovis und zwang sich zu einem gewinnenden Lächeln. »Natürlich nicht. Ist ja nicht so, dass ich mit meinen Fragen euren Arsch retten könnte. Mein Freund, der Ispettore Scatolin, hat mir nämlich verraten, dass jeder Einzelne von euch vier Helden im *Registro degli Indagati* steht, auf der Liste der Verdächtigen. Ihr seid unter Verdacht! Und während ich hier mit euch rede, scannt die Polizei vielleicht bereits eure Konten, eure Anrufe, eure Post …« Konnte ja nicht schaden, wenn er ihnen mit einer kleinen Lüge den Wind aus den Segeln nahm. Wie erwartet, wurde Berti augenblicklich blass um die Nase, und Edi und Willi sahen ihn mit leicht geöffnetem Mund dümmlich an.

»Also? Soll ich vielleicht mit ein paar Fragen Licht ins Dunkel bringen, oder wartet ihr lieber drauf, dass mein Freund, der Ispettore, sie euch stellt?«

Vor allem Edi und Willi schüttelten schnell die Köpfe. Die beiden anderen folgten etwas langsamer.

»Dann fragen Sie halt, wenn es sein muss«, brummte Alex.

Das ließ sich Lovis nicht zweimal sagen. »Ich möchte genau wissen, wo jeder von euch am Donnerstagabend war. Bevor ihr mir meinen Paul abgefüllt habt.« Er sah Alex herausfordernd an.

»Bei der Traudi«, gab der zur Antwort. Es kam patzig daher, und Lovis musste feststellen, dass er den Kerl nur immer noch unsympathischer fand. »Wohl nicht den ganzen Abend, oder?«

»Ich bin direkt nach Feierabend zu ihr gefahren.«

»Wo arbeitest du?«

»In Brixen.« Lovis sah ihn mit hochgezogenen Augenbrauen abwartend an. »In der Bank. Wozu ist das denn wichtig?«

»Alles ist wichtig«, erklärte Lovis, kramte in seiner Jackentasche und zog seinen zerfledderten Block heraus. Auf dem notierte er den Namen des Kerls und seinen Beruf. Dann nickte er ihm zu. »Und dann?«

»So gegen acht sind die Kumpels gekommen, und wir haben Nudeln gegessen.«

»Die Kumpels?«

»Na, er, er, er …« Alex deutete mit dem Kinn auf die drei anwesenden Männer, »… und Paul.«

»Alle gleichzeitig?«

»Mehr oder weniger.«

»Mehr oder weniger?«

»Na ja, so genau …«

»Ich war der Erste«, warf Willi ein. »Und gleich nach mir ist der Berti gekommen, dann …«

»Der Paul«, sagte der Berti. »Wir sind eigentlich gleichzeitig angekommen. Der Paul hat das Rad noch abgesperrt, und ich bin inzwischen schon reingegangen.«

»Aha«, machte Lovis. »Und der Edi ist demnach also als Letzter gekommen.«

»Ja, aber ich habe die Obereggerin nicht umgebracht!«, sagte Edi mit geweiteten Augen.

Lovis beruhigte ihn. »Das hat ja niemand behauptet. Und dann?«

»Dann haben wir gegessen. Und als wir fertig waren, sind wir losgezogen. Erst zum Schorsch und dann in die Stadt.«

»Als ich euch verschickt habe, hättet ihr eigentlich schon genug getankt gehabt«, warf Schorsch tadelnd ein.

Lovis ignorierte seine Bemerkung. »Und ihr wart immer alle zusammen?«

»Ja.«

»Auch Paul? Immer?«

Sie wechselten einen Blick. »Ja.«

»Wie kommt es dann, dass ein Zeuge behauptet, er hätte ihn gegen zehn Uhr vom Weinberg kommen sehen?«

Edi runzelte die Stirn. »Paul? Wie soll denn das gehen? Um zehn Uhr waren wir …«

»In der Stadt und hatten unseren Spaß«, unterbrach ihn Alex. Edi warf Lovis einen schuldbewussten Blick zu. Wie ihr an so was Spaß haben könnt, wird mir wohl ewig ein Rätsel bleiben, dachte er leicht angewidert. »Und Paul war immer bei euch?«

»Immer«, sagte Alex.

»Das habt ihr bei der Polizei auch zu Protokoll gegeben?«, fragte Lovis.

Die vier drucksten herum.

»Was?«, fragte Lovis.

Doch er bekam keine Antwort. Einzig Edi sah ihm für einen kurzen Augenblick ins Gesicht. Flehend. Als wolle er ihm etwas mitteilen. Lovis nickte kurz zum Zeichen, dass er verstanden hatte. Dann klappte er seinen Notizblock zu und fixierte die vier Kerle mit einem – wie er hoffte – durchdringenden Blick. »Dann werde ich jetzt mal meinen Kollegen anrufen und ihm mitteilen, dass er euch übernehmen kann. Lügner kann ich auf den Tod nicht ausstehen, und dass hier gelogen wird, dass sich die Balken biegen, erkennt sogar ein Trottel. Ihr habt eure Chance gehabt.« Er klopfte auf seinen Taschen herum und tat, als suche er sein Handy. »Tja, ich habe mein Telefon nicht dabei, das muss wohl daheim liegen. Da mache ich mich mal auf den Weg. Sollte euch noch was einfallen – könnt ihr das ja dann dem Ispettore erzählen.«

Damit stand er auf, legte Schorsch einen Fünf-Euro-Schein hin und verließ die Kneipe. Betont langsam schlenderte er über den Dorfplatz, überquerte die Hauptstraße und bog in den Pfad ein, der quer über seine Wiese zum Messner Hof hinaufführte.

Weit war er nicht gekommen, da hörte er schon Schritte hinter sich, und bald stand Edi schnaufend neben ihm. »Herr Lovis, bitte warten Sie. Ich …«

Lovis unterdrückte ein Grinsen, nickte kurz und setzte seinen Weg fort. »Bitte.«

»Wir haben der Polizei gesagt, dass wir zu betrunken waren, um sicher zu sein, dass Paul immer bei uns war.«

Lovis blieb stehen. »Warum?« Edi druckste wieder herum. »Raus mit der Sprache, sonst gehe ich weiter. Möglicherweise finde ich sogar mein Handy in der Jacke und rufe meinen Kollegen gleich an.« Demonstrativ zog Lovis sein Telefon heraus und registrierte zufrieden, dass Edi unter seiner dümmlichen Miene erbleichte.

»Weil wir gemerkt haben, dass die Polizei ihn sowieso schon irgendwie auf dem Korn hatte und …« Er schluckte. »Nachdem wir bei Schorsch waren, sind wir … alle gemeinsam … zu der …« Er verstummte und sah Lovis flehend an, doch der blieb unbarmherzig. Edi knickte ein. »Zu der Obereggerin. Wir haben in ihr Cabrio …«, schamrot sah er auf, »… gepisst«, flüsterte er und wurde noch röter.

Lovis musste die Zähne zusammenbeißen, um nicht zu lachen. Diese Jungspunde waren solch unfassbare Idioten! Unvorstellbar, dass Paul da mitgezogen hatte. »Paul auch?«

Edi legte den Kopf schief. »Es war sogar seine Idee. Das ist nicht gelogen!«, setzte er gleich hastig nach. »Der hatte vielleicht einen Hass auf die Tante! Und wir waren alle schon so besoffen. Wir … haben das lustig gefunden. Als die Polizei dann mit diesen Fragen kam, haben wir zuerst gedacht, dass es um die Pisse im Auto ging und … weil sie doch so wild drauf waren, dass es Paul war, haben wir einfach gesagt, dass …«

»Dass er erst später zu euch gestoßen ist.«

Schuldbewusst zuckte Edi die Schultern.

»Schöne Freunde seid ihr.«

»Ja, Scheiße … Dann ist das mit dem Mord durchgesickert und … wir waren alle so sicher, dass sie uns das anlasten, wenn sie das mit der Pisse rauskriegen, und der Alex hat dann gemeint, es reicht, wenn Paul die Scherereien kriegt, weil Alex hat ja nächsten Samstag Hochzeit, und wir sind die Trauzeugen und … nach der Hochzeit, hat er gesagt, können wir es ja dann aufklären.«

»Dieser Alex ist ein Depp!«

Edi nickte nur. »Wir sind alle Deppen.«

»Ja, du hast vollkommen recht«, meinte Lovis ungerührt. »Aber zum Glück bist wenigstens du zur Vernunft gekommen. Du musst nur noch zur Polizei gehen und es dort ebenfalls melden.«

Wieder riss der junge Mann entsetzt die Augen auf. »Können nicht Sie …«

»Absolut nicht.« Lovis schüttelte den Kopf. »Und glaub mir, es ist besser für dich, wenn du es selbst meldest. Aber ich würde dir raten, es schnell zu machen. Morgen treffe ich meinen Kollegen, und da könnte es mir schon passieren, dass ich ein Wort darüber verliere.«

»Okay.« Edi senkte den Kopf. »Sagen Sie Paul, dass es mir leidtut.«

Auch wenn er Edi gegenüber darauf bestanden hatte, dass er es selbst tun sollte, brannte die Neuigkeit Lovis so unter den Nägeln, dass er seinen Freund umgehend anrief. Scatolin musste davon erfahren. Im Gehen wählte er seine Nummer.

»Di nuovo tu, Lovis?«, fragte Scatolin gleich zur Begrüßung. »Was ist los?«

»Ich mache deine Arbeit. Das ist los«, gab Lovis zurück. »Und als braver Staatsbürger informiere ich dich, wenn ich etwas zur Aufklärung des Falls beitragen kann. Umgekehrt ist es ja nicht so …«

»Amico …« Scatolin seufzte. Bei der Übergabe der Tatwaffe hatte Lovis noch einmal versucht, herauszubekommen, wer der Kerl war, der Paul belastet hatte, doch Scatolin hatte sich weiter in Schweigen gehüllt.

»Eigentlich verdienst du es ja nicht, dass ich dir helfe. Aber ich tu's trotzdem, Paul zuliebe. Ich habe mit den Jungs gesprochen, die gegen Paul ausgesagt haben. Seine Saufkumpane … Sie haben euch angelogen.«

Scatolin schnaubte kurz. »Warum sollten sie das tun?«

»Weil sie Angst haben? Und selbst nicht ganz sauber sind?«

»Erzähl«, sagte Scatolin.

»Zuerst du. Wer ist dieser Zeuge, der Paul um zehn Uhr nachts im Weinberg gesehen haben will? Der Kerl, der dich jetzt gleich anrufen wird, kann nämlich das Gegenteil bestätigen. Also?«

»Noch einmal, Lovis: So läuft das nicht. Wenn ich irgendwas ausplaudere, dann bekomme ich einen Dienstverweis erteilt und riskiere meinen Posten!«

»Du bist ein schlechter Freund!«

»Und du bist ein noch schlechterer Freund, weil du von mir verlangst, dass ich meinen Job riskiere, nur damit du dein Mütchen an jemandem kühlen kannst, der deiner Meinung nach falsch ausgesagt hat.«

»Nicht nur meiner Meinung nach. Die Idioten haben euch angeschwindelt, weil sie in der Nacht alle zusammen in das Cabrio von der Obereggerin gepinkelt haben. Und nachdem ihr so offensichtlich Paul drankriegen wolltet, haben sie euch eben gegeben, was ihr gesucht habt. Er war die ganze Nacht mit diesen Idioten zusammen. Keine Sekunde lang allein. Von acht Uhr abends bis sie ihn in der Früh mehr tot als lebendig vor meiner Haustür abgelegt haben.«

»Und das soll ich jetzt glauben?«

»Die Frage ist, ob du es glauben willst oder ob es dir nur darum geht, den Fall möglichst schnell abzuhaken?«

»Ich will die Wahrheit.«

»Das ist die Wahrheit. Und einer der vier wird dich in den nächsten Minuten anrufen, um das zu bestätigen.«

Scatolin seufzte wieder. »Es wird nichts ändern, Amico. Paul wird in diesem Moment abgeholt und kommt in Untersuchungshaft. Die Ergebnisse von der DNA-Analyse sind da und … seine DNA stimmt mit der unter den Fingernägeln des Mordopfers überein.«

»Was war das nur wieder für ein Tag!« Lovis kletterte den Heuhaufen hoch, der jetzt nach der ersten Mahd wieder ansehnlich gewachsen war, und rückte sich neben Almas Kuhle eine eigene zurecht. »Paul ist im Knast – hast du dir gedacht, dass es jemals so weit kommen könnte? Also ich nicht.«

Zufrieden nahm er zur Kenntnis, dass Alma ihm zuzustimmen schien. Jedenfalls ruckelte sie empört ihr Köpfchen hin und her.

»Trotzdem ist er jetzt dort. Die DNA stimmt überein.« Lovis zog eine verzweifelte Grimasse. »Das ist verdammter Bockmist, weißt du? Wenn es DNA-Beweise gibt, ist es schon echt schwierig dagegenzuhalten. Und dann kann sich der Esel noch dazu nicht erinnern, was er in der Nacht gemacht hat. Und seine dämlichen Kumpane waren auch stockbesoffen. Verständlich, dass die Polizei da diesem geheimnisvollen Zeugen eher glaubt als ihnen.« Er seufzte. »Ich dachte, nach der Sache mit Cavagna kehrt hier wieder Ruhe ein, aber jetzt … Ich weiß ehrlich nicht, ob ich mir die Zeit zurückwünsche …«

Alma plusterte sich entrüstet auf, und Lovis schmunzelte. »Du hast natürlich recht. Das war auch nur im Nachhinein leichter.« Mit Grausen erinnerte er sich an den Fall Cavagna vor ein paar Wochen, als nicht nur er selbst sich plötzlich als Hauptverdächtiger wiedergefunden hatte, sondern er sogar Angelika als Mörderin verdächtigt hatte, hatte verdächtigen müssen, und ihm tat nur beim Darandenken schon das Herz weh. Angelika …

»Aber das hier ist auch furchtbar. Ich mache jedenfalls nicht noch mal den Fehler, dass ich jemanden, der mir nahesteht und von dem ich genau weiß, dass er unschuldig ist, als Verdächtigen handle. Deswegen möchte ich jetzt gleich eines klären.« Er sah Alma eindringlich an. »Paul ist unschuldig. Können wir uns darauf einigen?«

Alma ruckelte ihr Köpfchen ein paarmal zur Seite und klimperte mit den Augendeckeln.

»Gut.« Lovis zog seine Kladde hervor. »Dann versuchen wir mal Ordnung in das Ganze zu bringen. Erstes Problem: Paul ist in Untersuchungshaft.« Er seufzte. Das war die Nachricht, die ihm am meisten zu schaffen machte. Er konnte sich wahrscheinlich nur im Ansatz vorstellen, was Paul jetzt durchmachte, und für ihn selbst hatte die Abwesenheit seines Knechts fatale Folgen. Wenn die Aufklärung des Falls nur ein paar Tage dauerte, würde er die Stallarbeit mit Angelikas Hilfe noch irgendwie hinkriegen, aber irgendwann würden auf dem Hof auch andere Arbeiten anfallen. Und er selbst hatte nicht einmal eine Ahnung davon, was da alles auf ihn einprasseln würde. Er seufzte. Irgendein Ersatz musste her.

Ersatz für Paul finden

schrieb er schweren Herzens als ersten Punkt in seine Kladde.

Außerdem musste er sich um Liam Verginer kümmern. Angelika hatte sich schon über dessen »schlüpfrige Bemerkungen« beklagt. Noch dazu war er vielleicht gefährlich. »Dieser Liam darf keine Sekunde allein auf dem Hof sein«, entschied er.

Alma gab ein leises Gackern von sich. Es klang wie ein Lachen.

»Was?«, fragte Lovis.

Wieder gackerte Alma leise.

»Du hast ja recht«, gab er zu. »Ich bin eifersüchtig. Aber ich habe auch Angst um Angelika. Und ich kann nicht gut selbst die ganze Zeit um Verginer herum sein, wenn ich auch noch Paul aus der Pfanne hauen soll, oder?« Plötzlich hatte er eine Idee. »Die Jungs.« Er sah Alma an. »Was sagst du dazu, wenn wir die Jungs einspannen? Dann spielen sie halt mit den Urlauberkindern im Stall, wenn Liam da ist. Zumindest morgen. Am Pfingstmontag müssten sie auch noch freihaben. Und am Dienstag schauen wir weiter.« Das war eine glänzende Idee, fand er. Statt sie zu notieren, zückte er sein Handy und schrieb Iwan eine Nachricht:

> Kann Verginer nicht allein lassen, wenn er auf dem Hof ist. Könnt ihr euch mit den Kids am Morgen und am Abend in Sichtnähe zum Stall aufhalten? Sollte er sich verdächtig verhalten, bitte sofort melden.

> Yesssss! Beschattungsauftrag?

> Ja!

Es war ein Beschattungsauftrag, so viel stand fest, und er hoffte inständig, dass er die Jungs damit nicht auch in Gefahr brachte.

> Seid vorsichtig
> Ist vielleicht nicht ungefährlich.

> Yeah! Ich sag's sofort den anderen.

»Na ja, zumindest einer freut sich«, erklärte er Alma. »Dann sollte ich unbedingt mehr über diesen Verginer und die Obereggerin rausbekommen, was meinst du?« Mit schlechtem Gewissen dachte er dabei sofort an den Perwanger. Mit ihm musste er unbedingt reden, am besten gleich morgen. Ihn und seine Pferde hatte er in dem ganzen Durcheinander sträflich vernachlässigt. Ganz zu schweigen davon, dass er ihm zwei Reiter abspenstig gemacht hatte und jetzt auch noch seine Hilfe brauchte. Er konnte nur von Glück reden, dass in der Zwischenzeit auf dem Perwanger Hof nicht ein weiteres Pferd zu Schaden gekommen war. »Meinst du, er hilft mir weiter, oder reißt er mir gleich den Kopf ab, wenn ich bei ihm vorstellig werde? Aber wenn irgendwer besser Bescheid weiß über das Verhältnis zwischen den beiden, dann ist er's.«

Lovis schrieb seufzend die neue Aufgabe auf seine Liste. Er drehte den Bleistift zwischen den Fingern und dachte an die vier Saufkumpane von Paul. Nachdem Edi die Falschaussage gestanden hatte, hatte er eigentlich gehofft, dass Paul entlastet wäre. Aber dem war offensichtlich nicht so. Es musste noch jemanden geben, der bei der Polizei zu Protokoll gegeben hatte, Paul im Weinberg getroffen zu haben. Wer?

Wer ist der Kerl, der Paul um 22 Uhr im Weinberg gesehen haben will?

schrieb er auf und überlegte, wer dafür infrage kam. Von Stadler kam ihm als Erster in den Sinn und seine hinterfotzigen Bemerkungen vor Scatolin, mit denen er überhaupt erst die Aufmerksamkeit der Polizei auf Paul gelenkt hatte. Was hatte er wieder auf Lovis' Seite des Weinbergs zu suchen gehabt, und was hatte er davon, Paul in Schwierigkeiten zu bringen? Hatte er vielleicht etwas mit der Sache zu tun? Lovis notierte seine Frage im Notizbuch.

»Und dann ist da noch die Sache mit dem Bild«, meinte Lovis an Alma gewandt. »Ich bin ja immer noch der Meinung, dass das eher ein Mordmotiv für die Obereggerin darstellt als umgekehrt, aber irgendwie hab ich im Gefühl, dass das mit dem Mord zusammenhängt. Was meinst du?«

Alma plusterte sich auf und schüttelte ihr Gefieder.

»Ja, ich bin mir bewusst, dass ich jetzt zum zweiten Mal versuche, dem Mistkerl von Stadler einen Mord anzuhängen. Aber ich finde es doch höchst verdächtig, und ich werde dem nachgehen.«

Lovis schrieb:

von Stadler:
Was hat es mit dem Bild auf sich?

dann ließ er sich ins Heu zurücksinken und verschränkte die Hände unter dem Kopf. Wenn nur Paul seine Arbeit weitermachen würde, dachte er. Dass er in U-Haft saß, war ein harter Schlag. Morgen würde Lovis zuallererst versuchen, mit Paul zu sprechen. Da musste Scatolin ihn einfach unterstützen. Ob er wollte oder nicht.

PFINGSTSONNTAG

Normalerweise liebte Lovis das Agnus der Schubert-Messe in G-Dur, mit der der Domchor am heutigen Pfingstsonntag das Hochamt umrahmte. Diesmal konnte Lovis den Schlusssegen jedoch gar nicht erwarten und damit das Gespräch mit Arthur, der vom Chorleiter vorsorglich an eine andere Stelle gestellt worden war. Der hatte ihm nämlich schon signalisiert, dass es Neuigkeiten gab.

»Hast du was rausgekriegt?«, fragte er ihn, kaum dass das letzte Amen erklungen war und sie mit den ersten Sängern in den Brixner Kreuzgang geschwemmt worden waren. Die Reliefs der verstorbenen Brixner Domherren, die an den Wänden aufgereiht waren, sahen ihn tadelnd an. Doch Lovis scherte sich genauso wenig darum wie Arthur.

»Ich hab den Chef angerufen und ihn vorgewarnt, dass da von der Polizei eine Anfrage kommen könnte. Und dann hab ich ganz unschuldig getan und gemeint, dass unter den Prozessgegnern von der Obereggerin ja keiner wirklich ein Tatmotiv hätte, *oder*?« Das *oder* kam höchst unschuldig rüber, und Arthur grinste über seinen Kniff, mit dem er seinen Chef tatsächlich zum Reden gebracht hatte.

»Und?«

»Da war ein Prozess gegen deinen Nachbarn. Den von Stadler. Es ging um …«

»… ein Bild«, ergänzte Lovis. »Ein Moroder irgendwas.«

»Ein Moroder-Lusenberg«, stimmte Arthur sichtlich enttäuscht zu. »Du weißt schon davon?«

Lovis nickte. »Ja, im Dorf muss es nach einer Sonntagsmesse einen Riesenstreit gegeben haben zwischen der Obereggerin und dem von Stadler. Und ich hab mich schon gefragt, ob das Bild mit dem Mord zu tun haben könnte. Aber …« Er zuckte die Schultern. Ihm wollte einfach nicht in den Kopf, wieso von Stadler die Obereggerin umbringen sollte, wenn doch sie diejenige war, die wegen des Bildes eine Scheißwut auf ihn haben musste.

»Der Chef hat mit von Stadlers Anwalt gesprochen. Informell, du weißt schon … von Anwalt zu Anwalt …«

Lovis nickte. Er konnte sich den Inhalt des Gesprächs bestens vorstellen: Wie holen wir beide am meisten Geld aus unseren streitlustigen Klienten? Doch er sagte nichts, und Arthur fuhr fort: »Mein Chef hatte ganz stark das Gefühl, dass der Rechtsanwalt von dem von Stadler, ein gewisser Dr. Streitenberger – passt oder? –, vor allem einen Auftrag hatte: den Fall aus den Medien herauszuhalten. Wenn nun die Obereggerin damit gedroht hätte, an die Öffentlichkeit zu gehen?«

Immer noch kein Grund jemanden umzubringen, dachte Lovis, auch wenn er seinem Lieblingsfeind diesen Mordfall zu gern angehängt hätte.

Arthur überlegte laut, wie es sich abgespielt haben könnte: »Sie treffen sich, um zu einer gütlichen Einigung zu kommen. Die Obereggerin besteht darauf, dass von Stadler das Bild zurückgibt – worauf es wohl hinausgelaufen wäre, denn das ist klar ein Fall von Übervorteilung –, er weigert sich dann, sie beleidigt ihn – und wir kennen sie ja beide ...« Arthur warf Lovis einen Blick zu, um sich zu vergewissern, dass auch er sich über das aufbrausende Temperament des Mordopfers klar war. »Es kommt zu einem heftigen Wortwechsel, die Obereggerin beleidigt von Stadler, droht ihm damit, an die Öffentlichkeit zu gehen, und er ...« Arthur stellte pantomimisch eine Erdrosselung dar, stöhnte dann theatralisch als Mordopfer und ... handelte sich eine Rüge des ehemaligen Stadtpolizisten ein, der nun im Kreuzgang darauf achtete, dass sich jeder würdevoll und dem Ambiente angemessen verhielt. Arthur hob entschuldigend beide Hände und fuhr flüsternd fort: »So könnte es doch gewesen sein, nicht?«

»Abgesehen davon, dass sie erschlagen und nicht erdrosselt wurde, ja.«

Lovis dachte an seinen Knecht, der überall als der geduldigste Mensch bekannt war. Selbst er war im Umgang mit dieser Frau aus der Haut gefahren. Wie viel weniger traute er da von Stadler zu, dass er in einer Auseinandersetzung mit der Dame die Ruhe bewahrte?

»Ich wünschte, dass du recht hast mit deiner Theorie«, meinte er nachdenklich, doch er ahnte, dass Arthur ihn nur darin bestärkte, sich weiter in einer Sackgasse zu verrennen.

»Der Herr Privatdetektiv«, schnorrte ihn der Perwanger Bauer zur Begrüßung an. Er war damit beschäftigt, neue Weidenruten um den Speltenzaun zu flechten, der einen kleinen Auslauf für seine Zwergziegen eingrenzte. Wie Lovis angenommen hatte, ruhte die Arbeit beim Perwanger nicht einmal am Pfingstsonntag. »Hab schon geglaubt, der Fall ist gelöst, weil du nimmer bei mir aufgetaucht bist. Dabei fehlen mir jetzt zu den drei Pferden auch noch zwei Reiter.«

»Deswegen bin ich da. Rudi, ich …«

Der Bauer winkte ab. »Den beiden Kampfgiggern wein ich keine Träne nach. Das ständige Gestreite hat mir den letzten Nerv geraubt.«

Lovis seufzte und erzählte dem Perwanger, was in den letzten Tagen passiert war. Der riss erschrocken die Augen auf, als das Wort »ermordet« fiel.

»Das war die Obereggerin? Sauber.« Er musterte Lovis. »Da kann ich ja direkt dankbar sein, dass du sie mir abspenstig gemacht hast. Wenn sie die auf meinem Hof tot aufgefunden hätten! Zuerst die drei vergifteten Klepper und dann auch noch eine Leiche – ich würde nie mehr auf die Füße kommen.«

Lovis nickte zustimmend. So ähnlich fühlte er sich auch. Aber er war ja nicht gekommen, um vom Perwanger bemitleidet zu werden. »Trotzdem wollt ich mich entschuldigen.«

»Entschuldigung angenommen. Gestraft hat dich schon das Schicksal. Und beim Verginer weißt eh, dass ich mir über den meine Gedanken gemacht hab.«

»Auch deswegen bin ich hier.« Lovis zögerte. Der Perwanger hatte Liam Verginer des Pferdemords verdächtigt. Er selbst hatte noch einen schrecklicheren Verdacht …

Rudi las seine Miene und pfiff durch die Zähne. »Oschpelemuggn … du meinst … der Liam?« Er wiegte den Kopf. »Das kann ich dann doch nicht glauben. Aber lass mich nachdenken …« Und dann erzählte er Lovis, was ihm alles zu den beiden einfiel, und trotz der kurzen Zeit, die Jasmin Oberegger und Liam Verginer auf dem Hof verbracht hatten, kam so einiges zusammen.

»Also lass mich zusammenfassen«, sagte Lovis schließlich und blickte auf seine Notizen. »Die Obereggerin ist Mitte März bei dir eingezogen, der Verginer eine Woche drauf. Beide waren vorher in einem Reitstall im Unterland, von dem du aber nicht weißt, wie er heißt. Du bist dir nicht sicher, ob sie beide auf demselben Hof waren, aber du bist dir sicher, dass sie sich schon gekannt haben, als er bei dir aufgekreuzt ist, und es hat so gewirkt, als sei der Verginer an der Obereggerin interessiert, aber umgekehrt wollte sie von ihm nichts wissen, und es gab immer Streit, wenn er irgendwo aufgetaucht ist.«

Lovis sah Rudi fragend ins Gesicht. Der nickte. »So in etwa, ja. Wobei der Verginer die Frauen überhaupt hofiert hat. Ein paar haben's ja auch genossen. Nur bei der Obereggerin hab ich immer den Eindruck gehabt, dass er sie genervt hat. Aber das hat ihn irgendwie nur noch mehr angestachelt.«

Lovis dachte nach. »Glaubst du, er war ein Stalker?«

»Hmm.« Der Perwanger kniff beim Denken die Augen zusammen. »Könnt schon sein. Einmal hab ich gehört, dass sie die Polizei einschalten wollte, wenn er nicht aufhört. Andererseits war die Obereggerin ja immer recht schnell bei der Hand mit solchen Drohungen, was man so hört.«

Das war nicht von der Hand zu weisen, wie Lovis dem Perwanger insgeheim zustimmen musste. Was wenn der Verginer wirklich ein potenzieller Stalker war, der die Obereggerin von Reitstall zu Reitstall verfolgte? Sie selbst hatte ihn bei der Vernehmung vor einer Woche als aufdringlich bezeichnet. Aufdringlich – aber nicht bedrohlich. Hätte jemand wie Jasmin Oberegger die Aufdringlichkeit eines Stalkers einfach so akzeptiert, ohne sich dagegen zur Wehr zu setzen? Lovis glaubte das weniger. So wie er sie einschätzte, hatte sie die Telefonnummer ihres Anwalts auf einer Kurzwahltaste gespeichert. Wäre ihr ein Kerl wie Liam auch nur im Entferntesten bedrohlich gekommen, hätte sie sicher nicht gezögert, ihren Anwalt einzuschalten. Sie hatte eher genervt gewirkt.

Lovis erinnerte sich an das Gespräch zwischen ihr und Verginer bei seinem Besuch auf dem Perwanger Hof vor beinahe zwei Wochen: »Ich würde ja dafür bezahlen. Genauso wie ich für ... weißt schon ...«

»Und auch dazu sage ich Ihnen zum hundertsten Mal: Das steht nicht zur Diskussion.«

»Dann versuche ich es morgen wieder.«

»Und ich werde morgen wieder Nein sagen.«

»Jasmin, du weißt doch, dass ich am Ende immer kriege, was ich will.«

Worauf hatte Verginer da angespielt? Ein unmoralisches Angebot?

Da gab es etwas, das Lovis noch nicht wusste, was aber womöglich der Schlüssel zu der Geschichte war. Er schüttelte den Kopf, wie um seinen Gedanken eine neue Richtung zu geben, aber sie ratterten immer wieder gegen dasselbe Hindernis.

»Kommst nicht dahinter?«, fragte der Perwanger.

»Überhaupt nicht«, gab Lovis zu. »Aber wird schon wieder. Jedenfalls: Wenn dir noch was einfällt, gibst du mir Bescheid, oder?«

»Mach ich.«

»Und wegen dem Pferdemörder …« Lovis machte eine unbestimmte Geste.

»Da schau'n wir mal, ob der jetzt nicht vielleicht den Hof gewechselt hat«, sagte der Perwanger nur und winkte ab.

Lovis nickte mit einigem Unbehagen. Das würde sich herausstellen. Er dachte an Diablo, der seit Angelikas Jugend an ihrer Seite war, sie getröstet hatte, als ihr Vater Selbstmord begangen und ihre Mutter aufgehört hatte, gegen ihre Krankheit zu kämpfen. Und das Unbehagen verstärkte sich. Die Dinge entwickelten sich nicht gut. Nein, wirklich nicht.

Kaum war er wieder auf dem Messner Hof angelangt, forschte er im Internet nach Reitställen im Unterland und wurde schnell fündig. Einige schwerer zu erreichende Ställe konnte er gleich ausschließen, weil er sich nicht vorstellen konnte, dass Jasmin Oberegger oder Verginer, die ja beide aus der Umgebung von Brixen stammten, allzu lange Fahrtzeiten auf sich genommen hätten. Am naheliegendsten schien ihm ein riesiger Reitstall, der auch über eine richtige Reitbahn verfügte und dessen Website einschüchternd luxuriös aussah.

»Perfekt für die Obereggerin«, murmelte er vor sich hin und wählte die Nummer, neugierig, ob er an so einem hohen Feiertag jemanden antreffen würde. Doch er hatte Glück. Ein Herr, der sich als Stimpfl Olli vorstellte, nahm das Gespräch entgegen.

»Die zwei zerstrittenen Brixner! Oh ja, an die kann ich mich noch gut erinnern!«, sagte er gleich auf Lovis' Frage, ob jemals eine Frau Oberegger oder ein Herr Verginer ihre Pferde bei ihm untergestellt hätten. »Ist das die, die jetzt bei dem Unglück in Brixen ums Leben gekommen ist?«

»Ja«, bestätigte Lovis. »Ich ermittle in dem Mordfall, und zufällig habe ich herausgefunden, dass Frau Oberegger und auch Herr Verginer ihre Pferde bei Ihnen untergestellt hatten.«

»Ja, aber jetzt nicht mehr«, sagte Herr Stimpfl schnell. »Vor ein paar Monaten sind sie nach …«

»Mit dem nachfolgenden Reitstallbesitzer habe ich bereits gesprochen. Jetzt möchte ich nur nachfragen, was die beiden auf Sie für einen Eindruck gemacht haben.«

»Verstritten eben, wie ich schon gesagt hab. Sie ist ständig wegen jeder Kleinigkeit an die Decke gegangen, und er hat gestichelt, wann immer es sich angeboten hat. Die waren wie Feuer und Wasser, die zwei. Aber mehr kann ich Ihnen auch nicht sagen.«

»Worum's gegangen ist bei ihren Streitereien, wissen Sie nicht mehr?«

»Es hat manchmal so gewirkt, als sei er ein bisschen in die Frau verschossen. Und sie umgekehrt nicht. Aber vielleicht auch nicht. Er war ja allen Frauen gegenüber sehr charmant. Die sind geschmolzen wie Wachs in der Sonne, wenn er angetanzt ist. Nur die Brixnerin nicht.

Dabei hat er sich so ins Zeug gelegt. Na ja. Liebe kann man nicht erzwingen.«

Ein Schürzenjäger, der sich für unwiderstehlich hält, dachte Lovis. Der Verginer hatte also mit allen geflirtet, nur die Obereggerin war standhaft geblieben, was offensichtlich seinen Jagdinstinkt noch angestachelt hatte. Aber so, wie Lovis sie kennengelernt hatte, hätte sie sehr wohl gewusst, wie sie dem Werben ein Ende hätte setzen können. Das war wohl noch nicht alles.

»Versuchen Sie, sich genau zu erinnern«, bat Lovis.

Am anderen Ende der Leitung trat Schweigen ein. Dann meinte Stimpfl: »Er wollte immer irgendwas von ihr, und sie sagte immer Nein. Wir haben gewitzelt, dass er einen Kuss von ihr wollte. Aber vielleicht war's das dann doch nicht. Weil …« Jetzt klang Stimpfls Stimme verunsichert. »Eine Zeit lang ist er mit einer festen Freundin gekommen, und auch da hat er sie gefragt. Ich kann mich nicht ganz genau erinnern, aber es war so was wie: ›Und heute? Gibst du's mir heute?‹ Und dabei hielt er die Hand seiner Freundin in seiner. Das tut man doch nicht, wenn man mit einer anderen Frau flirtet, oder?«

»Nein«, pflichtete ihm Lovis bei, der die Neuigkeiten in der Tat interessant fand. Das sprach irgendwie gegen seine Stalker-Theorie. Offensichtlich gab es etwas, das Verginer von Jasmin Oberegger verlangt hatte, das sie aber nicht bereit gewesen war zu geben. Aber sein Drängen schien auch nicht bedrohlich genug gewesen zu sein, um einen Anwalt einzuschalten, was sonst Obereggers erste Reaktion gewesen wäre. Worum war es da nur gegangen?

»Wenn Ihnen noch was einfällt oder den anderen Reitern … zum Beispiel ob doch jemand mitbekommen hat, worum es bei diesen Streitereien gegangen ist, würden Sie sich da bei mir melden?«

Stimpfl versprach sich zu melden und notierte Lovis' Telefonnummer. Der wollte sich grad verabschieden, als ihm noch eine Frage einfiel: »Nur noch eine Kleinigkeit, Herr Stimpfl. Gab es in der Zeit, in der Verginer bei Ihnen war, irgendwelche rätselhaften Todesfälle bei Pferden?«

Stimpfl überlegte. »Ich wüsste von keinem. Oder warten Sie mal … Ein Pferd ist tatsächlich gestorben, das könnte in der Zeit gewesen sein, als Verginer bei uns war. Rätselhaft kam uns das allerdings nicht vor, obwohl das Tier sonst gesund war. Aber so was passiert schon mal, Tiere sterben halt. Dass der Verginer was damit zu tun hatte, kann ich mir jedenfalls nicht so recht vorstellen. Er ist so ein Pferdenarr …«

Pferdenarr hin, Pferdenarr her. Der Verdacht des Perwanger Bauern, dass Verginer hinter den Pferdemorden stecken könnte, wog jetzt jedenfalls um einen weiteren merkwürdigen Zufall schwerer …

Auf der Suche nach Angelika sprang Lovis den Kiesweg hinunter. Auf das, was ihm unten begegnete, war er jedoch überhaupt nicht gefasst. Diablo und Gonzo standen einträchtig nebeneinander in der Sonne, während ihre Reiter genauso einträchtig dabei waren, sie zum Ausritt fertig zu machen. Gerade als Lovis um die Ecke bog, lachte Angelika hell auf. Sie blitzte ihren Ex neckisch an, und in ihren Wangen zeigten sich die Grübchen, die Lovis so liebte. Lovis konnte nicht fassen, was er da sah.

Verginer zwinkerte ihr zu und wies auf ihr schwarzes T-Shirt, auf dem in pinken Buchstaben stand:

IF YOU WANT A STABLE
RELATIONSHIP
GET A HORSE

und meinte: »Eine Stallbeziehung? Ich hätte nichts dagegen.«

Bevor Angelika mit einer unbedachten Bemerkung sein Herz zum Zerspringen bringen konnte, unterbrach Lovis Verginers plumpe Anmache: »Ihr reitet aus? Zusammen?«

Angelika nickte.

»Kann ich mal kurz mit dir sprechen? Unter vier Augen?«

Verginer machte eine einladende Handbewegung, die auf Lovis so arrogant wirkte, dass er die Zähne zusammenbeißen musste, um ihm dafür nicht eine reinzuhauen. Er zog Angelika am Handgelenk von dem Schleimer weg, sodass sie außer Hörweite waren, ohne den potenziellen Pferdemörder aus den Augen zu verlieren.

»Was soll das?«, zischte er ihr zu.

»Was soll was?«

»Dass du dich von dem Kerl einschleimen lässt! Dass du dich überhaupt abgibst mit ihm. Dass du …«

Angelika schüttelte seine Hand ab und funkelte ihn erbost an. »Hast nicht *du* gesagt, dass wir ihn nicht allein lassen dürfen? Dass er vielleicht der Pferdemörder ist und seit neuestem vielleicht sogar der Mörder? Kann ich was dafür, dass der Mistkerl gleichzeitig mit mir hier auf dem Hof ankommt, wenn sonst keine Menschenseele hier ist? Paul nicht, du nicht, überhaupt niemand? Was

soll ich also anderes machen, als mich auf seine Schlei-
mereien einzulassen und zu tun, was er vorschlägt? Nämlich mit ihm reiten zu gehen? Wenn dir das nicht passt,
dann sei gefälligst selbst hier oder besorge jemanden,
der diesen Job übernehmen kann. Herrgott noch mal!«

Sie hatte sich in Rage geredet, und Verginer schaute
neugierig zu ihnen herüber. »Hängt der Haussegen schief?«,
fragte er amüsiert.

»Das geht dich einen Scheißdreck an«, fauchte Angelika
nun in seine Richtung, und Verginer hob begütigend die
Hände, allerdings ohne dabei das amüsierte Grinsen aus
seinem Gesicht zu nehmen.

»Ich hoffe, ich bin nicht Anlass dieses Streits«, meinte er.

Lovis sah ihm an, dass er genau das Gegenteil hoffte,
und musste tief durchatmen, um sich zu beruhigen.

»Doch, bist du«, erklärte Angelika. Immer noch wütend wandte sie sich von beiden ab, bestieg Diablo und
ohne einen der beiden Männer mit einer Miene zu würdigen, trabte sie vom Hof.

»Dann werde ich mal schauen, dass ich ihr nach-
komme«, sagte Verginer und setzte bereits seinen Fuß in
den Steigbügel, als in Lovis Kopf das Bild der erschlage-
nen Obereggerin aufblitzte. In seinen Gedanken nahm
das Gesicht der Toten Angelikas Züge an, und sein gan-
zer Körper verkrampfte sich. Er konnte nicht zulassen,
dass Angelika allein mit einem mutmaßlichen Mörder
durch den Wald ritt. »Halt!«, sagte er schnell.

Verginer nahm verwundert seinen Fuß wieder aus
dem Steigbügel. »Ja?«

Fieberhaft suchte Lovis nach einem plausiblen Grund
dafür, Verginer auf dem Hof zu behalten. »Ich wollte Sie
um einen Gefallen bitten«, schoss es endlich aus ihm

heraus. »Ich ... Sie haben ja gesehen, dass ich nicht unbedingt ein Pferdeexperte bin.«

Liam grinste. »Das ist noch untertrieben, würde ich sagen.«

Idiot, dachte Lovis, auch wenn Verginer recht hatte. Aber er musste die Nummer durchziehen, und dazu war es wichtig, dass er freundlich blieb. »Ich wollte Sie fragen, ob Sie mir eine Reitstunde geben könnten.«

Sein Gegenüber stutzte. »Warum fragen Sie nicht Angelika?«

Naheliegende Frage, dachte Lovis. Er brauchte schnell einen guten Grund. »Weil ... es soll eine Überraschung sein.«

Liam warf lachend den Kopf zurück. »Damit Sie Angelika auf künftigen Ausritten begleiten können? Da reicht eine Reitstunde nicht aus, um mit dieser Amazone Schritt halten zu können, das kann ich Ihnen sagen.«

»Dann eben mehrere.« Je öfter er Verginer bei sich auf dem Hof und damit unter Kontrolle halten konnte, desto besser. Bittend sah er seinen Konkurrenten an. »Und am besten so, dass sie es nicht mitbekommt. Zum Beispiel während sie selbst ausreitet.«

Liam legte den Kopf schief und überlegte. »Einverstanden. Gegen Nachlass bei der Boxenmiete.«

Lovis schluckte. Das war's dann mit den 450 Euro, dachte er wehmütig. Aber er nickte. »Einverstanden.«

»Na, dann los. Holen Sie den Klepper schon aus dem Stall.« Mit einem süffisanten Grinsen fügte er hinzu: »Das werden Sie ja wohl noch alleine hinbekommen.«

Mit einigem Misstrauen und unter den spöttischen Blicken dieses Liam führte Lovis Shanty aus dem Stall und band

sie an den Halterungsring. Dann blickte er seinen Reit-
lehrer trotzig an. »Und jetzt?«

»Jetzt putzen Sie das Tier.«

»Sie ist schon sauber.«

»Nicht sauber genug. Bevor Sie den Sattel auflegen,
müssen Sie sie striegeln. Im Fell können sich Sandkörn-
chen verstecken, und die scheuern dann beim Reiten die
Haut ...«

»Ja, ja ... darauf wäre ich selber auch gekommen.«
Brummig machte sich Lovis daran, das in seinen Augen
hässlichste Pferd der Welt zu striegeln. Shanty machte es
ihm nicht leicht. Wie zufällig trat sie immer dorthin, wo
er seine Füße hatte, peitschte mit ihrem Schweif durch
die Luft und erwischte ihn dabei natürlich im Gesicht.
Nachdem er zweimal mit den harten Pferdehaaren eine
Ohrfeige kassiert und einmal das gesamte Gewicht des
Ponys auf seinem Fuß zu spüren bekommen hatte, zuckte
er bei jeder Bewegung des Tieres zusammen.

Verginer sah eine Weile kopfschüttelnd zu. »Man
könnte meinen, Sie haben Angst vor Shanty.«

»Womit man ja völlig danebenliegen würde«, brummte
Lovis.

»Was Sie zuallererst lernen müssen: Sie sind der
Chef. Nicht Shanty hat das Sagen, sondern Sie. Das
heißt nicht, dass Sie ihr wehtun sollen«, sagte Verginer
schnell und fing Lovis' erhobene Hand ab, mit der er
Shanty einen Klaps versetzen hatte wollen. »Schauen
Sie: so.«

Er trat an Lovis' Stelle und nahm ihm den Striegel ab.
Dann strich er mit festen, resoluten Strichen über das
Fell. Shanty beruhigte sich sofort und schien die Behand-
lung offensichtlich zu genießen.

Lovis schnitt eine Grimasse. »Bei Ihnen macht sie auch keine solchen Mätzchen.«

»Weil sie weiß, dass ich ihr das nicht durchgehen lasse.«

»Oder weil es irgendein geheimes Einverständnis zwischen euch gibt. Ein Lass-den-Lovis-blöd-dastehen-Abkommen, oder so.«

Verginer schoss ihm einen spöttischen Seitenblick zu. »Ja, das könnte natürlich auch der Grund sein.« Er legte dem Tier den Sattel auf, zurrte ihn fest und drückte Lovis die Zügel in die Hand. »So, los jetzt. Ich würde sagen, wir beginnen auf dem Reitplatz.«

Lovis brachte das sture Tier nur mithilfe seines neu gekürten Reitlehrers bis zum Reitplatz, wo die Jungs zusammen mit den Urlauberkindern auf dem Zaun aus Rundhölzern balancierten.

Super, dachte er grimmig, Zuschauer für meine Blamage gibt es auch noch. Hätten die nicht eigentlich nach Verginer sehen sollen, wenn sie eh da sind? Stattdessen darf ich mich jetzt zum Affen machen.

»Wie komme ich auf dieses blöde Pferd?«

Die Jungs und die Urlauberkinder quittierten seinen brummigen Ton mit Lachen. Inzwischen hatten sie sich auf dem Zaun Plätze zum Zusehen gesichert.

»Ha, ha, ha«, brummte Lovis. »Ihr seht aus wie die Hühner auf der Stange, und ihr gackert wie die Hühner auf der Stange.«

Noch lauteres Lachen war die Antwort.

»Wir können uns nicht entgehen lassen, wie Sie vom Pferd geworfen werden«, erklärte Iwan und meinte an die anderen gewandt: »Irgendwie hab ich Lust auf Popcorn.«

»Ich film das mit«, erklärte Matthias und zückte sein Handy.

»Darf ich vielleicht inzwischen Ihr Pferd herumführen?«, fragte Erik, und Verginer nickte grinsend.

»Du darfst auch aufsitzen, wenn du willst. Gonzo ist lammfromm. Ich leih dir meinen Helm.«

Neidisch beobachtete Lovis, wie Erik sich Verginers Helm überstülpte, dann wie selbstverständlich seinen Fuß in den Steigbügel setzte und das andere Bein über Gonzos Rücken schwang. Er saß wie mit dem Pferd verwachsen auf dessen Rücken, schnalzte, und Diablos Zwillingsbruder setzte brav einen Schritt vor den anderen. Und ich mache mich hier zum Clown, schimpfte er mit sich selbst. Aber das wäre ja gelacht. So schwierig sah das nun auch wieder nicht aus.

Als wäre es die größte Selbstverständlichkeit der Welt, setzte Lovis seinen Fuß in den Steigbügel und stemmte sich hoch. Auf halbem Weg stellte sich jedoch heraus, dass er die Schwerkraft unterschätzt hatte. Außerdem bewegte sich das Mistpferd auch noch, während er in der Luft hing. Er verlor das Gleichgewicht, ging zu Boden und kam mit seinem Hintern unsanft auf – einen Fuß immer noch im Steigbügel. Vom Zaun ertönte fröhliches Gelächter.

»Blödes Vieh«, knurrte Lovis und an die lachenden Jungs gewandt meinte er: »Habt ihr nichts anderes zu tun, als mir beim Fallen zuzusehen? Fernsehen? Computerspiele?«

»Kommt nicht gegen das Programm hier an«, erwiderte Iwan frech, rückte seine Brille zurecht und meinte: »Kann weitergehen.« Er mimte eine Fernsteuerung und drückte auf PLAY.

Lovis hätte sich ohrfeigen können für seine glorreiche Idee, diesen Kerl ausgerechnet mit einer Reitstunde zu beschäftigen. Er knurrte grimmig und machte noch einen Versuch, in den Sattel zu kommen. Doch Verginer hielt ihn zurück.

»Ich habe eine andere Idee. Wie wäre es, wenn Sie sich zuerst mit dem Tier anfreunden würden?«

»Und wie mach ich das? Hallo Shanty, sehr erfreut, ich bin der Lovis, dein Freund?« Sarkastisch streckte er dem Klepper seine Hand hin, der sofort neugierig daran schnupperte. Schnell zog Lovis seine Hand wieder zurück.

Verginer sah zu den Jungs hinüber. »Hat einer von euch Lust zu reiten?« Die ließen sich nicht zweimal fragen und sprangen vom Zaun.

Verginer nickte Lovis zu. »Sie setzen den Kids jetzt der Reihe nach den Helm auf und führen sie die Runde. Dabei achten Sie darauf …« Er erklärte ihm, was er von Shanty verlangen konnte und was nicht. Und Lovis tat, was von ihm verlangt wurde. Runde um Runde führte er Shanty über den Reitplatz, abwechselnd Timmi und Ulli auf ihrem Rücken, bis er die Schuhe voller Sand hatte und die Sonne nur noch ein paar Zentimeter über dem Radlsee hing. Irgendwann hörte er das Geklapper von Hufen im Hof, etwas später sah er Diablo über die Koppel galoppieren und sich an einer besonders sandigen Stelle wälzen. Da blieb er stehen.

»Ich glaube, die Stunde ist um«, sagte er, klaubte Timmi vom Rücken und nickte Verginer zu. »Ich bedanke mich.«

»Dann darf ich jetzt ausreiten?«

Lovis fühlte sich durchschaut. Aber so leicht ließ er sich nicht von seinem Plan abbringen.

»Ja«, sagte er. »Morgen zur selben Zeit?«

PFINGSTMONTAG

Ein vielstimmiges, forderndes Muhen begrüßte Lovis, als er am Morgen den Stall betrat. Die Kühe mussten gemolken werden, das erkannte selbst Lovis mit seinen geringen landwirtschaftlichen Kenntnissen, und Angelika war weit und breit nicht zu sehen.

»Nur wie, das ist hier die Frage«, erklärte Lovis seiner Lieblingskuh Gerlinde leicht gestresst, weil er um halb zehn bei der Polizeistation sein musste. Er hatte keine Ahnung, wie er beginnen sollte. Beim Melken hatte er bisher nie mit Hand angelegt, und jetzt stand er völlig hilflos da. Lovis schimpfte sich einen Idioten. Wieso nur hatte er nicht besser zugeschaut? Verzweifelt musterte er die Bestandteile der Melkmaschine. Die vier Saugbecher mussten irgendwie über das Euter gestülpt werden, so weit kam er noch mit seinem spärlichen Wissen. Doch auch das erwies sich schwieriger als vermutet.

Gerlinde drehte ihm fragend den Kopf zu. Na, wird's bald, sagte ihr Blick überdeutlich, und sie schlug ungeduldig mit dem Huf aus.

»Wenn du mir sagen kannst, wie ich dieses blöde Ding über deine Zitzen kriege, dann gern. Aber es bleibt ja nicht oben. Mistzeug!« Er versuchte es noch einmal. Ohne Erfolg. Sollte er die Kühe ungemolken auf die Weide treiben? Ein Blick auf die prall gefüllten Euter sagte ihm, dass das wahrscheinlich keine gute Idee war.

Sebastian, wenn du mich gerade sehen kannst, dann schick mir doch bitte jemanden, der mir hilft, betete er zu seinem verstorbenen Onkel. Ich gelobe auch, zukünftig besser aufzupassen, wenn Paul seine Arbeiten verrichtet – wenn er überhaupt aus dem Gefängnis freikommt, fügte er in Gedanken hinzu.

»Es wäre äußerst hilfreich, wenn du mir einen Tipp geben könntest, wie das hier funktioniert«, erklärte er Gerlinde, die unruhig mit dem Schwanz durch die Luft peitschte.

»Was soll sie Ihnen denn sagen?«, kam eine Stimme vom Stalleingang her.

Lovis schloss ergeben die Augen. Das war typisch Onkel Sebastian! Genau seine Art Humor! Er ballte die Fäuste. Sein toter Onkel schien sich einen Spaß draus zu machen, von allen Menschen, die es auf der Welt gab, genau denjenigen zu Hilfe zu schicken, den er am liebsten gar nicht hier auf dem Hof gesehen hätte. Außerdem hatte der vom Melken sicher gleich wenig Ahnung wie er selbst. Liam Verginer!

»Wie das mit dem Melken funktioniert«, erwiderte er gereizt.

»Und? Was sagt sie?« Ohne hinzusehen, wusste Lovis, dass der Kerl wieder seine blendende Zahnreihe an die Luft hing.

»Sie hat von Technik keine Ahnung.«

»Soll ich?«

»Melken?« Ungläubig sah er Verginer an. Der Schönling wollte was vom Melken verstehen?

»Darum ging's doch, oder?« Lovis nickte nur, und Verginer streckte die Hand aus. »Geben Sie her.« Er nahm die Zitzenbecher und den Schlauch in Empfang und befestigte alles an Ort und Stelle. Dann nickte er zufrieden. »Kann losgehen.« Kaum hatte er den Schalter betätigt, war schon das vertraute Pumpen der Melkmaschine zu hören.

»Haben Sie eine zweite Mistgabel?«

Kleinlaut deutete Lovis in die Ecke. Liam packte sie mit einer Selbstverständlichkeit und begann, den Mist zusammenzuschieben. Schnell beeilte sich Lovis, es ihm gleichzutun.

Davor schickte er noch ein Stoßgebet zum Himmel, dass die Jungs bald auftauchten. Und als ob es von oben erhört worden wäre, standen die drei keine zehn Minuten später tatsächlich im Stall.

»Können Sie uns irgendwie brauchen?«, fragte Iwan unschuldig.

»Vielleicht Stallarbeit?«, schlug Matthias vor und zwinkerte Lovis zu.

Lovis atmete erleichtert durch. »Wenn ihr hier übernehmen wollt, bin ich froh.« Er übergab Iwan die Mistgabel. »Ich muss nämlich zu Scatolin und dann ins Gefängnis.«

»Oh, in den Knast!« Matthias riss die Augen auf. »Holen Sie Paul raus?«

»Mal sehen.« Lovis hoffte, dass er überhaupt mit Paul sprechen durfte. Er war ja weder ein offizieller Ermittler in dem Fall noch sein Anwalt. Wenn, dann schaffte er es nur mit einer guten Portion Glück bis zu ihm. Oder mit Scatolins Hilfe.

»Hör auf mit deinen Vorschriften! Ich weiß genau, was du darfst und was nicht. Aber ich muss zu ihm.« Lovis saß vor Scatolins Schreibtisch, der an diesem Feiertag zum Dienst antreten musste, was vielleicht der Grund für seine schlechte Laune war.

Scatolin atmete durch. »Hör zu, Lovis. Ich kann …«

Doch Lovis ließ ihn nicht ausreden. Er hatte keine Lust auf die ständigen Ausflüchte seines Ex-Kollegen, und er würde ihn nicht so einfach davonkommen lassen.

»Hör du mir zu, Scatolo. Ihr glaubt, ihr habt felsenfeste Beweise dafür, dass Paul die Obereggerin umgebracht hat. Aber es kann auch sein, dass ihr euch täuscht! Ich möchte nur mit ihm reden, Herrgott!«

Scatolin schaute auf. Er musterte Lovis mit undurchdringlicher Miene. Schließlich nickte er ergeben. »Na gut, aber wenn mich das meinen Kopf kostet, dann erklärst du das meiner Giulietta.«

»Mach ich. Und es wird dich nicht den Kopf kosten. Das verspreche ich dir.«

Nicht ganz überzeugt nickte Scatolin. »Andiamo.«

Eine Stunde später stand Lovis vor Paul, der geknickt in der karg eingerichteten Zelle im Bozner Gefängnis auf einer Pritsche saß.

»Chef?«, fragte er müde.

Lovis sah Scatolin auffordernd an. Der hob die Hände und verließ die Zelle. Mit einem leisen Knacken rastete das Schloss ein.

»Ich hab zehn Minuten«, sagte Lovis. Er musterte Paul. Der fuhr ein paarmal mit den Händen über sein Gesicht, dann atmete er tief durch.

»Ich weiß, wie die blöde DNA unter den Fingernägeln von diesem Miststück gelandet ist«, begann er.

»Vielleicht ist es besser, du nennst sie in Zukunft nicht so«, schlug Lovis vor.

Paul setzte schon an, etwas darauf zu sagen, dann sah er Lovis an, nickte und meinte: »Du hast ja recht.«

»Also?« Lovis sah demonstrativ auf die Uhr.

»Sie hat mich gekratzt.« Paul deutete auf seinen Hals. »Hier. Am Tag des Mordes.« Von seinem Ohr, unter seinem Kinn entlang bis beinahe zu seinem Adamsapfel verlief ein fast verheilter Kratzer. Lovis hatte ihn vorher nicht bemerkt, doch als Paul jetzt seinen Kopf ein wenig hob, konnte er ihn deutlich erkennen, einen einzelnen langen Strich, der in der Mitte etwas tiefer zu sein schien und bereits eine Schorfkruste hatte. Gut möglich, dass die Wunde drei Tage alt war. Doch dass die Obereggerin mit gezückten Krallen auf Paul losging, erschien Lovis etwas weit hergeholt. Wortgefechte waren an der Tagesordnung gewesen, Drohungen mit dem Anwalt. Aber tätliche Angriffe? Eher unwahrscheinlich, entschied Lovis für sich. Nur war es mindestens so unwahrscheinlich, dass Paul ihn anlog.

»Du weißt ja, dass die Aufstiegshilfe kaputt war«, setzte Paul zu einer Erklärung an. »Angelika hatte mich gebeten, sie zu reparieren. Das wollte ich auch, aber mit dem ganzen Rummel in den letzten Tagen bin ich einfach nicht dazu gekommen, und daher war sie noch im Schuppen. Das Mist…, also die Obereggerin hat's an diesem Tag ohne Hilfe halt nicht auf ihr Ross geschafft –

frag mich nicht, warum – und hat sich beschwert, was das für ein Saftladen ist, nicht einmal eine Aufstiegshilfe … Ich wollte freundlich sein, na ja, zumindest korrekt. Du hattest ja recht, dass wir das Geld brauchen können. Und deswegen bin ich über meinen Schatten gesprungen und wollte sie mit einer Räuberleiter in den Sattel befördern. Sie hat das Angebot sogar angenommen. Aber das blöde Ross ist nicht stehen geblieben, und sie ist abgerutscht und dabei … sie wollte sich bei mir abstützen, vermut ich, aber sie hat nicht ganz getroffen. Ich hab's nicht einmal richtig gespürt.«

Lovis nickte. Die Geschichte klang plausibel. »Warum hast du es der Polizei nicht gesagt?«

»Hab ich doch. Aber … na ja.«

Lovis verstand. Die Polizei glaubte, einen Schuldigen gefunden zu haben, und bei Paul stimmte einfach alles zusammen. Die belastenden Zeugenaussagen, die DNA, der jahrelange Konflikt der Familie Zingerle mit dem Mordopfer. Er verstand die Polizei sogar.

»Weißt du, was das Schlimmste ist? Ich glaube mir selbst nicht.« Paul sah Lovis verzweifelt an. »Ich hab so eine Wut auf sie gehabt. Und ich war so sternhagelvoll. Keine Ahnung, was ich in der Nacht alles getan oder gelassen habe, wer weiß, wozu ich da fähig war.«

»Umgebracht hast du jedenfalls niemanden. Zumindest nicht, solange du mit deinen Kumpels unterwegs warst. Das wissen wir inzwischen.«

»Ja?« Paul sah Lovis mit großen Augen an. »Warum werde ich dann noch hier festgehalten?«

»Na ja, du könntest es vorher getan haben.«

Sein Knecht ließ den Kopf wieder sinken und vergrub das Gesicht in seinen Händen. »Eben …«

Auch wenn er sich selbst nicht über den Weg traute, war sich Lovis doch sicher, dass Paul mit dem Mord nichts zu tun hatte. Und er hatte das Gefühl, ihn irgendwie aufmuntern zu müssen. »Ihr habt ins Cabrio von der Obereggerin gepisst«, sagte Lovis schmunzelnd.

»Was? Nein, im Ernst?« Wie erwartet begann Paul zu grinsen. »Und ich kann mich an nichts erinnern! So ein Mist aber auch.« Dann wurde er wieder ernst. »Schaffst du's denn auf dem Hof?«

Lovis verdrehte die Augen. »Ich hab Hilfe.«

»Angelika?«

»Und der Verginer.«

»Sei bloß vorsichtig«, sagte Paul zweifelnd.

Lovis nickte. Wenn das nur so einfach wäre, dachte er. Er mochte sich gar nicht vorstellen, was zurzeit auf dem Hof passierte. »Die Jungs behalten ihn im Auge, solange ich weg bin.« Paul schnaubte amüsiert.

Da ging die Tür auf, und Scatolin streckte misstrauisch seinen Kopf herein. »Zeit ist um«, sagte er. »Aber ihr könnt bald so viel lachen, wie ihr wollt. Sie müssen nur noch mal kurz hoch und ein paar Papiere unterschreiben, Herr Zingerle, dann dürfen Sie gehen. Der Staatsanwalt ist mir noch einen Gefallen schuldig und ist ausnahmsweise am Feiertag ins Büro gekommen, um den ganzen Zettelkram zu erledigen. Nachdem der Zeuge seine belastende Aussage zurückgenommen hat, konnte ich ihn davon überzeugen, dass die Kratzergeschichte wahr sein könnte.«

Paul stieß erleichtert den Atem aus.

»Du bist ein Genie, Scatolo!«, rief Lovis.

»Sì, sì, sono un genio«, brummte der. »Ich hoffe, dass sie auch wahr ist.« Mit durchdringendem Blick maß er

Paul, der sich unter den Blicken des Ispettore unbehaglich wand.

»Sie ist wahr«, sagte er. »Ich schwöre!«

»Ja, ja. Schwören tun sie alle, bis wir unwiderlegbare Beweise finden. Und es gibt immer noch einen Zeugen, der Sie zur Tatzeit aus dem Weinberg hat kommen sehen.«

»Hat dich dieser Edi nicht angerufen?« Lovis war schon drauf und dran, das Telefon rauszunehmen und dafür zu sorgen, dass der Verräter seine Aussage machte. Doch Scatolin bremste ihn.

»Doch, Amico, hat er. Aber es steht Aussage gegen Aussage und … der Typ war eben auch sternhagelvoll an dem Abend. Der andere Zeuge ist ein angesehener Mann im Dorf. Also …« Er hob entschuldigend die Schultern. »Sei mir nicht böse, wenn wir die andere Zeugenaussage ernst nehmen … müssen.«

»Wer?«, wollte Lovis wissen.

Scatolins Miene verfinsterte sich. »Amico …«

»Ich werde nicht lockerlassen, bis du es mir verrätst.«

»Ich darf nicht.«

»Du bist mir was schuldig!«

»Nein. Du bist *mir* etwas schuldig. Und diesmal wird's wohl das Stilfser Joch sein.«

Lovis setzte zum Sprechen an, doch Scatolin schüttelte nur den Kopf. »Lascia perdere, Amico.« Er sollte es sein lassen, da weiterhin nachzubohren, und Lovis befolgte den Rat. Zumindest für den Moment.

»Bin ich froh, dass du wieder draußen bist«, sagte Lovis, als sie auf der Brennerautobahn Richtung Brixen fuhren. »Das waren harte Tage ohne dich. Schon allein diesen Verginer im Auge zu behalten, hat uns überfordert.«

Paul schwieg.

»Ich kann schlecht Angelika mit ihm allein lassen, nachdem er ihr Ex ist und außerdem vielleicht die Obereggerin …«

Lovis linste aus den Augenwinkeln zu Paul hinüber, der seine Nachrichten auf dem Telefon checkte und so tat, als höre er nicht zu.

»Und die Kühe sind sicher auch froh, wenn du das Melken wieder übernimmst.«

Pauls Schweigen setzte Lovis zu. Er seufzte. »Du könntest auch mal was sagen.«

Paul steckte das Handy weg, sah aus dem Fenster auf die vorbeiziehende Landschaft. Nach einer Weile meinte er. »Ich werde nicht da sein.«

Lovis fuhr ein eisiger Schreck durch die Glieder. Doch bevor er etwas sagen konnte, redete Paul weiter: »Ich tauche bei meinen Eltern unter, bis das alles ausgestanden ist. Sei mir nicht böse, Chef. Aber ich kann jetzt nicht auf dem Hof arbeiten und so tun, als ob alles normal wäre. Die Bemerkungen von deinen Gästen und die Blicke der Dorfbewohner … Ich vergrabe mich lieber in meinem alten Zimmer und tauche wieder auf, wenn du den Mörder gefunden hast.«

Während Lovis versuchte, die Hiobsbotschaft zu verarbeiten, erinnerte er sich mit Unbehagen daran, wie die schiefen Blicke im Dorf ihn selbst getroffen hatten, als er vor Kurzem als möglicher Mörder gehandelt worden war, an das Getuschel und an das Misstrauen.

Und auch wenn Pauls Entscheidung für ihn selbst eine weitere Katastrophe darstellte, verstand er nur zu gut, warum Paul es vorzog, bei seinen Eltern auf Tauchstation zu gehen.

Kaum war Lovis am Nachmittag wieder auf dem Messner Hof angelangt, läutete sein Handy. Es war der Perwanger. Er hatte wenig Lust auf das Gespräch, nahm es aber trotzdem entgegen. Vielleicht war dem Bauern ja noch was eingefallen.

»Wenn dabei sein willst, wie's nächste Ross krepiert, kannst zu mir raufkommen«, eröffnete der Bauer mürrisch das Gespräch.

»Schon wieder eins?«

»Ja. Schon wieder. Aber dafür stellt man ja einen Privatdetektiv an, dass einem danach doch die Viecher abkratzen wie die Fliegen. Kommst du?«

Das passte Lovis jetzt gar nicht in den Kram, aber er war es seinem Klienten wohl schuldig. »Ich komm.«

»Dann lad den Viechdoktor in der Feldthurner Straße auf. Dem sein Auto streikt. Vielleicht kann er doch noch was machen, und dann ist's wenigstens nicht umsonst, dass ich dich angestellt hab. Beeil dich.« Damit war das Gespräch unterbrochen.

Der Tierarzt wartete schon ungeduldig und rümpfte die Nase, als er Lovis in dem alten Golf heranbrettern sah. »Schafft der's bis hinauf?«

»Der schafft's«, gab Lovis im Brustton der Überzeugung zurück. »Und sonst hab ich jede Menge Kaugummi im Handschuhfach. Mit dem repariert man bei so einem Auto jeden Schaden.«

Dr. Heinz Brenner zog eine skeptische Grimasse und grummelte etwas in seinen Bart, das verdächtig nach »… verdient die Bezeichnung Auto nicht, die alte …« klang.

»Du kannst natürlich auch zu Fuß hinauflatschen, wenn dir das lieber ist«, meinte Lovis. »Den Weg über die Tschötscher Heide liebe ich ja besonders im Frühsommer, du nicht? Ob das Pferd allerdings noch lebt, wenn du oben angekommen bist …?« Er ließ die Frage offen und warf dem Tierarzt einen unschuldigen Blick zu.

Der seufzte ergeben und stieg ein. »Das hier wird zwar nicht viel kürzer dauern, womöglich muss ich beim Stich oben anschieben helfen. Aber besser schlecht gefahren als gut gegangen, nicht? Apropos schlecht gefahren …« Er verzog das Gesicht. »Was transportierst du denn in diesem … Auto? Riecht, als hättest du eine Leiche im Kofferraum.«

Lovis zuckte zusammen. Solche Witze konnte er gerade nicht gebrauchen. Aber er ließ sich nichts anmerken. »Wahrscheinlich riechst du den Barnabas. Leichengeruch kommt hin. Du hast keine Ahnung, wie der Hund aus dem Maul stinkt.« Ein weiterer kurzer Seitenblick sagte ihm, dass der Tierarzt doch eine Ahnung hatte. Seine Gesichtsfarbe wurde von Kurve zu Kurve blasser. Zu seinem Glück war die Fahrt nicht lang, und wenig später hielt Lovis vor dem Perwanger Hof an. Dr. Brenner riss die Tür auf und stürzte ins Freie. Lovis sah ihm grinsend nach. Dann folgte er ihm in den Pferdestall.

Der Bauer und seine zwei Jungs standen um einen Haflinger, der zitternd und schwer atmend am Boden lag. Aus Maul und Nase floss rötlich-gelber Schleim, und er hatte seltsam erweiterte Pupillen. Ein Pferd auf Ecstasy, dachte Lovis, rief sich aber sofort selbst zur Räson. Das war ein schlechter Zeitpunkt für solche Späße.

»Brenner, gut, dass du da bist«, empfing sie der Perwanger. Den Privatdetektiv beachtete er nicht. »Kannst du noch was machen?«

Der Tierarzt holte sein Stethoskop aus der Tasche und setzte es dem Pferd auf das schweißnasse Fell. »Erhöhter Herzschlag, aber ein ganz flacher Puls«, stellte er fest. »Schaut wieder nach einer Vergiftung aus, Rudi. Ich weiß nicht, ob er's packt. Ich kann versuchen, ihm eine Magenspülung mit Aktivkohle zu machen, aber ob es noch rechtzeitig ist …« Skeptisch betrachtete er das Tier. »Ist vielleicht besser, du verständigst den Besitzer.«

»Schon erledigt«, sagte der Perwanger Bauer. »Mach einfach alles, was du kannst.«

Der Tierarzt nickte. Er schob einen dünnen Schlauch durch die Nüstern des Haflingers. Der Wallach bäumte sich zitternd auf und versuchte, aufzustehen, aber der Bauer drückte ihn nieder, während der Tierarzt den Schlauch behutsam weiterschob. Dann pumpte er Wasser ein, das der größere von Rudis Söhnen gebracht hatte. Lovis schaute fasziniert zu, wie der Tierarzt es in den Magen des Tieres pumpte und es dann wieder absaugte. Bald zeigte die Magenspülung ihre Wirkung, die neben Aktivkohle wohl auch ein Beruhigungsmittel enthielt.

»Hast du schon Ergebnisse von der Analyse zurückgekriegt?«, fragte der Tierarzt zwischen einem Handgriff und dem anderen. Der Perwanger nickte düster. »Ja. Alles bestens. Das Futter ist in Ordnung.«

»Die Pferde waren unter Kontrolle?«

»Ich hab sogar eine versteckte Kamera, die die Weide filmt.«

»Hast du irgendwelche Feinde, Rudi?«

He, das ist meine Frage, wollte Lovis lospoltern, doch er riss sich zusammen und registrierte zufrieden, dass der Perwanger dem Tierarzt dieselbe Antwort gab wie ihm selbst vor einigen Tagen.

»Irgendwas übersiehst du, Perwanger«, sagte der Tierarzt und zog vorsichtig den Schlauch aus der Nase des Pferdes. Ein Schwall rötlich-gelber Schleim ging mit. Ausdruckslos tauchte er den Schlauch einmal kurz in den Eimer mit dem sauberen Wasser, dann wickelte er ihn auf und verstaute ihn in einer Plastiktüte.

Lovis war kurz davor sich zu übergeben. Er musste raus.

»Perwanger, kannst du mir mal zeigen, wo du diese Kamera installiert hast?«

Der Perwanger sah genervt auf. »Geht's dir noch gut? Hier stirbt wieder ein Pferd, und ich soll mit dir spazieren gehen?«

»Du kannst hier eh nichts machen«, meinte der Tierarzt. »Ich warte hier solang auf den Besitzer. Muss die nächsten Schritte mit ihm abklären. Also geh ruhig und schau, dass du endlich herausfindest, wer für die ganzen toten Rösser verantwortlich ist!«

Der Perwanger zögerte kurz, dann nickte er. »Dann komm, du Nervensäge.«

»Der Verginer war's dann wohl nicht«, meinte Lovis, als er nach dem Perwanger die Böschung zur Weide hinaufkletterte. Die Erde war von Pferdehufen aufgewühlt, auch gleich hinter dem Gatter war kein Grashalm zu sehen, wieder jede Menge Hufspuren um einen verdreckten Wassertrog. Erst weiter oben begann die Wiese.

»So. Da hast du die Weide. Und wie lautet deine Diagnose? Sterben die Rösser an der schönen Aussicht?« Der Perwanger vergrub beide Hände in seinen Hosentaschen und sah Lovis herausfordernd an. Der ließ seinen Blick über das Panorama wandern. Die Aussicht war tatsächlich herrlich. Der Brixner Talkessel breitete sich vor ihm aus, die vorherrschende Farbe war das saftige Grün der Wiesen. Etwas dunkler hoben sich die Wälder ab, die den Ploseberg bis zur Waldgrenze überzogen, mit hellen Tupfen, die von den noch hellen Nadeln der Lärchen herrührten. Südlich der Plose leuchteten die Spitzen der Villnösser Geisler hervor. UNESCO-Weltnaturerbe und ein Paradies für Wanderer und Kletterer. Noch waren die Scharten zwischen den Felsen schneebedeckt, doch die warme Frühlingssonne würde die letzten Schneereste bald weggeleckt haben, und die Bergbegeisterten würden in langen Prozessionen die schmalen Wanderwege erobern. Über das Ganze spannte sich ein strahlend blauer Himmel. Wenn man an der schönen Aussicht sterben konnte, dann war dieser Ausblick sicher eine tödliche Dosis.

»Können wir einmal die Weide abgehen?«

»Wenn du meinst.«

Rudi stieg schwerfällig über das Gatter, und Lovis folgte ihm. Die Weide war an einem Abhang angelegt, und die beiden Männer gerieten bald ins Schnaufen. Lovis ließ seinen Blick aufmerksam über das Gelände schweifen in der Hoffnung, dass ihm irgendwas Auffälliges ins Auge sprang. Doch kaum ein Grashalm wuchs auf der von Pferdehufen malträtierten Erde, die an manchen Stellen so weich war, dass Lovis bis an die Knöchel darin versank. Bald hatte er mehr Erde zwischen den

Zehen als an den Sohlen, und er verfluchte seine Kurzsichtigkeit bei der Auswahl seiner Schuhe.

Irgendwann blieb der Perwanger Bauer stehen. »Was suchst du eigentlich?«

Lovis zuckte die Schultern. »Irgendein Indiz. Vielleicht hat der Pferdemörder etwas fallen lassen, das uns hilft, ihm auf die Schliche zu kommen. Am liebsten eine Visitenkarte.« Er grinste.

Rudi schnaubte amüsiert, dann meinte er: »Wenn er eine Visitenkarte verloren hätte, hätten sich bestimmt die verfressenen Viecher darüber hergemacht.«

»Hmm.« Lovis schürzte die Lippen und überblickte nachdenklich die Weide. »Lass uns weitergehen. Vielleicht finden wir doch noch was. Und während wir gehen, kannst du noch mal überlegen, ob du irgendwelche Feinde hast.«

»Feinde!« Rudi stieß das Wort beinahe entrüstet aus. »So ein Schmarrn! Ich hab keine Feinde!«

»Nenn es nicht Feinde, sondern Konkurrenten, Neider … Es zahlt sich aus, darüber nachzudenken.«

»Ich hab keine«, beharrte der Perwanger Bauer brummig. »Ich lass die Leute in Frieden, und sie mich.«

»Ist jemand scharf auf deine Weide? Gibt es einen anderen Reiterhof in der Nähe?«

»Nein.«

»Könnte es vielleicht sein, dass es jemanden gibt, der ein Problem mit Pferden hat? Vielleicht mit Reitern, die ihre Gäule in halsbrecherischem Tempo über die Wanderwege jagen?«

»Die Reiter reiten auf dem Platz, den ich ihnen gerichtet hab, und sonst auf dem Weg da unten. Der führt ein Stück in den Wald rein, und dann mündet er in eine

Forststraße. Beide Wege gehören mir und sind nicht als Wanderwege eingetragen. Nein, Lovis, da bist auf dem Holzweg. So. Und da ist die Kamera.« Eine Wildkamera war um den Stamm einer Lärche geschnallt. »Ich hab das Material schon gesichtet. Da war die ganze Nacht niemand und gestern auch nicht.«

»Und du hast die ganze Weide drauf?«

Der Perwanger nickte.

Lovis stellte sich neben die Kamera und vergewisserte sich, dass es nicht doch eine Stelle gab, die von diesem Punkt aus nicht eingesehen werden konnte. Aber es stimmte, was der Perwanger gesagt hatte: Er überblickte die ganze Weide. Er suchte mit seinem Blick den Boden um die Kamera ab und es gab keine Spuren, außer denen, die die Pferde selbst hinterlassen hatten: zertrampelte Erde, abgerupfte Haselbüsche, sogar vor der Wiese außerhalb der Koppel hatten sie nicht haltgemacht und alles abgeweidet, soweit sie ihre Hälse recken konnten. Dahinter bis zum Rand der Weide erstreckte sich ein unberührter blauer Blumenteppich. Lovis erkannte die Lieblingsblumen seiner Mutter, die als eine der ersten Pflanzen im Frühjahr bis in den Sommer hinein die Wege säumten. Sie hatte die unscheinbaren blauen Blüten häufig über den Salat gestreut. »Bitter im Mund, dem Magen gsund«, hatte sie lächelnd dazu gesagt und damit auf die gesunden Nebenwirkungen der Bitterstoffe in den Kräutern angespielt. Zum Erstaunen des Perwanger Bauern kletterte Lovis über den Zaun und rupfte ein paar Stängel davon ab. Heute Abend würde er sie über den Salat streuen.

166

Als Lovis den Messner Hof erreichte, lagen die blauen Blümchen welk und unansehnlich auf dem Beifahrersitz. So machten sie nichts her. Er packte das schlaffe Sträußchen und verfütterte es an Shanty, die ihren Kopf neugierig über das Gatter streckte. Gerührt sah er zu, wie sie die Blümchen mit zarten Lippen aus seiner Handfläche nahm. »Du bist zwar das hässlichste Pferd der Welt, aber lieb bist du trotzdem. Willkommen auf dem Messner Hof.« Seinen verspäteten Willkommensgruß unterstrich er damit, dass er sie liebevoll zwischen den Ohren kraulte. »Diese Pferdemörder-Geschichte hat mich heute viel Zeit gekostet.« Er seufzte. »Ich muss jetzt erst mal Ordnung in meine Gedanken bringen, und dann werde ich wohl nicht drum herumkommen, am Abend bei der Fütterung und beim Melken zu helfen.«

Er klopfte Shanty zum Abschied den Hals und ging den Kiesweg zu seinem Wohnhaus hoch, wo Hanne Wiedenhof gerade die Nase in einen Krimi steckte, auf dessen Cover ein Menschenherz auf einem Porzellanteller wohl eine grausige Einladung zum Kannibalismus darstellen sollte. Neben ihr lag ihr Lebensgefährte Manfred in einem Liegestuhl, mit offenem Mund schnarchend.

»Herr Lovis«, rief sie aus, legte das Buch zur Seite und rappelte sich aus dem Liegestuhl. »Gut, dass ich Sie treffe. Ich habe noch ein paar Nachforschungen angestellt. Im Dorf. Und … nun, für Ihren Knecht schaut es nicht gut aus.«

Lovis blieb irritiert stehen. »Wie meinen Sie das?«

Hanne Wiedenhof stand auf. »Er hatte zu dem Opfer kein gutes Verhältnis, hört man. Deutet alles darauf hin, dass er der Mörder ist. Ich habe ein paar ziemlich belastende Zeugenaussagen gesammelt.«

Plötzlich stieg die Wut in Lovis hoch. Er setzte alles daran, Paul zu entlasten, und diese Möchtegerndetektivin pfuschte ihm einfach in seine Arbeit und wiegelte dabei das ganze Dorf gegen einen Unschuldigen auf? Er ballte die Fäuste und versuchte, die Ruhe zu bewahren. »So? Haben Sie?«

»Also, Hanne«, brummte Manfred unter seinem Sonnenhut hervor. »Steigere dich doch nicht so hinein in den Fall. Da kümmert sich schon die Polizei drum.«

Darauf stieß sie entrüstet die Luft aus. »Die Polizei! In Italien! Manfred, du hast ja keine Ahnung! Die Polizei ist in diesem Land einen Dreck wert! Alles von der Mafia unterwandert! Alles! Stimmt's, oder hab ich recht, Herr Lovis?«

»Die Polizei tut, was sie kann«, erwiderte er. Immerhin hatte er beinahe zwanzig Jahre seines Lebens der italienischen Staatspolizei gewidmet, und auch wenn er vielleicht kein besonders vorbildlicher Beamter gewesen war, wusste er doch, dass es einige sehr engagierte Menschen dort gab – unter anderem seinen Freund Giovanni Scatolin –, und die ließ er nicht durch eine deutsche Urlauberin beleidigen. »Sicher nicht weniger als die deutsche Kriminalpolizei!« So. Jetzt war es heraus.

»Tsss«, machte Hanne Wiedenhof. »Die italienische Polizei ist doch ein einziger Sumpf aus Vetternwirtschaft, Bestechung und Verbrechen.«

»Und das wissen Sie genau woher?«

»Aus …« Ihr Blick wanderte zu dem Buchstapel neben ihrem Liegestuhl. »Das ist völlig egal! Ich weiß, was ich weiß! Und ich werde Ihnen beweisen, dass ich recht habe!« Wütend schlüpfte sie in ihre Badeschlappen und latschte Richtung Ferienwohnung davon. Lovis sah ihr kopfschüttelnd nach.

»Sie liest für ihr Leben gern Krimis, wissen Sie«, grummelte Manfred. »Aber eigentlich ist sie ganz okay.«

Das war keine Entschuldigung. Diese Hanne war eine erwachsene Frau und sollte abschätzen können, was sie mit ihren *Nachforschungen* anstellte. »Nur ist das hier keine erfundene Geschichte, sondern das wirkliche Leben. Und sie richtet mit ihrem Gerede einen lebenden Menschen vor seinem Dorf aus – und lässt ihn als Mörder dastehen.«

Ein unartikuliertes »Hmpf« war die Antwort. Manfred hatte keine Lust, sich weiter in dieses Thema zu vertiefen, das war offensichtlich. Lovis war unschlüssig, ob er trotzdem darauf bestehen sollte, das Gespräch weiterzuführen, in der Hoffnung, dass Manfred später auf seine Frau einwirkte. Da trat sie selbst wieder auf den Plan. In der Hand schwenkte sie einen Notizblock, der dem, den Lovis in der Innentasche seiner Jacke mit sich herumtrug, gar nicht unähnlich war.

Was zum Geier …?, fragte er sich. Doch weiter kam er nicht mit seinen Gedanken, denn Hanne Wiedenhof legte schon los: »Also: Hier ist einer, der sagt Folgendes: Paul ist jähzornig und gewalttätig und ständig in Schlägereien verwickelt!«

»Was? Wer sagt so was?«, wollte Lovis wissen.

»Dorfbewohner!«

»Welche Dorfbewohner?«

»Irgendwelche halt!«

»Sie können nicht einfach unserem Paul einen Mord unterstellen und dann nicht sagen, wer so einen ausgemachten Schwachsinn verzapft!«

»Kann ich wohl!«

»Nein!« Lovis und sein Gast maßen sich mit giftigen Blicken.

Manfred lenkte hüstelnd die Aufmerksamkeit auf sich.

»Das war ein Mann mittleren Alters, längere Haare, dunkelblond, Dreitagebart … sympathisch … Und er hat nicht wirklich gesagt, dass dieser Paul jähzornig oder gewalttätig ist, Hanne.« Leiser Vorwurf klang in seiner Stimme mit.

»Sondern?«

»Dass er sich nichts gefallen lässt, hat der Mann gesagt. Und dass er ganz schön dreinhauen könnte …«

»Kann!«, unterbrach ihn seine Frau.

»Könnte«, wiederholte Manfred mit Nachdruck. »Könnte hat er gesagt, Hanne.«

»Na gut, dann eben könnte …«

»Könnte ist aber wirklich nicht dasselbe wie kann!«, warf Lovis ein.

»Na ja, aber immerhin.« Beinahe flehentlich sah Hanne Wiedenhof ihn an, und plötzlich verstand er, dass diese Geschichte in ihren Augen nichts als eine willkommene Sensation darstellte, die Möglichkeit, selbst Protagonistin in einem Krimi zu werden, dass sie den ganzen Ernst der Situation nicht erkannte und nicht lockerlassen würde, bis sie wirklich Teil des Geschehens war. Er begriff auch, dass er mit Widerstand nicht weiterkam. Entweder er machte sie zu seiner Verbündeten, oder sie würde ihm einen Balken nach dem anderen zwischen die Beine werfen. Noch einmal sah er zu ihr hin. Ihr flehender Blick sprach Bände.

Ergeben stöhnte Lovis auf. Er hatte keine Wahl. »Glauben Sie … also, ich meine, hätten Sie Lust, mir bei den Ermittlungen ein wenig …«

»Ob ich Lust hätte?« Hanne Wiedenhof lachte auf. »Ich stecke doch schon mittendrin! Was meinst du, Manfred?« Stolz wandte sich Hanne an ihren Lebensgefährten.

Der schob sich den Hut aus dem Gesicht und lächelte sie an. »Solange ihr mich mit dem Zeug in Ruhe lasst …«

Sie winkte ab. Und an Lovis gewandt meinte sie: »Gibt es einen Ort, an dem wir uns ungestört unterhalten können?«

Innerlich musste Lovis beinahe grinsen. Vor wem hatte sie denn Geheimnisse? Aber ihm war klar, dass er mitspielen musste. »In der Stube«, sagte er. »Kommen Sie.« Er ließ ihr den Vortritt ins Wohnhaus, dabei fiel sein Blick auf eine Gestalt, die den Feldweg heraufwanderte.

Nicht auch noch der!, schoss es ihm durch den Kopf. Doch natürlich war er es. Liam Verginer! Hatte der Kerl keinen Beruf, mit dem er sich zumindest tagsüber beschäftigen konnte? War Angelika hier? Oder musste er sich selbst darum kümmern, dass dieser Liam nicht unbeaufsichtigt war? In dem Moment, als er an sie dachte, kam tatsächlich Angelika aus dem Wohnhaus, sah ihren Ex ebenfalls, nahm die wichtigtuerische Miene von Hanne Wiedenhof wahr und tauschte einen Blick mit Lovis.

»Ich nehme ihn mit auf einen Ausritt«, sagte sie. »Petersköpfl! Danach machen wir den Stall. Dieser Mistkerl soll ruhig bezahlen für den Begleitservice.«

SAVE A HORSE.
RIDE A COWBOY

stand auf ihrem T-Shirt.

Wieder schob sich die Vision von Angelika mit eingeschlagenem Schädel vor sein inneres Auge. »Bitte geh nicht«, bat er.

»Lollo, fängst du schon wieder an?« Sie stemmte die Fäuste in ihre Seiten. »Ich will nichts von ihm. Hast du das noch nicht verstanden? Ich passe nur auf ihn auf, und jetzt sollte ich schleunigst hinuntergehen, damit er nicht mit den Pferden allein ist.«

»Mir ist lieber, er ist mit den Pferden allein als mit dir.«

Angelika schnaubte. »Deine Eifersucht geht mir so was von auf die Nerven!«

»Das hat nichts mit Eifersucht zu tun«, sagte Lovis und fuhr flüsternd fort: »Dieser Kerl ist der Obereggerin vom Unterland zum Perwanger und dann auf unseren Hof gefolgt. Der ist vielleicht nicht nur ein Pferdemörder, sondern ...«

Angelika riss die Augen auf, als sie verstand, worauf er hinauswollte. Lovis nickte.

»In dem Fall brauchen wir unbedingt Verstärkung«, sagte Angelika. »Jemanden, der ihn im Auge behalten kann. Am besten einen Mann.«

Wieder nickte Lovis. »Ich hör mich im Dorf um.«

»Kommen Sie nicht?«, unterbrach seine frisch ernannte Assistentin die beiden von der Stubentür her. Schicksalsergeben folgte Lovis ihr in den Raum, während Angelika den Kiesweg hinunterlief. Eine Spur zu schnell für Lovis' Geschmack. Wenn sie nur hoffentlich ernst nahm, was er ihr gesagt hatte.

»Also, hier ist dieser Herr, von dem ich Ihnen gerade erzählt habe. Herr Lazzari.« Sie betonte den Namen auf der zweiten Silbe, sodass Lovis einen Moment brauchte, um zu verstehen, dass es sich dabei um Reini Lazzari – mit Betonung auf der ersten Silbe – handelte, einen

Grundschullehrer, der jede freie Minute bei Schorsch in der Kneipe verbrachte.

»Reini?«, stieß er ungläubig aus. »Sind Sie sicher?« Dass sich Reini so negativ über Paul ausgelassen haben sollte, konnte er einfach nicht glauben.

»Ja, sicher: Reinhard Lazzari, beruflich Grundschullehrer, verheiratet, drei Kinder, eine unbescholtene Persönlichkeit im Dorf. Er gab zu Protokoll: ›Paul ist ein recht lustiger Zeitgenosse. Er lässt keine Rauferei aus und kann ganz schön dreinhauen.‹ Wobei ich persönlich ja nichts Lustiges an einem Raufbold finden kann.« Fragend sah sie Lovis an. Der saß immer noch wie vom Donner gerührt.

»Sind Sie wirklich sicher, dass das Reini war, der so was gesagt hat?«

»Wenn Sie mich das noch mal fragen, dann hört sich das aber auf mit unserer Zusammenarbeit«, schnappte Hanne zurück. »Ich bin nicht doof, okay?«

»Ich kann's nur nicht glauben«, meinte Lovis und setzte auf seine eigene Gedankenliste, dass er unbedingt herausfinden musste, welcher Teufel Reini da geritten haben mochte und ob er der Polizei gegenüber auch so einen Schwachsinn zu Protokoll gegeben hatte. »Wer noch?«

Sie beugte sich über ihre Liste und las vor. Der Pfarrer hatte über Paul erzählt, dass er kaum einmal die Messe besucht habe, und gebeichtet habe er auch noch nie, seit er Pfarrer dieser kleinen Kirchengemeinde war. Lovis verfluchte den bigotten Kerl. Als ob er eine geheime Anwesenheitsliste führte. Kannte er überhaupt alle Menschen im Dorf? Seit der alte Habicher in Pension gegangen war, kam alle zwei Sonntage ein Pfarrer, der nebenbei auch noch sämtliche Kirchengemeinden auf dem Ploseberg zu versorgen hatte, um die Messe zu lesen. Viele Dörfler hatten es sich zur Angewohnheit gemacht, sonntags in die Millander Kirche bei Brixen zur Messe zu gehen – oder eben gleich zu schwänzen. Ihn selbst konnte man außer zu Begräbnissen ebenfalls kaum in der kleinen Dorfkirche antreffen. »Mich sieht der Pfarrer auch nie.«

»Weil Sie im Domchor singen«, erwiderte Hanne mit Nachdruck. »Sie besuchen die Heilige Messe in der Stadt und tragen mit Ihrem Gesang dazu bei, dass sich die Menschen besser in ihr Gebet vertiefen können.«

Bei Lovis schrillten alle Alarmglocken. Hatte sie die Leute auch über ihn ausgefragt und damit dem Gerede im Dorf neuen Zündstoff gegeben? »Wie zum ...«

Sie errötete schuldbewusst. »Na ja. Als Detektivin muss ich alle Möglichkeiten abklären. Schließlich ist es ja Ihr Weinberg, und die Dame hatte das Pferd auf Ihrem Hof untergestellt. Vielleicht hatten Sie ja selbst Streit mit ihr?«

»Und? Hatte ich?«, fragte Lovis neugierig. »Hat Reini auch dazu eine Meinung?«

»Nein. Ihnen traut eigentlich niemand einen Mord zu. Die Leute meinen, das wäre Ihnen wahrscheinlich zu anstrengend.«

So also sahen ihn die Leute, na schönen Dank auch. Wenn er nicht als Mörder infrage kam, dann nur aufgrund seiner Bequemlichkeit. Er musste grinsen. Er lebte seit gerade mal zwei Monaten im Dorf, und schon hatten ihn die Einheimischen in eine Schublade gesteckt: bequem, aber ungefährlich. Das sah vor ein paar Wochen noch anders aus, als man ihn im Cavagna-Fall durchaus für verdächtig hielt. Wenn das mal nicht ein Fortschritt

war. »Gut, das sind jetzt zwei Meinungen, die Sie eingeholt haben. Wenn das alles ist?« Heute Abend würde er
auf jeden Fall Schorschs Kneipe einen Besuch abstatten,
in der Hoffnung, dort auf Reini zu treffen.

»Noch lange nicht!«, meinte Hanne und fuhr ungerührt fort, ihre Vernehmungsprotokolle zu verlesen. Sie
las die Aussagen von Nachbarn der Familie Zingerle vor,
die von den lautstarken Streitereien mit dem Mordopfer
berichteten, erwähnte eine ehemalige Freundin von Paul,
die immer schon »so ein bedrohliches Funkeln in seinen
Augen« gesehen haben wollte, und schloss mit der Aussage von Schorsch, dem Kneipenwirt, der meinte, jeder
im Dorf könne der Mörder sein und Paul hätte auf jeden
Fall allen Grund dazu gehabt, dieses Miststück endlich
zum Schweigen zu bringen.

»Ups«, meinte Lovis. »Das war nicht gerade nett.«

»Nein«, gab Hanne zu.

»Und – was machen wir jetzt mit diesen Aussagen?«

»Ich würde vorschlagen, wir bringen sie der Polizei.«

»Das wird wohl nicht nötig sein«, meinte Lovis, »die
hat sicher all diese Leute schon vernommen. Mein Ex-
Kollege spricht die ganze Zeit von mehreren Zeugenaussagen, die Paul belasten. Da werden die wohl alle mitge-
meint sein.«

»Wobei ja eigentlich keine ihn wirklich belastet.«

Und das aus ihrem Mund, dachte Lovis verwundert.
Vorher hat sie noch ganz anders geredet. Aber er nickte
zustimmend.

»Auf alle Fälle waren Sie recht gründlich.«

Sein Lob ließ sie regelrecht erglühen. Eifrig meinte
sie: »Ich hätte noch ein paar andere Ideen.«

»Ja?«

»Wir müssten die Dinge, die ich im Weinberg gefunden habe, auf Fingerabdrücke überprüfen.«

Lovis wiegte zweifelnd den Kopf, doch Hanne ließ sich davon nicht beirren. »Doch, doch! Und was ist eigentlich mit dieser Eisenstange? Hat die Polizei übereinstimmende Fingerabdrücke gefunden?«

»Stimmt! Das hätte mir Scatolin eigentlich inzwischen verraten können!« Wieder ärgerte er sich über seinen Freund, der sich auf Lovis' Ermittlungsergebnissen ausruhte, ihn aber umgekehrt kein bisschen an seinen Erkenntnissen teilhaben ließ.

»Und die anderen Indizien?« Hanne blieb hartnäckig. »Haben Sie die auch der Polizei übergeben? Was hat Ihr Freund dazu gesagt?«

Gar nichts, wäre die ehrliche Antwort gewesen. Denn Lovis hatte den Beutel Müll irgendwo im Weinberg abgelegt, als Scatolin dort aufgetaucht war, um die Mordwaffe in Empfang zu nehmen. Und dann hatte er das belanglose Zeug natürlich dort vergessen. Aber so, wie er Hanne kennengelernt hatte, würde sie nicht lockerlassen, bis irgendwer den Müll untersucht hatte. Lovis seufzte. »Ich habe einen Bekannten in der Pathologie, der mir manchmal weiterhilft. Der kann vielleicht …«

»Oh, das ist fantastisch!« Hanne war begeistert. »Dann können Sie den auch gleich bitten, das Medikament zu analysieren.«

Welches Medikament? Lovis runzelte die Stirn. Hatte er wieder etwas verpasst?

»Na, dieses Döschen, das ich im Weinberg gefunden habe. Das haben Sie doch noch, oder?«

Sebastian, bitte steh mir bei, dachte Lovis genervt. Hoffentlich war die Tüte noch dort, wo er sie gelassen hatte. Aber wer sollte schon einen Beutel voller Zigarettenkippen an sich nehmen? »Hab ich noch, natürlich.«

»Ja, dann schicken Sie ihm die Dinger doch auch gleich.«

»In Ordnung.« Schrambach würde sich vielleicht einen Ast ablachen, wenn er mit dem Müll bei ihm ankam. Aber anders würde Hanne wohl keine Ruhe geben. »Danke, Hanne.«

»Dann werden Sie weiterhin mit mir zusammenarbeiten?«

»Klar«, sagte er.

»Oh, klasse!« Sie streckte ihm die Hand hin. »Auf gute Zusammenarbeit, Herr Holmes.«

Er grinste. »Auf gute Zusammenarbeit, Frau Watson.«

»Das muss ich Manfred erzählen!«, sagte sie. »Das wird der beste Urlaub aller Zeiten! Manfred!« Aufgeregt den Namen ihres Lebensgefährten flötend, verließ sie den Raum, und Lovis folgte ihr, um die Mülltüte »sicherzustellen« und möglichst sofort seinem Freund Schrambach, dem Pathologen, zu übergeben, der das Pfingstwochenende mit ein bisschen Glück bei seinen Schwiegereltern im Dorf verbrachte. Er würde sicher jemanden kennen, der das Medikament in dem Beutel analysieren konnte.

Lovis musste unbedingt seine Gedanken neu ordnen, und das gelang ihm am besten beim Wandern in der freien Natur. Sein Spaziergang führte ihn in den Weinberg. Er nahm all die Abkürzungen, die steil aufwärts zur Kuppe des Hügels führten, und kam ordentlich ins Schnaufen. Heimwärts würde er den Weg nehmen, der weniger steil, aber dafür länger war und am Hochstand des alten Schmiedhofer Bauern vorbeiführte.

Es musste einfach etwas geben, das die Polizei übersehen hatte, etwas, das Pauls Unschuld bewies. Was das sein konnte, wusste er selbst nicht. Wohl kaum ein Brief mit einem Geständnis, aber möglicherweise war der *Scientifica* doch etwas von Bedeutung entgangen.

Langsam wanderte er die Reihen ab, ließ seinen Blick über die Reben und den darunterliegenden Boden wandern. Plötzlich raschelte es neben ihm. Er sah auf und direkt seinem Erzfeind ins Gesicht, der ertappt zurückstarrte. Was Lovis in den letzten Tagen über ihn in Erfahrung gebracht hatte, ratterte in schneller Folge in seinem Hirn ab. Streit mit Oberegger, Moroder-Lusenberg, kein öffentliches Aufsehen, auffälliger Versuch, die Aufmerksamkeit der Polizei von sich weg auf Paul zu lenken, potenzieller Mörder. Er schluckte. Lass dir nichts anmerken, Lovis, dachte er und stellte trocken fest: »Und schon wieder befinden Sie sich in meinem Teil des Weinbergs.«

»Ja, ich weiß.« Von Stadler hob entschuldigend die Hände und zeigte eine reumütige Miene. »Ich habe Paul getroffen. Der hat mir gesagt, dass er Urlaub nimmt. Gerade jetzt …«

Lovis nickte nur unbestimmt. Als ob das diesen von Stadler irgendwas anginge.

»Ich wollte Sie nie in Schwierigkeiten bringen. Paul schon gar nicht. Glauben Sie mir das?« Wieder dieser um Bestätigung heischende Blick.

Diesmal zog Lovis als Antwort nur skeptisch die Augenbrauen hoch. Dir glaube ich erst mal gar nichts, dachte er.

Von Stadler schien seine Skepsis zu spüren. »Meine Aussage kann ich ja nicht mehr rückgängig machen. Daher wollte ich schauen, ob ich irgendetwas finde, das zur Aufklärung des Falls …«

»Sind Sie jetzt auch unter die Privatermittler gegangen?« Glaubte von Stadler, er würde auf seine Lügen hereinfallen? Für wie blöd hielt der ihn eigentlich? Wie er den Kerl verachtete!

»Ich wollte meine … unbedachte Bemerkung wiedergutmachen.«

»Indem Sie in meinem Weinberg herumschnüffeln, von dem Sie sich eigentlich fernhalten sollten?«

»Es tut mir leid, dass ich Sie und Paul durch meine Aussage in Schwierigkeiten gebracht habe. Ich meine …« Von Stadler setzte eine zerknirschte Miene auf. »Hätte ich auch nur im Entferntesten geahnt, dass die Polizei Paul wegen so eines kleinen Streits in Untersuchungshaft steckt, hätte ich ganz sicher nichts gesagt. Wer weiß denn besser als ich, dass Paul nie auch nur einer Fliege etwas zuleide tun würde.« Beinahe treuherzig sah er Lovis ins Gesicht. »Es tut mir wirklich leid.«

»Ja, davon kann ich mir jetzt auch nichts kaufen.«

Von Stadler nickte schuldbewusst. Plötzlich ging ein Leuchten über sein Gesicht. »Vielleicht kann ich es teilweise wiedergutmachen, indem ich Ihnen einen meiner Arbeiter schicke. Der kann Ihnen zumindest einen Teil von Pauls Pflichten abnehmen. Natürlich unentgeltlich. Der, den ich im Kopf hab, kennt sich auch mit Vich aus.« Hoffnungsvoll sah er Lovis an.

Der konnte gar nicht anders, als eine freundlichere Miene aufzusetzen. »Das wäre tatsächlich eine Hilfe«, gab er zu. Trotzdem fragte er sich, wo bei dem Angebot der Haken lag.

»Dann machen wir das doch so«, sagte von Stadler. »Gleich morgen schicke ich ihn bei Ihnen vorbei. Um neun Uhr in der Früh?«

Ja, da ist das Melken auch schon getan, dachte Lovis mit leisem Bedauern. Aber jede Hilfe war recht, und auf dem Hof gab es genügend andere Arbeit, die nach neun Uhr noch erledigt werden musste. »Das wäre gut«, meinte er. »In der Tat eine große Hilfe. Danke.«

Und zum ersten Mal musste er sich den Gedanken eingestehen, dass dieser von Stadler vielleicht gar nicht so schlecht war, wie er immer gedacht hatte. Er zog sein Handy heraus und schickte Paul eine Nachricht.

> Du glaubst nicht, wer mir Hilfe angeboten hat.
> Von Stadler. Schickt ab morgen einen Arbeiter vorbei.
> Was soll ich dem zu tun geben?

> Pass bloß auf mit dem seinen Angeboten.
> Da gibt's sicher einen Haken.

> Dann komm doch du wieder auf den Hof.

Doch Paul blieb ihm eine Antwort schuldig. Also widmete Lovis sich wieder der Spurensuche.

»Ah, Alma, warum muss immer alles so kompliziert sein?«

Es war Montagabend, und Lovis hatte auf seinen Kneipenbesuch bei Schorsch verzichtet, um Schrambach die Beweismitteltüte samt Pillendose zu übergeben. Inzwischen war er zurück auf dem Hof, und sein Verlangen nach Ruhe und jemandem, der ihm dabei half, seine Gedanken zu ordnen, hatte ihn direkt in den Heustadel geführt.

Alma gluckste leise.

»Ich mein, schauen wir doch mal den Verginer an. Alles spricht dafür, dass er massenhaft Dreck am Stecken hat, aber heute hat er mir wirklich geholfen – ohne ihn wäre ich in der Früh aufgeschmissen gewesen. Trotzdem: Kann ich ihn allein auf dem Hof lassen? Nein. Was mache ich, wenn die Jungs morgen wieder in die Schule müssen? Kann ich diesem Arbeiter, den von Stadler mir schickt, den Auftrag geben, dass er auf Verginer aufpassen soll, oder muss ich den womöglich zusätzlich im Auge behalten? Wenn von Stadler jemanden schickt, kann ich einfach nicht glauben, dass sein Angebot uneigennützig ist. Du?«

Er strich sacht über Almas Köpfchen, die genießerisch die Augen schloss. »Irgendwie kommt es mir auch langsam abwegig vor, dass Verginer die Pferde vergiftet hat. Dazu hätte er extra zum Perwanger hochfahren müssen. Wäre das nicht irgendwem aufgefallen?«

Lovis sah durch ein Guckloch in Form eines Enzians zum Himmel hoch, der Anblick des vergifteten Pferdes stand vor seinem inneren Auge. Das arme Tier hatte wirklich gelitten. Wer tat so etwas?

»Ich verstehe das alles nicht. Und weißt du, was ich noch nicht verstehe? Wer dieser andere Zeuge ist, der Paul um zehn Uhr nachts im Weinberg gesehen haben will, und warum sich Scatolin da so kryptisch gibt.« Er überlegte, dann meinte er nachdenklich: »Es muss jemand sein, den ich kenne. Bei dem Scatolin vielleicht Angst hat, dass ich ihn unter Druck setze. Nur wer?«

Ihm fiel immer nur von Stadler ein. Aber dem schien es heute wirklich leidgetan zu haben, dass er ihm und Paul mit dieser Bemerkung vor der Polizei solche Schwierigkeiten bereitet hatte. Außerdem wollte Lovis immer

181

noch nicht in den Kopf, dass so ein blödes Bild der Grund für einen Mord sein sollte. Und wenn Arthur doch recht hatte und die Begegnung zwischen von Stadler und der Obereggerin eskaliert war? Bei der Obereggerin durchaus denkbar. Andererseits, wäre von Stadler der Zeuge, der Lovis' Knecht um zehn Uhr nachts im Weinberg beobachtet hatte, hätte er das ebenfalls gleich gesagt, als er Paul vor Lovis Angesicht belastet hatte. Nein, von Stadler war dieser Zeuge nicht. Da war sich Lovis sicher.

Aber wenn nicht von Stadler dieser mysteriöse Zeuge war, wer war es dann? Lovis ließ sich resigniert ins Heu sinken. »Es kann jeder sein!«

Er dachte an Hannes Befragung. Vom Pfarrer über Reini, die Nachbarn der Familie Zingerle, diese Freundin von Paul ... sogar Schorsch hatte sich nicht allzu freundlich über Paul geäußert. Warum taten die Dörfler das?

»Ich versteh die Welt nicht mehr. Vor einem Monat haben sie mir alle vorgeredet, was ich für ein Glück hab mit diesem Knecht, ob ich weiß, dass ich mir alle Finger nach ihm abschlecken kann und dass ich so einen nie mehr finde im Leben, und jetzt ziehen sie über ihn her und bringen ihn mit ihren Aussagen in Schwierigkeiten. Irgendetwas ist da faul, und morgen werde ich wohl als Erstes mit Schorsch reden müssen, um rauszufinden, was.«

Er schrieb den Punkt auf seine Liste.

Dann dachte er an den Besuch bei Schrambach, der Hannes Beweismittel an sich genommen, ohne zu zögern, und versprochen hatte, dass er sich darum kümmern werde.

»Siehst du, so verhält sich ein Freund«, sagte Lovis zu Alma. »Er fragt nicht lang und hilft dir, wo er kann.« Alma krakelte zustimmend vor sich hin.

»Aber es hilft alles nichts … Es muss eben erst mal ohne Paul gehen«, beschied er nach einer Weile und sah Alma auffordernd an. »To-dos für morgen? Diesem von Stadler-Arbeiter was zu tun geben. Mit Schorsch reden. Rausfinden, was da los ist mit den Dorfbewohnern.« Er schrieb alles in seine Kladde. Dann las er, was bis jetzt darin stand und seufzte. Viel hatte er ja nicht erreicht in den zwei Tagen.

DIENSTAG

NACH PFINGSTEN

»Lollo! Loooolllo!«

Angelikas entsetzter Schrei weckte Lovis abrupt aus dem Schlaf. Was war nun schon wieder passiert? Er fuhr hoch und polterte die Stiege hinunter, wo ihm Angelika bereits entgegenkam.

»Shanty«, sagte sie nur keuchend. »Du musst den Tierarzt abholen! Schnell!«

»Was zum …« Lovis kam gar nicht dazu, seinen Fluch fertig auszusprechen, denn Angelika packte ihn an den Schultern und drehte ihn um.

»Keine Zeit für dumme Fragen. Dr. Brenner weiß Bescheid und wartet. Schau, dass du vorwärtskommst.« Damit wandte sie sich um und polterte die ausgetretene Holztreppe hinunter.

Aufgerüttelt schlüpfte Lovis in seine Kleider und rannte Richtung Remise zu seinem Wagen, der ausnahmsweise widerspruchslos ansprang.

»Vergiftet«, lautete die Diagnose des Tierarztes, kaum dass sein Blick auf Shanty fiel. Das Pferdchen lag am Boden und atmete heftig. Wie der Haflinger am Tag zuvor hatte sie schweißnasses Fell und zitterte am ganzen Körper.

Angelika, die im Stroh saß und Shantys Kopf in ihren Schoß gebettet hatte, sah auf und wechselte einen Blick mit Lovis. Sie hatte denselben Gedanken, das konnte er sehen. Wir haben den Pferdemörder auf dem Hof!

»Ist einer von Ihnen Lorenz Lovis?«, kam da eine Stimme vom Stalleingang. Alle Köpfe fuhren zu einem älteren Herrn in Arbeiterhosen herum. »Ich bin der Toni, der Chef schickt mich zum Helfen?«

Angelika sah Lovis fragend an, der aufsprang und sich an den Kopf schlug. »Das hätt ich jetzt beinahe vergessen. Danke, dass Sie kommen.« Und an Angelika gewandt meinte er: »Der von Stadler leiht mir einen Arbeiter, solange Paul …«

Auf Angelikas Gesicht war deutliches Misstrauen abzulesen, doch Lovis ignorierte es. Der Mann wirkte sympathisch mit den vielen kleinen Lachfältchen um die Augen, und auch wenn das nicht der Fall gewesen wäre: Konnte er auf Hilfe verzichten, die sich ihm so selbstlos anbot?

»Dann darf ich Sie jetzt mit Aufgaben überhäufen?«

»Überhäufen Sie mal.« Der Mann schmunzelte. »Ich freu mich, mal wieder auf einem richtigen Hof zu arbeiten statt immer nur in der Kellerei.« Er warf einen besorgten Blick auf Shanty. »Dem Ross geht's nicht gut?«

»Nein. Es wurde vergiftet. Und darum bin ich auch froh, dass wir jetzt ein Augenpaar mehr auf dem Hof haben. Ganz egal, was Sie tun: Lassen Sie die Pferde nie aus den Augen.«

Toni nickte. »Sagen Sie mir, was ansteht.«

»Kommen Sie.« Lovis nickte Angelika und Dr. Brenner noch zu, dann nahm er Toni mit auf einen Rundgang. »Es gibt ein paar Sachen, die Sie machen können, bis ich genauere Weisungen von meinem Knecht bekomme. Also erstens … der Stall.«

Er führte seinen neuen zeitweiligen Mitarbeiter durch die Ställe, in denen noch nicht gemistet war, zeigte ihm die Drahtnester im Hof, die immer noch dringend zum Recyclinghof gebracht werden mussten, und meinte dann: »Ich weiß ja nicht, wie lang das mit Paul dauert, aber vor dem ganzen Schlamassel hat er gemeint, die Äpfel gehören ausgedünnt. Kennen Sie sich mit so was auch aus?«

»Du«, sagte Toni. »Sagen wir doch Du zueinander, Chef. Und ja, da kenn ich mich auch aus. Ich hab früher so einen Hof gehabt wie den Messner Hof. Ein bissl kleiner. Hat nix abgeworfen. Der Schuldenberg ist immer größer geworden und … irgendwann hat mir der von Stadler ein Angebot gemacht, das ich nicht ausschlagen hab können, und ich hab verkauft. Er hat alles umgebaut und Ferienwohnungen aus meinem Höfl gemacht.« Lovis rieselte es kalt den Rücken hinunter. Würde seine Geschichte genauso enden? »Es tut immer ein bissl weh, wenn ich dort Arbeiten zu erledigen hab. Aber Strich drunter. Jetzt bin ich ja mal wieder auf einem richtigen Hof.« Toni grinste übermütig. »Fürs Viech wird's aber zu spät sein, wenn ich um neun Uhr anfang, oder? Komm ich morgen um sechs?«

Lovis nickte erleichtert. Da hatte er einen Glücksgriff getan, und er schickte von Stadler und seinem Onkel Sebastian ein stilles Dankeschön für diese unerwartet sympathische Unterstützung. Und eine Nachricht an Paul:

> Der Arbeiter von vS ist super.
> Bleib du daheim. Ich behalt ihn. 😉

Dann machte er sich daran, seinem Paul-Ersatz im Stall zur Seite zu gehen.

Während er den Mist zusammenschob, trällerte er unter Tonis Kichern die Schubert-Messe, die der Domchor am Pfingstsonntag gesungen hatte. Er war gerade beim Gloria angekommen, als ein misstönendes Pfeifen ihn innehalten ließ.

»Kirchenmusik im Stall?« Es war Scatolin, der grinsend in der Tür stand.

»So schmeckt die Milch besser«, brummte Lovis und erntete wieder ein amüsiertes Kichern von seinem neuen Mitarbeiter.

»Auf jeden Fall schmeckt sie heiliger«, sagte Toni schmunzelnd.

»Du hast einen Ersatz für Paul gefunden?« Scatolin streckte ihm die Hand hin und stellte sich vor.

»Pass bloß auf, Toni, der Kerl hier hat einen einzigen Lebensinhalt. Nämlich mir das Leben schwer zu machen. Wenn er nicht gegen mich selbst ermittelt, verhaftet er meine Arbeiter und steckt sie in Untersuchungshaft«, knurrte Lovis, erntete von Toni aber nur ein Schmunzeln.

»Hab schon viel von Ihnen gehört, Ispettore«, sagte er und schlug ein.

»Von dem da?«

»Nein, von meinem eigentlichen Chef, dem von Stadler.«

»Na, da wär ich gern Mäuschen gewesen, als der von mir gesprochen hat.«

»Nur Gutes, nur Gutes.« Toni zog grinsend die Augenbrauen hoch, und man sah seinem Gesicht an, dass das Gegenteil der Fall war.

Lovis hatte genug von den Witzeleien zwischen Scatolin und seinem neuen Helfer. »Was willst du hier? Bin ich wieder mal auf der Verdächtigenliste?«

»Noch nicht, aber wenn du darauf bestehst, kann ich veranlassen, dass wir dich wieder aufnehmen. Botta hat da gewiss nichts dagegen.« Scatolin nahm Lovis' verächtliches Schnauben feixend zur Kenntnis. Sein Ex-Chef hatte es nach wie vor auf ihn abgesehen, und jede Möglichkeit, ihm das Leben zur Hölle zu machen, käme ihm garantiert gelegen. »Eigentlich wollte ich dich ja mitnehmen zu einer Befragung, aber du mistest lieber deinen Stall aus, wie's aussieht.«

»Lieber …« Lovis gab ein sarkastisches Zischen von sich und ließ die Mistgabel sinken. »Wen befragst du denn?«

»Den Chef und die Mitarbeiter von Jasmin Oberegger.«

»Jetzt schon?« Lovis konnte nicht anders, er musste seine Missbilligung zum Ausdruck bringen. Statt sich sofort um Familienangehörige oder Berufskollegen zu kümmern, wie es eigentlich Usus war, hatten sich die Ermittlungen der Staatspolizei bisher nur auf Paul konzentriert. Und wenn nicht Lovis einen Zeugen zu seiner Entlastung ausfindig gemacht hätte, säße der wohl immer noch in U-Haft.

Scatolin zuckte entschuldigend die Schultern. »Wir haben das ganze Wochenende damit zugebracht, Angehörige von Frau Oberegger ausfindig zu machen.«

»Und?« Lovis sah ihn gespannt an.

»Niente. Außer einer dementen Großtante, die im Altersheim von Lajen lebt, gibt es keine Angehörigen.«

Das musste die Tante sein, der von Stadler das Bild abgegaunert hatte. Wie hatte der davon erfahren?

Bevor Lovis sich weiter darüber Gedanken machen konnte, fuhr Scatolin in seinen Überlegungen fort: »Das Seltsame ist, sie scheint auch keine Freunde gehabt zu haben. Wir haben ihr Handy überprüft. Da ist keiner, der ihr wirklich nahegestanden hat.«

»Sie hat ihre sozialen Kontakte auf Streitereien und Prozesse beschränkt, was ich so gehört habe.« Lovis schnaubte.

Scatolin nickte. »Damit kannst du recht haben. Und weil das so ist, haben wir auch die Alibis ihrer aktuellen Prozessgegner überprüft. Wie du gesagt hast: Verginer steht hoch im Rennen, aber er hat ein Alibi. Genauso wie dein Nachbar.« Er warf einen schnellen Seitenblick zu Toni, der sich wieder dem Mist widmete. »Aber vielleicht gehen wir lieber hinaus.«

»Ja, vielleicht. Mir wär's lieber, ich weiß nicht, dass gegen meinen Chef ermittelt wird. Da kommt nix Gutes bei raus«, pflichtete ihm Toni bei. »Geht nur, ich komm schon klar. Und sonst frag ich die junge Frau, was zu tun ist.«

Lovis nickte. »Nur eins, Toni.« Der sah auf. »Da kommt über kurz oder lang so ein Schleimer. Ein Hollywood-schönling, der jede Frau zum Schmelzen bringt. Den lässt du nicht aus den Augen, klar?«

»Ist das der Pferdevergifter?«, fragte Toni.

Lovis wand sich unter Scatolins amüsiertem Blick. »Könnte jedenfalls sein«, sagte er.

»Alles klar, Bauer.« Toni reckte den Daumen, dann widmete er sich wieder der Stallarbeit.

Lovis folgte Scatolin nach draußen und stieg in dessen Wagen ein. Kaum hatte er die Tür zugemacht, fragte er nach den Alibis.

Der Ispettore startete den Motor und ließ den Wagen den Feldweg hinunterrollen. »Bei wem soll ich beginnen?«

»Verginer.«

»Hatte Bereitschaftsdienst. Er ist Juniorchef in einer Schlüsselfirma. Zwei Einsätze in dieser Nacht, einer in Vals und einer in Freienfeld, und – bevor du fragst – er war da zusammen mit einem Angestellten, er hat also ein Alibi für die ganze Nacht.«

»Der Angestellte könnte aber …«

Scatolin schnaufte hörbar durch. »Könnte, hätte, sollte … Amico, nicht nur der Angestellte hat ihm das Alibi verpasst, sondern auch die Kunden. Die Zeit zwischen den beiden Einsätzen hat er für die Fahrt gebraucht. Ein Mord – so im Vorbeigehen – hatte da keinen Platz. Also schlag dir das aus dem Kopf.«

»Und von Stadler?«

»Der hat ebenfalls ein felsenfestes Alibi für die Mordnacht. War unten in Cremona bei einer Preisverleihung. Hunderte von Zeugen, er ist auch auf Bildern einer italienischen Tageszeitung zu sehen. Von der Preisverleihung ist er gegen Mitternacht aufgebrochen – als Beweis konnte er einen Parkschein vorlegen. Von Cremona braucht er gute drei Stunden. Selbst wenn er fährt wie ein Wahnsinniger, wäre er frühestens um halb drei Uhr morgens in Brixen gewesen. Als Todeszeitpunkt hat die Pathologie etwas zwischen neun und halb elf Uhr nachts angegeben. Hätte er nie geschafft. Nein, auch er war's nicht.«

Lovis seufzte. »Paul auch nicht.«

»Ehí allora, dann müssen wir einen anderen Schuldigen finden, no?«

Lovis sah sich neugierig auf dem Firmengelände um. Zwischen Holz- und Transportunternehmen, die sich in der Brixner Industriezone aneinanderreihten, lag das zweistöckige Haus, in dem die Firma BiosCanc untergebracht war. Es sah mehr wie ein Wohnhaus aus, das sich zwischen die Firmengebäude verirrt hatte. Ein Balkon im ersten Stockwerk war mit Geranien bepflanzt, dahinter konnte man Spitzenvorhänge erkennen. Vermutlich eine Hausmeisterwohnung, oder der Eigentümer der Firma wohnte selbst dort. Besonders groß schien das Unternehmen nicht zu sein.

»Und was für eine Firma ist das?«, fragte Lovis.

»Sie stellen Medikamente her. Irgendwelche Globuli oder so was, anscheinend gegen Krebs.«

»Dafür, dass die Welt auf dieses Mittel gewartet hat, sieht der Sitz ganz schön heruntergekommen aus«, feixte Lovis. »Und winzig.«

Scatolin nickte zustimmend. Dann straffte er sich. »Bereit? Vergiss nicht: Ich bin der, der die Fragen stellt. Du schreibst nur mit.«

Lovis schlug die Hacken zusammen und salutierte. »Sissignore!«

Scatolin grinste. »Na, dann los!« Er öffnete die Eingangstür der Firma und trat ein. Lovis folgte ihm auf den Fuß.

»Signor Ispettore! Buon giorno. Buon giorno.«

Lovis erkannte den Herrn auf den ersten Blick. Der Ehemann seiner Steuerberaterin mit dem affigen Mittelscheitel und demselben Anzug mit Esterhazy-Muster, den er bereits vorige Woche getragen hatte. Das war der Inhaber dieser Firma? Brixen war wirklich klein.

Jovial lächelnd kam er ihnen entgegen und umfasste die ausgestreckte Hand des Ispettore mit beiden Händen, grüßte auch Lovis höflich, gab aber kein Zeichen, dass er ihn wiedererkannte. Wie auch bei ihrem letzten Zusammentreffen war der Firmeninhaber von einer Wolke Rasierwasser umhüllt, die Lovis schmerzhaft in die Nase stach. Er schien ein ähnliches Problem mit Lovis' Stallgeruch zu haben, denn er schnüffelte mit geblähten Nasenflügeln in dessen Richtung und trat dann dezent einen Schritt zurück.

»Gabriel Schiener«, stellte er sich vor. »Und leider auf dem Sprung. Ich habe in wenigen Minuten einen wichtigen Termin.«

»Tja, der wird warten müssen«, meinte Scatolin. »Gibt es einen Raum, in dem wir ungestört sprechen können?«

Schiener nickte resigniert. »Kommen Sie, hier ist mein Büro. Ein bisschen Zeit habe ich noch.« Er wandte sich um und ging den beiden Ermittlern voraus in ein kleines Kabuff, das die Bezeichnung Büro kaum verdiente. »Tut mir leid. Mehr Platz habe ich nicht. Aber wenn Sie sich hier auf meinen Sessel setzen wollen und Sie … vielleicht auf diesen Karton? Ich setze mich dann …«, er verschwand kurz nach draußen und kam mit einer Trittleiter zurück, »hier drauf.« Er setzte sich und strahlte seine beiden Besucher vertraulich an.

»Stellen Sie Ihre Fragen, Signor Ispettore. Es geht um Frau Oberegger, nehme ich an.«

»Genau.« Scatolin nickte Lovis zu, der seine zerfledderte Kladde herauszog und seinen Bleistift zückte. »Um Ihre Mitarbeiterin Jasmin Oberegger.«

»Schreckliche Geschichte«, beeilte sich Schiener zu sagen. »Wirklich schreckliche Geschichte! Und für mich ein Desaster. Sie war die Einzige, die wirklich einen Überblick über unsere Geschäfte hatte. Ich meine … ich bin der Inhaber der Firma und sollte eigentlich den Überblick haben, aber …« Er stieß verzweifelt den Atem aus. »Ich kenne nicht einmal die Zugangsdaten für unser Onlinebanking. Sie haben keine Vorstellung, was ich jetzt für Scherereien am Hals habe!«

Scatolin unterbrach Schieners Jammern ungerührt: »Kannten Sie Frau Oberegger gut?«

Schiener wiegte den Kopf. »Wie man sich eben so kennt in einer kleinen Firma wie der unseren. Sie war … nicht wirklich eine Person, die Kontakt suchte. Immer korrekt, aber auch … na ja, irgendwie …« Er rang nach Worten. »… auf Abstand? Mir gegenüber war sie immer korrekt.« Die Betonung legte Schiener auf das Wort »mir«.

»Ihnen gegenüber? Den anderen Angestellten gegenüber etwa nicht?« Scatolin sah ihn interessiert an. Lovis, der ja schon einiges über Jasmin Oberegger in Erfahrung gebracht hatte, wusste, was jetzt kommen musste, und er behielt recht. Schiener wand sich ein bisschen, dann meinte er: »Sie war eine … sehr streitbare Person.«

So kann man's auch nennen, dachte Lovis mit leisem Spott.

»Das bedeutet?« Scatolin ließ sich nicht auf Andeutungen ein.

»Mit den anderen Mitarbeitern gab es hin und wieder … kleinere … Konflikte.«

Scatolin ließ nicht locker. »Kleinere Konflikte?«

Wieder druckste Herr Schiener herum, bis er meinte: »Na ja, auch größere Konflikte. Aber ich möchte da niemanden belasten. Sprechen Sie doch selbst mit den Leuten.«

»Das werden wir tun«, stimmte Scatolin zu. »Sie selbst hatten nie irgendwelche ›Konflikte‹ mit ihr?«

»Nie«, sagte Schiener im Brustton der Überzeugung.

»Wirkte sie in letzter Zeit verändert?«

Wieder schüttelte Schiener den Kopf.

»Hm.« Scatolin überlegte. »Was stellen Sie genau her, Herr Schiener?«

Der Gefragte setzte eine geschäftige Miene auf. »Ich habe ein Medikament gegen Krebs entwickelt. Eine Alternative zur Chemiekeule der Schulmedizin, absolut auf natürlicher Basis, aber genauso wirksam – nur eben viel schonender für den Organismus.«

Lovis' erster Gedanke war Bedauern, dass das Mittel zu spät kam für seinen Onkel Sebastian, der vor gut zwei Monaten einem schweren Krebsleiden erlegen war. Hätte er damals von diesem Mittel gewusst, hätte er alles darangesetzt, dass Sebastian es damit versuchte. Dann setzte sein Verstand ein, und er musste sich eingestehen, dass es genau diese Hilflosigkeit war, der inständige Wunsch, doch noch ein Wundermittel gegen Krebs zu finden, das diesem Schiener die Kunden in die Arme trieb.

In Südtirol war die Krebsrate erschreckend hoch, das Eisacktal lag bei den Neuerkrankungen im Rennen ganz vorn, was – wenn man den Berichten in den Medien glauben konnte – teils dem Transitverkehr und teils der hohen Schadstoffbelastung durch Pestizide zu verdanken war. Der Sanitätsbetrieb wurde schön langsam zu Tode gespart, die jungen Ärzte fanden überall sonst bessere Arbeitsbedingungen vor und kehrten nach dem Studium nicht mehr in die Heimat zurück. Und so war es nur eine logische Folge, dass die Menschen in ihrer Angst überall nach alternativen Heilmethoden suchten. Wer es sich leisten konnte, ging in eine Privatklinik, wer wie Onkel Sebastian nicht das nötige Kleingeld hatte, hoffte auf Zaubermittelchen, wie es dieses Medikament offensichtlich war. Schiener schlug aus der Not der Menschen Profit. Lovis wechselte einen Blick mit Scatolin und stellte fest, dass der offensichtlich genau wie er mit Abscheu gegen diesen Menschen erfüllt war. Trotzdem blieb er höflich.

»Dann müssen Sie ein gemachter Mann sein, Herr Schiener.« Scatolin betrachtete ihn zweifelnd, und Schiener errötete unter seinem Blick.

»Nun ja, wissen Sie, die Pharmaindustrie … die blockieren alles, was ihnen irgendwie ans Bein pinkelt. Stellen Sie sich vor, Bayer & Co. kriegen ihre teuren Medikamente nicht mehr weg, weil jeder zu meinem BiosCanc greift.« Er beugte sich nach unten, holte ein Döschen heraus, das Lovis bekannt vorkam, und präsentierte es ihnen stolz. »Dabei wäre BiosCanc das, wonach die Welt lechzt! Absolut bioverträglich, aus hochwertigen Inhaltsstoffen, biologisch hergestellt, und das, obwohl die Wirkstoffe teilweise aus Ländern wie Indien kommen. Sie haben keine Ahnung, was ich durchmache. Ein Kampf gegen Windmühlen …«

»Aber das Medikament ist schon auf dem Markt?«

»Tja, also, …«

»Ja oder nein?«

»Ja, aber nur als Nahrungsergänzungsmittel. Die Pharmaindustrie …«

»Ja, ja«, unterbrach Scatolin den Firmenchef, bevor er wieder zu einem Vortrag über die böse Pharmaindustrie ausholen konnte. »Was genau war Frau Obereggers Aufgabenbereich?«

»Sie hatte die Verwaltung über: Personalverwaltung, aber auch die Kommunikation mit unseren Kunden, den Herstellern unserer Inhaltsstoffe, Öffentlichkeitsarbeit, Behörden und so weiter. Wie gesagt, sie war das Herzstück unseres Ladens. Ohne sie … läuft gar nichts. Sie können sich das nicht vorstellen.« Verzweifelt raufte sich Schiener die Haare.

Lovis konnte ihn sogar verstehen. Wäre er an Schieners Stelle, wäre er wohl genauso in Bedrängnis wie er. Nein, stellte er im Geiste seine Gedanken richtig, ich *bin* genauso in Bedrängnis wie er. Seit Paul nicht mehr auf dem Hof war, lief nichts mehr so, wie es sollte. Plötzlich tat ihm der Mann leid.

»Daher habe ich jetzt gerade eigentlich auch keine Zeit für Sie«, meinte Schiener mit einem Blick zur Uhr. Hoffnungsvoll sah er Scatolin an. »Wenn das alles wäre?«

Scatolin nickte. »Dürfen wir uns vielleicht noch kurz umsehen?«

»Natürlich! Gern! Ich weiß zwar nicht, was Sie hier zu finden hoffen, aber … Ich habe nichts zu verbergen.« Er stand auf. »Bitte, kommen Sie mit.« Auf dem Flur händigte er Scatolin und Lovis einen Mundschutz und Einwegüberzieher für die Schuhe aus. »Das ist leider notwendig. Der Herstellungsprozess unterliegt strengsten hygienischen Auflagen. Die Inhaltsstoffe dürfen auf keinen Fall verunreinigt werden, wie Sie sich vorstellen können.«

Widerspruchslos zogen Lovis und Scatolin die Überzieher an und zogen die Schutzmasken vors Gesicht. Dann folgten Sie Schiener in einen überraschend großen, hellen Raum. Die Gespräche der sechs Menschen, die an verschiedenen Stationen beschäftigt waren, verstummten, als die Gruppe eintrat. Ein junger Mann, der seine Haare zu einem Pferdeschwanz zusammengebunden hatte, kam auf die drei zu. »Boss?«

»Es ist alles in Ordnung, Manni. Die Herren stellen Nachforschungen zum Tod von Jasmin Oberegger an.«

»Alles klar.«

Die Blicke der Arbeiter senkten sich wieder auf ihre Tätigkeiten, und auch Alles-klar-Manni schlenderte an seine Station zurück, wo er mit einem großen Spatel in einer weißen, offensichtlich sehr zähen Flüssigkeit rührte. Neben ihm arbeiteten eine schwarzhaarige Frau und ein älterer Herr einträchtig nebeneinander. Sie befüllten schmale Phiolen mit einer blauen Flüssigkeit. Als die Frau kurz aufblickte, erkannte Lovis in ihr Frau Leitner, seine allererste Auftraggeberin und die Mutter von Erik. Auch sie erkannte ihn wieder und nickte ihm zu. Es war noch gar nicht lange her, da hatte er in ihrem Auftrag ihren Sohn beschattet, weil sie dachte, dass er in der Schule Mobbingattacken zum Opfer gefallen wäre. Hier also arbeitete sie. Vielleicht sollte er ihr bei Gelegenheit mal einen Besuch abstatten?

Lovis ließ seinen Blick weiter durch den Raum wandern auf der Suche nach irgendetwas Auffälligem. An einem Haken hing eine durchsichtige Plastiktüte mit mehreren Pillendöschen, und plötzlich wusste er, wo er das Medikament schon einmal gesehen hatte. In Hannes Mülltüte. Sein Herzschlag beschleunigte sich, und er musste an sich halten, um Scatolin nicht vor allen Anwesenden zu erzählen, dass es vielleicht doch einen Zusammenhang zwischen der Firma und dem Mord gab.

»Das da hinten war Frau Obereggers Arbeitsplatz?«, fragte da Scatolin. Der hintere Teil des Raumes war durch eine große Glasscheibe abgetrennt, hinter der sich ein Büro befand.

Schiener nickte. »Sie können natürlich gern Einsicht in alle Unterlagen nehmen, aber bitte nicht heute. Ich habe wirklich einen wichtigen Termin und muss …«

Scatolin nickte beschwichtigend. »Vielleicht können Sie Licht ins Dunkel bringen. Nur noch eine letzte Frage: Was haben Sie am Donnerstagabend getan?«

Das Gesicht des Firmeninhabers wurde kreidebleich. »Verdächtigen Sie mich etwa?«

»Grundsätzlich müssen wir jeden verdächtigen«, sagte Scatolin ungerührt. »Also?«

»Ich war zu Hause. Meine Frau kann das bezeugen. Den ganzen Abend und die ganze Nacht. Sie haben mich auch gesehen.« Plötzlich schien er Lovis wiederzuerkennen.

Scatolin warf seinem Freund einen misstrauischen Blick zu. »Du kennst ihn?«

Lovis verdrehte die Augen. »Seine Frau ist meine Steuerberaterin. Ich habe ihn einmal gesehen, als ich ihr die Unterlagen für die Steuererklärung vorbeigebracht habe. Am Donnerstag vorige Woche. Ich war genau fünf Minuten dort«, wandte er sich jetzt direkt an Schiener, »und habe allerhöchstens einen Gruß mit Ihnen gewechselt. Was Sie am Abend gemacht haben, weiß ich ganz sicher nicht.«

Schiener knickte ein. »Aber meine Frau weiß es. Sie können mit ihr sprechen. Wir waren den ganzen Abend zusammen zu Hause. Jakob war ja krank. Wohin sollten wir auch gehen?«

»Gut«, meinte Scatolin. »Dann werden wir auch Ihrer Frau einen Besuch abstatten. Und Sie halten sich am besten zu unserer Verfügung.«

Schiener nickte unbehaglich. »Darf ich mich jetzt verabschieden? Die Bank … Sie wissen schon … Frau Oberegger …«, stammelte er und drückte Scatolin noch einmal kräftig die Hand, bevor er aus der Firma flüchtete.

»Che dici?«, fragte Scatolin, während er den Wagen durch die schmale Zufahrt auf die Hauptstraße manövrierte. Lovis überlegte. Was sollte er zu der Vernehmung sagen? Dass er diesem Schiener nicht über den Weg traute? Nur weil dieses Pillendöschen am Tatort gelegen hatte? Schließlich konnte es ja sein, dass Jasmin Oberegger selbst es dabeigehabt und einfach verloren hatte. Oder irgendein Krebskranker hatte es dort liegen lassen. Lovis beschloss, seinen Verdacht noch für sich zu behalten und zuerst mit Hanne zu sprechen.

»Dieser Schiener ist … irgendwie verdächtig«, meinte er schließlich.

»Perchè?« Scatolin warf ihm einen amüsierten Blick zu.

»Das sagt mir mein Bauchgefühl.«

Scatolin blies spöttisch die Luft aus. »Dein Bauchgefühl!«

»Na ja«, verteidigte sich Lovis. »Diese Schleimerei. ›Signor Ispettore‹ hinten und ›Signor Ispettore‹ vorn. Ein

Glück, dass wir nicht ausgerutscht sind auf der Schleimspur, die er hinterlassen hat.«

»Du bist bloß neidisch, dass er nicht um dich herumgetanzt ist.« Scatolin grinste.

Lovis schnaubte entrüstet. »Also, wenn du mich fragst, hat er gelogen. Oder zumindest irgendwas nicht gesagt.«

»Das glaube ich auch«, sagte sein Freund und nickte bedächtig.

»Ich bin neugierig, was seine Frau bezeugt. Als ich am Donnerstag bei ihnen war, hat es ganz schön gekriselt zwischen den beiden.«

»Mal sehen.« Scatolin grinste. »Schauen wir uns die Ehefrau an, und dem Schiener hetze ich unsere Informatiker auf den Hals. Vielleicht lässt sich ja da was finden.«

»Dann wollen wir nur hoffen, dass nicht wie durch ein Wunder die Computer in Flammen aufgehen, bevor die Techniker die Daten durchforsten können.«

Scatolin schüttelte den Kopf. »Die finden sogar in einem Häufchen Asche noch was, das kannst du mir glauben.«

Lovis wusste, dass sein Freund recht hatte. Wie die Freaks das immer schafften, war ihm allerdings ein Rätsel und würde wohl auch immer eines bleiben. Er schaffte kaum mehr, als seinen alten Laptop hochzufahren und ein Word-Dokument anzulegen. Na, ihm sollte es recht sein. Seine Fähigkeiten lagen woanders. Zum Beispiel darin, die richtigen Leute zu kennen, dachte er zufrieden, zog sein Mobiltelefon heraus und suchte in den Kontakten nach Eriks Nummer.

> Hallo Kollege, ein Ermittlungsauftrag exklusiv für dich:
> Deine Mutter hat mit J.O. zusammengearbeitet.
> Versuch mal rauszufinden, wie sie so war, bei der
> Arbeit. Streit mit Mitarbeitern und so.

Lovis steckte das Mobiltelefon zufrieden in seine Jackentasche. Erik würde ihn noch heute mit einer Antwort
versorgen, da war er sich sicher.

»Sie? Ich bin noch nicht durch!« Inge Braunhofer,
Schieners Ehefrau, sah Lovis vorwurfsvoll an. Bevor er
zu einer Entschuldigung ansetzen konnte, räusperte sich
Scatolin.

»Frau Schiener, Herr Lovis ist heute als mein Assis-
tent hier. Ispettore Scatolin von der italienischen Staatspolizei.« Er streckte ihr die Hand entgegen. »Ich müsste
Ihnen ein paar Fragen stellen.«

»Staatspolizei?«, fragte sie misstrauisch. Dann flog
ihr Blick zu den Fenstern der umliegenden Häuser, und
sie trat einen Schritt zurück. »Kommen Sie rein.«

Lovis und Scatolin folgten ihrer Aufforderung. Als
die Tür sich hinter ihnen schloss, sagte Scatolin: »Es
dauert nur kurz. Herr Schiener ist ihr Ehemann?«

Die Miene der Frau verschloss sich, und sie nickte
kurz.

»Er hat gemeint, dass Sie ihm ein Alibi geben könnten. Für Donnerstagabend.«

Wieder nickte die Frau. Sie zwang ihren Blick hoch in Scatolins Gesicht. Dann nickte sie noch einmal und sagte: »Ja, kann ich. Mein Mann war den ganzen Abend hier … mit mir.« Sie schluckte kurz. »Wird er … verdächtigt? Wegen der Obereggerin?« Ihr Blick flog zu Lovis. Unbehaglich zuckte der die Schultern, doch Scatolin erlöste ihn.

»Wir sind noch ganz am Anfang mit den Ermittlungen. Aber wenn Sie bestätigen können, dass Ihr Mann den ganzen Abend bei Ihnen war …« Er ließ den Satz offen, und sie nickte schnell noch einmal.

»Das kann ich.« Die Flecken auf ihrem Hals verstärkten sich. »Jakob war krank«, erklärte sie, schaute wieder zu Lovis. »Sie haben es ja selbst gesehen. Er brauchte mich. Und Gabriel … kümmerte sich um unseren anderen Sohn.«

Lovis sah zu Scatolin hinüber. Fiel ihm dieses Stocken auch auf? Doch sein Freund zeigte keine Reaktion. Vergiss es, das sind Hirngespinste, rief sich Lovis zur Ordnung. Sein Bauchgefühl hatte ihm bei seinem letzten Fall von Stadler als Täter vorgegaukelt, dann Angelika. Es war ein unzuverlässiger Ratgeber bei einer Ermittlung.

»Hast du alles mitgeschrieben?«, unterbrach Scatolin seine Gedanken und überflog Lovis' Notizen. »Dann werden wir das Protokoll verfassen und es Ihnen zur Unterschrift bringen. Danke Frau Braunhofer. Das war's schon.«

Die Frau nickte erleichtert und öffnete den beiden Männern wieder die Tür. »Auf Wiedersehen.« Als sie Lovis die Hand drückte, sah sie ihm nur kurz in die

Augen, dann flüchtete ihr Blick nach unten. »Ihre Steuererklärung sollte ich bis Ende der Woche abgeschlossen haben. Ich rufe Sie an.«

Lovis hatte das Gefühl, dass sie ihm eigentlich etwas ganz anderes hatte sagen wollen.

Als sie wieder im Auto saßen, grummelte Lovis' Magen.

»Fame?«, fragte Scatolin amüsiert.

»Bärenhunger!«, meinte Lovis. »Ich hab ja nicht mal einen Kaffee zum Frühstück bekommen.«

»Tja, das Schicksal eines echten Detektivs.« Scatolin grinste. »Wo soll ich dich absetzen?«

Lovis winkte ab. Angelika hatte Dienst. Zu Hause wartete eine leere Küche auf ihn. »Schorsch hat sicher eine vergammelte Wurstsemmel für mich übrig.«

»Sicuro?«

»Ganz sicher.«

Scatolin nickte und startete den Motor.

»Jetzt hab ich schon gedacht, unser Carabiniere ist selber verhaftet worden.« Ein Grinsen lag auf Schorschs glänzendem Gesicht. Auch er litt unter der Hitze. Er kehrte gerade die Geranienblüten zusammen, die vom Balkon heruntergefallen waren und wie Blutstropfen auf dem Platz vor dem Eingang zu seiner Kneipe lagen. »Dabei fällt mir ein – kennst du den? Zwei Carabinieri fahren betrunken und mit Blaulicht in einen Baum. Da sagt der eine zum anderen: ›So schnell waren wir noch nie am Unfallort …!‹« Dröhnend lachte er über seinen Witz.

Lovis verdrehte die Augen himmelwärts. Sein Magen knurrte vernehmlich. »Ich bin kein … Ach, vergiss es!« Er winkte ab. Schorsch würde es nie lassen. »Hast du noch eine von deinen Gammel-Pimsen übrig? Ich verhungere.«

»Gammel-Pimse? Also bitte! Meine Wurstsemmeln sind doch keine Gammelware!« Schorsch tat entrüstet. »Bei mir kommt nur Frisches auf den Teller.«

»Sicher!«

Schorsch drehte sich nach hinten um und rief etwas ins Innere der Kneipe, das Lovis nicht verstehen konnte. Marias Stimme tönte undeutlich zurück.

»Meine Moidl sagt, sie kriegt dich auch noch satt«, rief er über die Straße zu Lovis herüber. »Wenn du nicht wählerisch bist. Es gibt Erdäpflblattln.«

Wählerisch? Bei Erdäpflblattln? Lovis lief das Wasser im Mund zusammen. Erdäpflblattln waren flache Stücke aus Kartoffelteig, die in heißem Fett herausgebacken wurden. Am besten schmeckten sie zu Sauerkraut. Heute war sein Glückstag!

»Und außerdem müssen wir mit dir sprechen.« Bedeutungsvoll sah ihm Schorsch entgegen. Er schob Lovis ins Innere der Kneipe, wo Maria, Schorschs Frau, eben einen weiteren Teller auf einen der Tische stellte.

»Lollo«, meinte sie erfreut. »Schön, dich wieder einmal zu sehen!«

»An ihm liegt's nicht mehr, dass ihr euch nicht öfter seht«, meinte Schorsch. »Der Lovis gehört inzwischen zum Inventar. Du bist nie da.«

»Scherzkeks«, erwiderte die Moidl und verpasste ihrem Ehemann einen liebevollen Nasenstüber. »Es reicht ja, wenn einer in der Familie sein Hobby zum Beruf macht. Irgendwer muss ja die Brötchen verdienen.«

»He, mach mir mein Sozialprojekt nicht madig«, begehrte Schorsch auf und wurde damit belohnt, dass die Moidl ihm die Haare verwuschelte.

»Hände waschen, du Sozialarbeiter.«

Schorsch grinste und leistete dem Befehl seiner Frau Folge. Lovis schloss sich ohne Diskussion an.

»Schlechtwetter?«, fragte Lovis.

»Ach was, viel Arbeit. Im Büro bei der Maria ist eine ständig krank, und grad in der Zeit ist das nicht so günstig. Aber mit ein bissl Humor kriegen wir auch das hin.«

»Ja, wenn's eine mit so einem wie dir aufnehmen muss, braucht sie Humor.« Lovis duckte sich unter Schorschs Hand weg. »Wo arbeitet sie denn?«

»In der Stadt beim Höllrigl. Steuerberater, weißt schon.«

»Dann arbeitet sie mit der Braunhofer Inge zusammen?« Brixen war eben doch nur ein Dorf, musste Lovis mal wieder erkennen. Jeder kannte irgendwie jeden.

Schorsch hob überrascht die Augenbrauen. »Bist ja doch ein ganz brauchbarer Detektiv.«

Diesmal war es Lovis, der ausholte und Schorsch nur knapp verfehlte. Über ihr Geplänkel waren sie wieder am Mittagstisch angelangt. Lovis zog sich einen Stuhl heran. »Danke, dass ich bei euch mithalten darf.«

»Gut, dass du verhinderst, dass Schorsch alles allein verputzt.« Maria tat ihm die Erdäpflblattln und einen ordentlichen Schöpfer Sauerkraut drauf. »Lass dir's schmecken!«

Das ließ sich Lovis nicht zweimal sagen. Heißhungrig machte er sich über die Blattln her.

»Bist mit deinen Ermittlungen weitergekommen?«, fragte Schorsch zwischen einem Happen und dem nächsten.

Lovis schüttelte den Kopf. »Nicht wirklich. Es hat ja beinahe jeder im Dorf ein Mordmotiv gehabt, und täglich kommen neue mögliche Täter dazu.« Er dachte an diesen Schiener, dem er liebend gern einen Mord angehängt hätte, und an das verdächtige Verhalten seiner Frau. »Sie muss echt ein Miststück gewesen sein.«

»Ach was«, mischte sich die Moidl ein. »Ihr Männer seht immer nur das zänkische Weib in der Obereggerin, aber ihr fragt euch nie, was der Grund dafür war.«

»Und was soll der Grund dafür gewesen sein?« Schorsch verzog das Gesicht. »Der Grund für all die Briefe vom Rechtsanwalt, die sie auf beinahe jeden im Dorf losgelassen hat? Für all die Streitereien? Die war einfach ein Miststück, das sag ich dir.«

»Dass sie allein war! Kein Mann, keine Familie, keine Freunde. Und nein …«, unterband sie Schorschs Einwurf, dass man sich mit so einem Verhalten auch keine Freunde machte, bevor er ihn überhaupt äußern konnte, »du weißt genau, wie das ist im Dorf. Wenn ich mit dir streite, weiß das morgen ein jeder, und dann ergreifen die Leute Partei. Und wenn jemand neu ist, wie es bei ihr war, dann stellen sie sich alle hinter die Alteingesessenen. Wir haben's ihr nicht wirklich leicht gemacht.«

Schorsch nickte unbehaglich. »Hast ja recht. Um vom Thema abzulenken: Was ist denn das überhaupt für eine Amazone, die du dir auf deinen Hof geholt hast?«

Lovis runzelte die Stirn. »Die Obereggerin? Angelika? Wen meinst du?«

»Dieses deutsche Vollweib. Den Miss-Marple-Verschnitt! Weißt du, was die sich geleistet hat?« Lovis schüttelte neugierig den Kopf. Jetzt lernte er wohl Schorschs Fassung ihres Verhörs kennen. »Also erstens ist sie hier reingeplatzt zu einer Zeit, zu der jeder … na ja, du weißt schon …«

Lovis wusste. Die blaue Stunde nannte er selbst diese Zeit am frühen Nachmittag, in der jeder für sich allein in Gedanken vertieft über einem Glas billigen Rotweins saß, eingehüllt von einer blauen Rauchwolke – Schorschs

Kneipe war wohl der einzige Ort in Italien, an dem das Anti-Raucher-Gesetz nicht zur Anwendung kam. Von Zeit zu Zeit entwich einem der Kneipenbesucher ein Seufzer, der von niemandem hinterfragt wurde. Es war eine Art des Mittagsschläfchens mit offenen Augen, die intimste Tageszeit in der Dorfkneipe, auf jeden Fall der schlechteste Zeitpunkt, um die Männer mit lästigen Fragen zu stören.

»Tja, so ist sie, die Hanne«, meinte Lovis grinsend.

»Ich würde verrückt mit so einer. Der Mann scheint ja recht nett zu sein.«

Lovis nickte. »Und doch habt ihr ihr so einiges erzählt, wie ich gehört habe«, half er Schorsch auf die Sprünge.

»Wir haben sie auf den Arm genommen.« Er tauschte einen verschwörerischen Blick mit seiner Frau.

Moidl nickte. »Ja, das kann man wohl sagen. Ihr habt der Frau einen gewaltigen Bären aufgebunden.«

»Und wie es aussieht, hat sie alles für bare Münze genommen, was ihr an Lügen aufgetischt wurde.« Endlich wusste er, wie Hannes Ermittlungsergebnisse zustande gekommen waren. Lovis hatte bis jetzt nicht verstanden, warum sich die ganze Dorfgemeinschaft gegen seinen Knecht verschworen hatte. Er beugte sich vor. »Paul kann von Glück reden, dass sie mit den Informationen nicht direkt zur Polizei marschiert ist, sondern zu mir. Ich meine …« Lovis funkelte Schorsch vorwurfsvoll an. »Wie kommt ihr bloß auf die Idee, Paul dermaßen anzuschwärzen? Reini hat behauptet, dass er ein Schlägertyp ist, und du, dass er jeden Grund gehabt hätte, die arrogante Ziege umzubringen!«

»Was ja auch stimmt!«

»Ja, aber da ist er beileibe nicht der Einzige!«

Schorsch machte eine beschwichtigende Geste. »Du hast recht. Das war eine blöde Idee. Ich rede mit ihr und stelle das richtig.«

»Das habe ich bereits getan. Aber ich wäre euch wirklich dankbar, wenn ihr eure Späße für Leute aufspart, die sie verstehen.«

Schorsch nickte schuldbewusst. Es entstand eine längere Pause, in der niemand etwas sagte. Das einzige Geräusch kam von einem Brummer, der wieder und wieder gegen die Fensterscheibe klatschte.

Dann brach Moidl das Schweigen, indem sie aufstand. »Wie ich euch kenne, ist euch ein Bier als Nachtisch lieber als ein Apfelkompott. Ich verzieh mich jetzt mal nach oben. In einer halben Stunde muss ich wieder antreten. Löst ihr mal schön brav den Fall und macht keine Dummheiten.« Sie stapelte das Geschirr zusammen und verschwand mit einem Kopfnicken durch die Glastür, die ins Treppenhaus führte.

Lovis beugte sich vor. »Was ich noch nicht verstehe … Das Kleeblatt, mit dem Paul unterwegs war, hat ja inzwischen seine belastende Aussage zurückgenommen, aber Scatolin behauptet, dass es da noch jemanden gibt, der Paul vom Weinberg hat kommen sehen. Weißt du, wer das ist?«

Schorsch schüttelte den Kopf. »Keine Ahnung. Paul ist im Dorf hoch angesehen, da will ihm sicher niemand Übles.«

»Tja. Irgendjemand hat ihn angeschwärzt«, sagte Lovis. »Wie es aussieht, haben wir einen Verräter im Dorf.«

»Uiiiiiiiiuiiii!« Die Sirene aus Kindermund gellte Lovis in den Ohren. Ulli jagte hinter Timmi her, quer über den Hof, durch den Stall und zwischen den Apfelbäumen hindurch zurück auf den Hof. Alma, die wie so oft einen Weg aus dem Gehege gefunden hatte und gemütlich im Hof herumpickte, stob flügelschlagend zur Seite und beschwerte sich laut gackernd über die Ruhestörung. »Haltet den Dieb!«, brüllte Ulli. Timmi blieb abrupt stehen, sodass Ulli in ihn hineinrannte und beide zu Boden gingen. »Haltet den Mörder, du Dumpfbacke!«

»Selber Dumpfbacke!«

»Nein du!«

»Du!«

»Du!«

Lovis verdrehte die Augen himmelwärts und überschlug im Geist, wie lang er die beiden noch aushalten musste. Vorsichtig stieg er über sie hinweg und wollte sich eben an der lesenden Mutter und dem wie üblich schlafenden Manfred vorbei ins Wohnhaus stehlen, als Hanne sich aufrichtete. »Oh gut, dass Sie endlich da sind, Herr Lovis«, empfing sie ihn aufgeregt. Ohne zu wollen verglich er sie mit den Hühnern, die gleich neben ihr im Freigehege zu seiner Begrüßung gackerten. »Wo waren Sie nur so lange?«

Seine Antwort fiel einsilbig aus. »Ermittlungen.« Hanne musste ja nicht alles wissen.

»Sehr gut. Ich habe inzwischen etwas Ordnung in den Fall gebracht. Ich hoffe, Sie haben nichts dagegen, dass ich dazu Ihre Stube genutzt habe. Die Tür stand offen, und Angelika meinte, es sei sicher kein Problem.«

Doch, dachte Lovis. Er hatte was dagegen. Dass die Urlauber jetzt auch in seinen Privaträumen herumwuselten, behagte ihm gar nicht, und er verstand nicht, wie Angelika dieser Frau dazu die Genehmigung geben konnte. Doch er ließ sich nichts anmerken. »Wo ist sie überhaupt?«, fragte er stattdessen.

»Mit diesem Typ ausreiten. Sie wissen schon, dieser gut aussehende, charmante Herr, der täglich kommt.«

Was, fragte sich Lovis, fanden eigentlich alle Frauen an diesem Hollywoodverschnitt? Was war an diesem Kerl bitte charmant oder attraktiv? Doch er kam nicht weit mit seinen Überlegungen, denn Hanne war schon am Weiterschnattern: »Ja, und wenn Sie mich fragen, ist Angelika diesem Herrn nicht abgeneigt.«

Lovis sackte das Herz in die Magengrube. Angelika nicht abgeneigt? Diesem Verginer-Schnösel? Obwohl er vielleicht der Pferdemörder war? Und wer weiß was noch?

»Hanne, woher willst du das schon wieder wissen?«, mischte sich Manfred ins Gespräch ein, ohne seinen Hut aus dem Gesicht zu schieben.

»So etwas weiß eine Frau eben. Sie hat ihn keine Sekunde allein gelassen und hat die ganze Zeit so unnatürlich laut gesprochen und gelacht. Sehr auffällig.«

Lovis biss die Zähne zusammen. Nach dem einen innigen Moment, als der Cavagna-Fall abgeschlossen war und sie alle wieder erleichtert durchatmen konnten, da hatte er gedacht, zwischen Angelika und ihm könnte was entstehen. Aber der Moment hatte sich inzwischen in Luft aufgelöst. Er war zu seinen Tagträumen beim Anblick von Angelikas T-Shirts zurückgekehrt und sie zu ihren liebevollen Sticheleien. Hätte er forscher sein, sie offener umwerben sollen?

Aber selbst wenn: Sie ist eine moderne Frau und kann auch den Mund aufmachen, wenn sie etwas von mir will, oder? Lovis verzog das Gesicht zu einer verzweifelten Grimasse, weil er genau wusste, wie unfair es war, Angelika die Schuld daran zu geben, dass er nicht über seinen eigenen Schatten springen konnte. Aber musste sie sich deswegen ihrem Ex an den Hals werfen?

»Uiiiiuiiiiuiii!« Die durchdringende Sirenenimitation der beiden Urlauberkinder hatte wieder eingesetzt. Diesmal jagte Timmi hinter Ulli her. Barnabas, der auf seinem alten Teppich neben der Eingangstür lag und sich die Sonne auf den Pelz scheinen ließ, grollte leise. Auch ihm wurden die Wiedenhofs zu viel. Lovis legte verzweifelt den Kopf in den Nacken. Durchgedrehte Urlauberkinder, eine Möchtegern-Kriminalistin, ein untergetauchter Knecht, vergiftete Pferde und ein Mörder – wie sollte er das alles allein schultern? Das war mehr, als ein Mensch ertragen konnte. Paul musste her, ob er wollte oder nicht. Lovis beschloss, seinen Knecht anzurufen und ihm kurzerhand zu erklären, dass sein Urlaub hiermit nach einem Tag beendet war, da bemerkte er den fragenden Blick der Urlauberin. »Ja?«

»Ob Sie nicht mit hineinkommen, habe ich gefragt.« Hanne klang leicht genervt. »Ich habe drinnen eine Übersicht erstellt.«

»Oh, natürlich.« Es war ihm schon wieder passiert. Lovis hätte sich ohrfeigen können. Ständig driftete er mit seinen Gedanken ab und bekam dann nicht mehr mit, was um ihn herum passierte. Wer weiß, was ihm dadurch schon alles entgangen war.

»Dann wollen wir mal. Nach Ihnen.« Er ließ Hanne den Vortritt, und sie marschierte zielsicher ins Wohnhaus und betrat die Stube. »Was zum …?« Lovis erkannte seinen Rückzugsort kaum mehr. Alle Wände der denkmalgeschützten Bauernstube aus Zirbenholz waren mit Plakaten und Zettelchen tapeziert, dazwischen spannten sich bunte Fäden und Papierpfeile. An manchen Stellen hingen Fotos. Lovis erkannte die vier Jungspunde, die mit Paul durch die Stadt gezogen waren, aber auch Schorsch und Reini hingen da und natürlich Paul und … er selbst. »Wann haben Sie mich …?« Er sah genauer hin. Dann wusste er, wo ihn Hanne abgelichtet hatte. Das war an dem Tag gewesen, als Liam sich als Melkexperte entpuppt hatte. Ohne dass er sie bemerkt hatte, musste sich Hanne in den Stall geschlichen und ihn abgelichtet haben.

»Tja«, machte sie achselzuckend und errötete vor Stolz.

Von der kannst du tatsächlich was lernen, musste Lovis sich widerwillig eingestehen.

Hanne hieß ihn auf dem alten Sofa Platz nehmen und hob an zu dozieren: »Also. Was wir wissen ist, dass Jasmin Oberegger in Ihrem Weinberg zu Tode gekommen ist. Gefunden wurde sie von Ihrem Nachbarn von Stadler.«

Hanne zeigte auf ein Bild seines Konkurrenten, das sie im Internet gefunden haben musste. Friedrich von Stadler hielt einen Pokal aus Glas in der einen Hand, eine Urkunde in der anderen. Er trug eine Lodenjoppe, die Lovis irgendwie an den Kaiser Franz erinnerte, und grinste stolz in die Kamera.

»Der Umstand, dass er die Tote auf Ihrer Seite des Weinbergs gefunden hat, wirft einige Fragen auf. Aber er hatte meines Wissens kein Mordmotiv.« Hanne sah Lovis fragend an.

Der zögerte. Sollte er sein Wissen tatsächlich mit dieser Frau teilen? Doch bevor er zu einem Entschluss gekommen war, hatte seine Co-Ermittlerin sein Zögern bemerkt. »Ja?«

Er entschloss sich zur Flucht nach vorn. »Von Stadler hat ein Motiv. Vielleicht. Oder auch nicht. Aber er hat auch ein Alibi. Oder auch nicht.«

»Was nun?«

»Er hatte einer Großtante von Frau Oberegger ein Bild von einem hiesigen Künstler abgegaunert. War wohl irgendwie wertvoll. Und die Obereggerin wollte das Bild zurück. Es hat da einen ziemlichen Eklat auf dem Dorfplatz gegeben.«

Hanne machte eine wegwerfende Handbewegung. »Wäre von Stadler tot aufgefunden worden, könnte man hieraus vielleicht Frau Oberegger ein Mordmotiv andichten. Obwohl es auch eher unwahrscheinlich ist, dass jemand wegen so etwas einen Mord verübt, nicht?«

Das waren auch seine eigenen Überlegungen. Trotzdem spürte Lovis, dass von Stadler in der Mordsache irgendwie seine Finger drin hatte. »Die Frage ist nur, was er schon wieder auf meiner Seite des Weinbergs zu suchen hatte.«

Hanne nickte. »Das ist die Frage.«

»Als ich den Hof hier übernommen habe, hat er ständig kleine Sabotageakte verübt. Das Wasser eingeschaltet, in der Hoffnung, dass mein Teil des Weinbergs abrutscht, die Drähte abgeschnitten.« Lovis fluchte leise, als er sich an die furchtbare Schinderei erinnerte. Wenn damals nicht auch die drei Jungs geholfen hätten, lägen die Drähte wohl immer noch herum. Plötzlich durchzuckte ihn ein Gedanke. Was, wenn dieser Mord nur die

Fortsetzung der Sabotageakte von vor ein paar Wochen war? »Wie wäre es, wenn er die Obereggerin umgebracht hätte – auf meiner Seite des Weinbergs –, damit ich Probleme bekomme? Und Paul hat er angeschwärzt, weil er genau weiß, dass ich ohne ihn aufgeschmissen bin!« Aufgeregt sprang er auf. »So muss es ein. Ganz sicher!«

Hanne runzelte sie Stirn. »Das ist ausgemachter Stumpfsinn, und das wissen Sie auch«, bremste sie Lovis ein. »Einigen wir uns darauf, dass es von Stadler gewesen sein *könnte*, aber … beweisen können wir gar nichts! Da haben schon einige andere ein besseres Mordmotiv.«

Sie hatte schon wieder recht. Das halbe Dorf hatte ein besseres Mordmotiv. Enttäuscht lehnte sich Lovis zurück. »Dann schießen Sie mal los.«

Und Hanne legte los. Schon bald musste sich Lovis eingestehen, dass sie ganze Arbeit geleistet und ihm viel von dem abgenommen hatte, was er selbst eigentlich vorgehabt hatte und dann aus Zeitgründen nicht hatte erledigen können. Sie hatte die Alibis aller Dorfbewohner recherchiert, die Jasmin Oberegger auch nur ein bisschen den Tod hätten wünschen können. Als er allerdings sich selbst bei den möglichen Tätern wiederfand, musste Lovis schlucken. »Sie gehen immer noch davon aus, dass ich der Mörder sein könnte?«, fragte er.

Hanne zuckte mit den Schultern. »Natürlich. Ein guter Ermittler muss vor allem objektiv bleiben. Ich kann Sie schlecht von der Verdächtigenliste streichen, nur weil Sie mir sympathisch sind, nicht?«

»Ich war es aber nicht.«

»Ja, dann …« Hanne zwinkerte schelmisch. »Wenn Sie das sagen, dann nehme ich Sie natürlich von der

Wand herunter. Warten Sie ...« Sie hielt sich ihr Mobiltelefon ans Ohr, nickte geschäftig und meinte beflissen: »Sicher, Herr von Stadler, natürlich schließen wir Sie auch aus dem Kreis der Verdächtigen aus, wenn Sie sagen, dass Sie es nicht waren.«

Lovis stöhnte und hob ergeben die Hände. »Okay, okay, ich habe verstanden. Dann lassen Sie mich eben hängen, wo ich hänge. Und Paul auch.« Er seufzte. »Wenn er nur wieder auf den Hof zurückkommen würde.«

»Wieso ist er denn überhaupt verschwunden?«, wollte Hanne wissen. »Das macht ihn doch jetzt wirklich verdächtig.«

Lovis wollte eben zu einer gepfefferten Antwort ansetzen, als sein Telefon läutete. Es war Iwan. »Wichtig«, erklärte er an Hanne gewandt und verließ den Raum. Auf dem Söller war der einzige Ort mit einem halbwegs brauchbaren Empfang am Messner Hof. Doch heute klappte selbst hier das Telefonieren schlecht. Ein aufgeregtes Zischeln und Knacken ertönte am anderen Ende, so laut, dass Lovis den Hörer erschrocken vom Ohr weghielt. Er warf einen raschen Blick auf das Display, stellte jedoch fest, dass es nicht an ihm lag.

»Iwan, bist du in einem Bunker? Ich kann dich nicht verstehen. Der Empfang ist miserabel.« Wieder kam nur ein Zischeln vom anderen Ende der Leitung. »Iwan? Wenn du mich verstehen kannst ... ich lege jetzt auf. Geh aus dem Funkloch raus, in dem du dich befindest, und versuch's noch mal. Okay?« Ohne abzuwarten, drückte er Iwan weg.

Kurz darauf signalisierte ein »Ping«, dass eine Nachricht eingegangen war. Als er sie las, wurden seine Augen runder und sein Herzschlag beschleunigte sich.

Snd n vStadlers Hotel. Ht ns ausgesperrt. 💩
Snd aufm Balkon vn snem Büro. Hol uns raus.
Ok?

»Mist«, entfuhr es ihm. Was hatten die Jungs in von Stadlers Hotel zu suchen? War er nicht klar gewesen mit seiner Ansage, dass er das selbst übernehmen würde? Mussten die waghalsigen Kerle ihre Nase überall hineinstecken? Hilfesuchend sah er den schlafenden Manfred an.

»Ich sag ihr, dass es ein Notfall war«, brummte dessen Stimme unter dem Hut hervor. »Hauen Sie schon ab, sonst will sie nur mit.«

Lovis grinste. Manfred kannte seine Hanne.

Als er über den Innenhof in Richtung seines Kübels eilte, kamen gerade Angelika und Liam Verginer aus der Reiterkammer.

»Dich habe ich gesucht«, sagte er und trat, den Frauenschwarm ignorierend, auf Angelika zu. »Die Jungs stecken in Schwierigkeiten.«

»Die Jungs?«, mischte sich Verginer ein.

»Niemand redet mit Ihnen«, knurrte ihn Lovis an. »Sie haben sich …« Er drehte Angelika weg, um ungestört mit ihr reden zu können, und fuhr mit unterdrückter Stimme fort: »Sie haben sich in von Stadlers Hotel geschlichen und sich auf dem Balkon von seinem Büro ausgesperrt. Ich muss sie da irgendwie rausholen!«

In dem Augenblick kam wieder eine SMS von Iwan:

Da waren lauter Bilder.
0 Ahnung, ob 1 das ist, ds wr suchen

Und unmittelbar darauf ging auch eine Nachricht von Matthias ein:

> Wir sind im Scheiß-3.-Stock und wir könnten auf den Nebenbalkon klettern, aber Iwan scheißt sich in die Hose, wenn er einen auf James Bond machen soll und wir trauen uns auch nicht wirklich da rüber zu klettern. Ist Scheiße hoch hier.

Lovis ließ Angelika die Nachrichten lesen. »Ich muss da sofort hin«, sagte er. »Sie wollten mir nur helfen.«

»Wer wollte Ihnen helfen?«, mischte sich wieder Liam Verginer ins Gespräch.

Da platzte Lovis der Kragen. »Verziehen Sie sich endlich! Am besten ganz! Glauben Sie, ich weiß nicht, was Sie im Schilde führen?«

»Führe ich was im Schilde?«, fragte Verginer ganz erstaunt.

»Soll ich glauben, dass es ein Zufall war, dass jetzt plötzlich bei mir die Pferde mit Schaum vor dem Maul krepieren, statt auf dem Perwanger Hof?«

Verginer starrte Lovis fassungslos an. »Sie glauben … ich … bin der Pferdemörder?«

»Ja, verdammter Drecksmist, das glaub ich! Aber bei mir sind Sie an den Falschen geraten, das sag ich Ihnen!«

»Wenn ich der Pferdemörder wäre, wäre ich sicher nicht so blöd, auf Ihren Hof umzuziehen und da ein Pferd zu vergiften – vor allem nicht, wenn ausgerechnet Sie derjenige sind, der den Übeltäter finden soll! Ich bin vor ihm geflüchtet, Himmelherrgott noch mal!«

»Shanty geht es übrigens besser«, warf Angelika vorsichtig ein, doch Lovis ignorierte ihren Einwurf. »Vielleicht tun Sie es ja gerade deswegen? Eben weil niemand Sie verdächtigen kann? Vielleicht, damit man Ihnen nicht noch was Schlimmeres anhängt?« Es war raus, bevor Lovis sich bremsen konnte.

Verginer sah ihn fassungslos an. »Sie verdächtigen mich, Jasmin umgebracht zu haben?«

Lovis wünschte sich meilenweit weg. Verginer schaute von ihm zu Angelika, und dann begann er plötzlich zu lachen.

»Da gibt's nichts zu lachen«, sagte Lovis säuerlich. »Ich weiß, dass Sie dem Mordopfer immer mit Ihrem Pferd nachgezogen sind. Von Reiterhof zu Reiterhof. Und Ihre Streitereien mit Frau Oberegger waren auch kein Geheimnis.«

»Und warum hab ich Jasmin dann nicht schon im Unterland umgebracht? Da hätte die Polizei einige Verdächtige mehr zur Auswahl gehabt. Den Reiterstall frequentieren mindestens vierzig Reiter.«

Lovis zuckte die Schultern. »Vielleicht hat sie Ihnen da ja noch gegeben, was Sie wollten?«

»Gegeben, was ich wollte? Was hätte ich denn von diesem Miststück wollen mögen?« Plötzlich verstand Verginer, und er verzog das Gesicht. »Also, nein! Das können Sie vergessen! Glauben Sie, ich bin ein Masochist?«

Ratlos sahen Lovis und Angelika sich an.

»Waren Sie etwa derjenige, der mir die Polizei auf den Hals geschickt hat?«

Lovis verzog unbehaglich das Gesicht.

»Dann wissen Sie sicherlich auch, dass ich ein Alibi für die fragliche Nacht hatte.«

Widerwillig nickte Lovis.

»Gut, dann hätten wir das geklärt. Ich bin weder der Pferdemörder noch der Mörder. Und was ist nun mit den Jungs los, die Sie retten müssen?«

»Lollo, das wird dir vielleicht nicht gefallen …«, mischte sich jetzt Angelika ins Gespräch, »aber Liam könnte dir helfen, die Jungs aus der Patsche zu befreien.«

Lovis schnaubte. »Will er die Empfangsdame im Hotel Lacus vergiften, damit ich an ihr vorbeikomme? Oder setzt er sie mit seinem Augenaufschlag außer Gefecht?«

»Das ist doch …!« Verginer schnaubte, aber Angelika griff wieder beschwichtigend ein: »Er ist der Juniorchef bei Key Systems Verginer.« Sie sah Lovis beschwörend an.

Verginer verstand augenblicklich und zwinkerte Angelika verschwörerisch zu. »Ich habe sozusagen den Schlüssel zur Lösung dieses Problems in der Tasche. Von Stadler ist Stammkunde von uns.« Seine blauen Augen blitzten unternehmungslustig auf, und Lovis hätte ihm am liebsten eine reingehauen. Verginer schien das gefährliche Funkeln in Lovis' Blick allerdings nicht zu verstehen. »Ich verschaffe Ihnen den Zutritt zu von Stadlers Büro, und Sie lassen mich in Ruhe mit Ihren Verdächtigungen.«

Lovis stöhnte verzweifelt auf. Standen die Sterne irgendwie komisch? Wieso hatte plötzlich jeder das Bedürfnis, sich einmischen zu müssen? Die Jungs, Hanne, sogar dieser Hollywoodverschnitt hier! Alle steckten plötzlich ihre Nasen in Zeug, das sie nichts anging! Er wollte eben den Kopf schütteln und sagen, dass das so nicht ginge, da ließ ihn ein Stoß in seine Seite zusammenfahren.

»Jetzt spring schon über deinen Schatten«, raunte Angelika ihm zu. »Für die Jungs.«

Lovis wusste, dass sie recht hatte, und daher gab er schließlich klein bei. »In Ordnung«, grummelte er.

»Dann lass uns doch jetzt auch zum Du übergehen. Ich bin der Liam!«, sagte dieser und streckte Lovis kumpelhaft die Hand entgegen. Widerwillig schlug der ein.

»Perfekt«, sagte Angelika. »Was für ein Glück, dass du bei uns gelandet bist, Liam!«

»Ja, nicht wahr! Ich wusste es von Anfang an.«

»Ich auch. Ich hab das in dem Augenblick gespürt, in dem ich dich neben Lovis im Hof stehen sah!«

Lovis hatte das Gefühl, kotzen zu müssen. Bei Gelegenheit würde er Angelika daran erinnern, was sie beim Anblick ihres Ex' wirklich empfunden hatte. Mit Nachdruck schob er sie beiseite, öffnete die Fahrertür seines alten VW Golf und ließ sich auf den Sitz fallen. »Können wir los?«

Beschwingt umrundete Angelika das Auto und nahm den Platz neben Lovis ein, während Liam sich auf die Rückbank quetschte. Der Motor sprang ausnahmsweise widerspruchslos an, und Lovis beobachtete schadenfroh, wie Liam versuchte, seine langen Beine halbwegs bequem zu verstauen.

»Wahnsinnskübel«, schwärmte der Schleimer, als er endlich eine Position gefunden hatte. »Was ist das für ein Baujahr?«

»1977«, antwortete Lovis und fügte hinzu: »Wie ich.«

»Und seit damals nicht geputzt, wie?«, bemerkte Angelika naserümpfend. »Hast du mit der Karre Mist ausgeführt oder was?«

»Nein, Barnabas.«

Liam gluckste vom Hintersitz. »Echt eklig«, sagte er, und dann begann er zu lachen. Angelika stimmte in sein

Gelächter mit ein, und Lovis blieb nichts anderes übrig, als es zu ertragen.

»Da wären wir«, erklärte Lovis, als er den Kübel in eine Parklücke vor dem Hotel Lacus manövriert hatte. Es war ein moderner Bau mitten in den Weinbergen gelegen, mit viel Holz und Glas und dezentem Blumenschmuck. Nach Osten hin, wusste Lovis, hatte das Hotel eine großzügige Holzterrasse mit Blick auf einen künstlich angelegten See. Eine frühlingsgrüne Trauerweide machte das Hotel zur perfekten Location für Hochzeiten. Doch Lovis stand der Sinn jetzt nicht nach Romantik. Er musste es irgendwie schaffen, die Jungs aus dem obersten Stockwerk des Hotels zu befreien.

»Ich bleibe hier und fahre das Fluchtauto«, erklärte Angelika grinsend.

Lovis war insgeheim froh. Nicht, dass er erwartete, dass die Situation irgendwie gefährlich wurde, aber es konnte doch sein, dass sie aufflogen mit der windigen Nummer, die sie sich zurechtgelegt hatten. Und er wollte Angelika da nicht mit hineinziehen.

»Du wartest mit laufendem Motor, Angie, das ist eine gute Idee«, sagte Liam augenzwinkernd. Lovis wusste nicht, ob er ihm gleich jetzt oder erst nach der Befreiung der Jungs eine reinhauen sollte. Wie er dieses »Angie« hasste!

»Können wir endlich los?«, fragte er genervt. Er reichte Angelika den Schlüssel und stieg aus dem Auto. Hämisch sah er zu, wie Liam sich von der Rückbank zwängte. Auf der Heimfahrt würde es noch enger auf dem Rücksitz werden. Da mussten dann auch noch die drei Jungs Platz haben.

Falls das Ganze nicht so endet, dass wir ein Privattaxi von der Staatspolizei kriegen und direkt ins Gefängnis chauffiert werden … Ein mulmiges Gefühl breitete sich in Lovis' Magengegend aus, wenn er daran dachte, was alles passieren konnte. Dann aber sagte er sich, dass die Jungs das Risiko für ihn eingegangen waren und dass es nur richtig war, dass er ebenfalls ein Risiko einging, um sie zu befreien.

Auch wenn ich sie ganz sicher nicht dazu ermutigt habe, das zu tun, dachte er ärgerlich.

»Ob das für dich okay ist?«, fragte Liam ihn.

Lovis sah ihn verständnislos an. »Was?«

»Dass du die Klappe hältst und mich sprechen lässt?«

»Wieso?«

»Weil du nicht unbedingt ein Fachmann für Schlüsseltechnik bist, nicht wahr?« Er grinste sein charmantes Jungengrinsen, und Lovis stieß einen tiefen Seufzer aus. »Sag, was du willst.«

Liam zwinkerte ihm zu, dann ging er beschwingten Schrittes die drei breiten Stufen zum Hoteleingang hinauf und setzte sein charmantestes Lächeln auf. »Schönen guten Nachmittag«, flötete er zur Begrüßung.

Die junge Frau im Dirndl, die hinter dem Tresen am Computer arbeitete, errötete bei seinem Anblick.

»Liam, vom Key Systems Verginer. Ich soll im dritten Stock nach einem Schloss sehen?«

»Davon weiß ich gar nichts.« Die junge Frau errötete noch mehr und tippte ein paarmal auf die Tastatur. »Nein. Wer hat Sie denn gerufen?«

»Oh, das weiß ich leider nicht. Das geht über unsere Sekretärin. Ich habe hier nur einen Auftrag … warten Sie.« Er nestelte in seiner Jackentasche nach einem Papier und warf seinen Blick drauf. »Nein, das ist der falsche Zettel. Der richtige ist sicher im Auto geblieben. Soll ich ihn holen?«

»Nein, nein, das passt sicher«, sagte die junge Frau. »Es ist nur gerade sehr ungünstig. Ich erwarte jeden Moment eine Reisegruppe. Da sind sie schon!« Sie sah Liam verzweifelt an. »Ich kann hier jetzt unmöglich weg!«

»Das ist doch kein Problem. Ich finde mich ja zurecht.« Wieder knipste er sein Hollywoodlächeln an, und Lovis spürte, wie ihm die Galle hochstieg.

»Aber das kann ich nicht …« Die automatische Eingangstür glitt zur Seite. Ein japanischer Gast mit einem überdimensionalen Koffer schob sich herein und blickte sich bewundernd um. In seiner zwitschernden Sprache informierte er die anderen Mitglieder der Reisegruppe über seine Beobachtungen. Ein vielstimmiges begeistertes Durcheinander hob an.

»Dann soll ich ein anderes Mal wiederkommen?«, fragte Liam.

Lovis war es, als erhielte er einen Schlag in die Magengrube. Erschrocken beobachtete er, wie Liam sein Mobiltelefon aus der Tasche zog und darauf herumwischte. »Das wird dann halt ein bisschen dauern. Diese Woche bin ich voll ausgebucht. Nächste eigentlich auch. Übernächste dann eben. Nein, das geht auch nicht … Da habe ich Urlaub eingetragen. Also in einem Monat?« Der Blick der Dame im Dirndl wanderte gehetzt zwischen Liam und der japanischen Reisegruppe hin und her. »Wenn Sie nicht Zeit haben, hat ja vielleicht der Chef selbst Zeit, mich zu begleiten?«

»Der ist leider außer Haus.«

»Höchstens, wenn ich es halt am zwölften Juni noch einschiebe. Ich hoffe nur, der Auftrag davor zieht sich nicht hinaus. Sonst müsste ich mich nach meinem Urlaub wieder melden. Ende Juni?« Hoffnungsvoll sah Liam auf. »Oder soll ich doch ganz schnell …?« Er ließ den Satz unvollendet.

Lovis beobachtete, wie es in der jungen Frau arbeitete. Die Japaner brachen wie eine Lawine in das Hotel ein, Liam stand da, zum Abmarsch bereit. Als der Reiseführer sich seinen Weg durch die Gruppe bahnte, fasste sie einen Entschluss. Sie überreichte ihm eine Magnetkarte. »Na gut, aber melden Sie sich bei mir, wenn Sie fertig sind. Ich möchte wissen, was Sie gemacht haben.«

»Natürlich.« Er nickte, dann wandte er sich ab, bedeutete Lovis, ihm zu folgen, und zusammen fuhren sie mit dem Aufzug in den dritten Stock.

»Zimmer 301«, sagte Liam.

»Ich weiß.« Lovis wusste es natürlich nicht, aber er wollte sich vor Liam keine Blöße geben. Liam grinste ihn an und wedelte mit der Magnetkarte vor Lovis' Nase herum. Oben angekommen, steckte er sie in den Schlitz des Türöffners an von Stadlers Bürotür. Ein Lämpchen leuchtete grün auf, ein Piepsen ertönte, und Liam drückte die Klinke hinunter.

Sauhund, dachte Lovis. Das hätte ich auch noch hingekriegt. Doch er verlor keine Zeit, huschte hinter dem Schlüsselmeister ins Zimmer und zog die Tür hinter sich ins Schloss. Schnell durchquerte er das Zimmer und öffnete die Balkontür.

»Jungs?«, fragte er und wurde augenblicklich von einem dreistimmigen Jubelgeheul begrüßt.

»Mann, ich hab schon gedacht, Sie kommen überhaupt nicht«, sagte Iwan. Er boxte Lovis in die Schulter. Dann bemerkte er Liam, der sich bewundernd in von Stadlers Privaträumen umsah. »Sie nehmen den Schleimer von Ihrem Hof mit zu unserer Befreiungsaktion?«

»Ist er jetzt doch nicht der ... Sie wissen schon?«, setzte Matthias nach.

»Sschht«, machte Lovis und drehte sich zu Liam, um sich zu vergewissern, dass der nicht gehört hatte, was für Fragen die drei Jungs stellten. Doch er war ganz in die Betrachtung eines Bildes vertieft.

»Er hat es tatsächlich«, meinte Lovis aus seinem Murmeln herauszuhören.

»Was hat er?«, fragte er zu ihm hinüber.

»Den Moroder-Lusenberg.«

»Du weißt davon?« Jetzt betrachtete auch Lovis das Bild genauer. Es war das Porträt einer alten Frau. Ihr Gesicht war kantig und von Furchen durchzogen, der zahnlose Mund leicht geöffnet. Ein schwarzes Tuch verhüllte ihr Haar. Doch aus diesem alten, verbrauchten Gesicht funkelten zwei schwarze Augen mit einem rätselhaften Ausdruck – irgendwas zwischen Resignation und ich-weiß-es-besser –, dass Lovis den Blick nicht davon abwenden konnte. War es bei dem Streit zwischen von Stadler und der Obereggerin um dieses Bild gegangen? Und warum wusste Liam davon?

»Es wird gemunkelt ...« Liam stockte, ging näher an das Bild ran, begutachtete die Unterschrift im linken oberen Eck. »Das ist entweder eine verdammt gute Fälschung oder das Original.«

»Bist du jetzt auch noch Kunstexperte, oder was?«

Liam richtete sich auf. »Ein Hobby von mir.« Er schaute Lovis nicht an, der schon wieder das Gefühl hatte, dass der Kerl etwas vor ihm verbarg. Doch bevor er nachhaken konnte, fuhr Liam fort: »Ich vermute mal, diese Aktion sollte beweisen, dass von Stadler der Tante von Jasmin Oberegger tatsächlich das Bild abgegaunert hat, nicht wahr?«

Die Jungs nickten widerstrebend.

»Hat Jasmin dich damit beauftragt, das Bild ausfindig zu machen?«

»Ein Hobby von mir«, konterte Lovis. »Seit Jasmin Oberegger tot in meinem Weinberg aufgefunden wurde.«

Liam grinste. »Aha«, sagte er.

Da mischte sich Matthias in den Schlagabtausch: »Wenn er ihrer Tante das Bild abgegaunert hat, hat die Obereggerin vielleicht damit gedroht, ihm einen Prozess anzuhängen, und da hat er sie einfach umgelegt.«

»Interessante Theorie«, sagte Liam nachdenklich. »Dazu müsste man allerdings wissen, ob es wirklich das Original ist, und dann, ob es sich tatsächlich um die Vorfahrin von Jasmin handelt.« Er legte den Kopf schief und musterte das Porträt mit zusammengekniffenen Augen. »Weißt du was? Sie gleicht ihr, findest du nicht? Wenn man die Augen ganz fest zusammenkneift und die ganzen Falten wegfallen … Es könnte die Obereggerin sein.«

Lovis folgte seinem Beispiel und … tatsächlich, etwas erinnerte ihn ganz plötzlich an seine ehemalige Boxenmieterin. »Du hast recht, aber leider ist das noch lange kein Beweis.«

»Nein«, gab Liam zu. »Aber etwas gruselig ist es schon.«

Da musste ihm Lovis wieder zustimmen.

»He, wollt ihr hier anwachsen?«, warf jetzt Iwan ein. »Ich meine, sollte von Stadler wieder zurückkommen, ist das einzige Versteck der Balkon. Und ich kann euch sagen: Es ist nicht gemütlich dort.«

»Außerdem haben wir Kohldampf!«, meldete sich nun auch Matthias zu Wort. »Wir haben nämlich kein Mittagessen gehabt.«

»Und meine Alte hat wahrscheinlich schon die Polizei mobilisiert.« Erik seufzte.

»Eben. Wir sollten abhauen.«

Lovis nickte. »Aber vorher muss ich noch ein Bild …« Er zückte das Telefon und schaltete die Kamerafunktion ein, da gab das Gerät einen Protestlaut von sich, und der Bildschirm schaltete sich ab.

»Pustekuchen.« Iwan kicherte. »Er lernt's nie.« Überlegen drängte er Lovis zur Seite, nahm seinen Platz ein und lichtete das Porträt mit seinem eigenen Handy mehrmals ab. Zum Schluss drehte er sich mit dem Rücken zum Gemälde, schnitt eine Grimasse und schoss ein Selfie. »Für mein Insta«, erklärte er. Dann beugte er sich über sein Mobiltelefon und ging, wie verrückt auf dem Display herumwischend, aus dem Raum.

Liam zog ebenfalls sein Telefon aus der Tasche und lichtete das Bild ab. »Sicher ist sicher«, sagte er. Lovis fiel auf, dass er beim Fotografieren viel sorgfältiger vorging als Iwan. Sogar die Signatur fotografierte er. Als er Lovis' misstrauischen Blick bemerkte, meinte er leichthin. »Ich hab einen Freund, der Experte für Moroder-Lusenberg ist. Dem schicke ich die Bilder, vielleicht kann er uns dann sagen, ob es sich tatsächlich um einen Lusenberg handelt.«

Lovis verstand nicht, was der Kerl für einen Wirbel darum machte. Es war doch egal, ob es ein echter Lusenberg war oder nicht. Von Stadler hatte ein Alibi. »Die Jungs haben recht. Wir sollten machen, dass wir verschwinden«, sagte er daher schroff und bedeutete Liam, den Raum zu verlassen.

Liam nickte, warf dem Bild einen letzten sehnsüchtigen Blick zu, den Lovis nicht ganz verstand. Das Bild war ja ganz nett, aber so etwas Besonderes war es nun auch wieder nicht. Oder steckte da mehr dahinter?

Als Angelika sie aus dem Hoteleingang kommen sah, ließ sie den Motor aufheulen und fuhr mit quietschenden Reifen heran. Kaum stoppte der Wagen vor ihnen, beugte sie sich zur Tür des Beifahrers hinüber und öffnete sie. »Schnell«, rief sie übertrieben dramatisch.

Lovis verdrehte nur wieder die Augen, die Jungs und Liam aber brachen in Lachen aus. Angelika stimmte mit ein. Dann wurde sie wieder ernst. »Ein Problem haben wir aber trotzdem. Wir sind sechs Leute, der Wagen ist auf fünf zugelassen und hinein passen eigentlich nur vier. Wer geht zu Fuß?«

Statt einer Antwort quetschten sich die drei Jungs auf die Rückbank. Alle Blicke richteten sich auf Lovis, auch Liam und Angelika sahen ihn auffordernd an.

»Es ist mein Wagen«, begehrte er auf.

Wie auf Kommando legten alle den Kopf schief. Lovis verstand, dass er auf verlorenem Posten kämpfte. »Okay, okay, ich hab schon verstanden. Fahrt ruhig ihr fünf mit *meinem* Wagen nach Hause, ich werde es schon irgendwie zu Fuß schaffen.«

Die Jungs grinsten, und Liam nahm auf dem Beifahrersitz Platz. Angelika zwinkerte Lovis zu und ließ den Motor aufheulen. Kurze Zeit später verschwand der froschgrüne Kübel um die Kurve, und Lovis wanderte missmutig Richtung Süden.

»Na? Auch schon da?« Angelika zerteilte gerade flaumige Teigbatzen zu Kaiserschmarren, und Lovis war augenblicklich versöhnt. »Hat dich eigentlich die Hanne erwischt?«

»Ja.« Lovis nickte und legte Besteck auf den Tisch. Keine Teller. Kaiserschmarrn schmeckte am besten direkt aus der gusseisernen Pfanne. »Und sie hatte wirklich interessante Neuigkeiten.«

Schnell brachte er Angelika auf den neuesten Stand, und sie runzelte die Stirn. »Wieso tut der Reini so was? Ich mein … der Paul hat ihm nie irgendwas getan.« Sie schüttelte den Kopf, wuchtete die schwere Pfanne vom Herd und setzte sie mit einem »Mahlzeit« auf den Tisch.

»Das versteh ich eben auch nicht«, sagte Lovis. »Was steckt da dahinter?«

»Iss erst einmal«, sagte sie und schob sich selbst eine Gabel voller Kaiserschmarren in den Mund. Lovis tat es ihr gleich, und eine Weile lang sagte niemand etwas.

»Super, dass er heute dabei war und helfen konnte, nicht wahr?«, meinte irgendwann Angelika zwischen zwei Bissen.

»Wer?« Lovis stellte sich dumm, obwohl er genau wusste, wen sie meinte.

»Na, Liam.«

»Ich hätte das schon auch allein geschafft.« Hatte er nicht einmal beim Abendessen Ruhe vor diesem Kerl?

»Vielleicht.« Es klang aber so, als sei sie vom Gegenteil überzeugt.

»Ich brauche keinen schmierigen Typ, um meine Arbeit zu machen.«

»Aber mit ihm war es einfacher. Das musst du doch zugeben.«

»Will ich aber nicht.« Lovis warf seine Gabel hin und schob seinen Unterkiefer vor wie ein trotziges Kind. »Und seit wann bist du überhaupt so gut auf ihn zu sprechen? Plötzliche Versöhnung, oder wie?«

Angelika sah ihn an und lachte auf. »Schau dich mal an, Lollo! Wer soll dich denn so ernst nehmen?«

Du, war sein sehnsüchtiger Wunsch, aber er kam ihm nicht über die Lippen. Der Appetit war ihm jedenfalls gehörig vergangen.

»Keinen Hunger mehr?«

»Nein.«

Angelika schaute betrübt auf den Berg an Essen, der zurückgeblieben war. »Ich kann die Menge nicht mehr richtig einschätzen, seit Paul nicht mehr bei uns isst. Kannst du ihm nicht sagen, dass er schleunigst zurückkommen soll?«

»Tu ich ungefähr alle halbe Stunde«, sagte Lovis. Er zog sein Telefon heraus und tippte darauf herum.

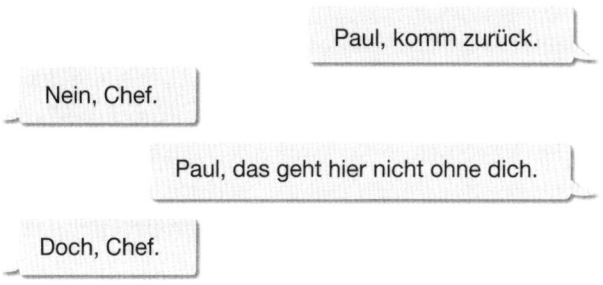

Liam hat heute die Kühe gemolken, Paul. Willst du das wirklich?

Du musst wissen, was du tust.

Ok. Ich hab heute die Kühe gemolken. Willst du das wirklich?

Endlich, wurde auch mal Zeit.

Shanty vergiftet. Verginer MUSS der Pferdemörder sein.

Wer ist Shanty?

Paul, hör auf mit dem Theater! Komm zurück.

Kein Kommentar.

»Er zieht es wirklich durch, nicht wahr?«, fragte Angelika.

Lovis zuckte die Schultern. »Sieht so aus.«

»Tja. Nur gut, dass von Stadler diesen Toni geschickt hat. Er hat wirklich eine Ahnung davon, was er tut.« Angelika zählte auf, was Pauls Ersatz an diesem Tag alles erledigt hatte, und Lovis war erleichtert, dass da jemand war, der den Überblick über alles behielt, was auf dem Hof an Arbeiten anstand. Aber Angelika endete ihre Aufzählung mit einer Feststellung, die Lovis gar nicht gefiel: »Und dass uns Liam ein bisschen unter die Arme greift, ist auch nicht schlecht.«

Schon wieder spürte Lovis den Stachel in seinem Herzen.

Angelika bemerkte jedoch nichts davon. »Übrigens muss ich noch was mit dir besprechen«, wechselte sie das Thema. »Semira.«

»Semira?«, wiederholte Lovis verständnislos.

»Das Pferd von der Obereggerin. Es steht immer noch in deinem Stall, solltest du das vergessen haben.«

»Solange es niemand abholt, tut es das wohl.«

»Gibt es Angehörige, die es holen könnten?«

»Soweit ich weiß, nicht.« Schorschs Frau hatte so was gesagt.

»Wie wäre es, wenn du versuchen würdest, das herauszufinden? Oder was sonst mit dem Pferd geschehen soll.«

»Angelika … ich hab jetzt wirklich nicht die …«

»Das ist ganz schnell erledigt. Du kannst ja deinen Freund von der Polizei fragen.«

Er wollte dagegenhalten, dass Scatolin mit Auskünften äußerst geizig war, aber sie schnitt ihm mit einer Handbewegung das Wort ab. »Das sind jetzt keine sensiblen Daten, Lollo. Du meldest bei ihm, dass in deinem Stall noch ein Pferd von Jasmin Oberegger steht und dass die Polizei bitte die Erben ausfindig machen soll. Soweit ich das einschätzen kann, ist das ein wertvolles Tier. Es ist also deine Pflicht, das zu melden.«

Lovis sah ein, dass sie recht hatte.

»Und bis wir wissen, ob jemand Ansprüche auf Semira stellt, würde ich vorschlagen, wir nutzen sie für Reitstunden. So hat sie wenigstens ein bisschen Bewegung, und nachdem ihre Besitzerin keine Miete mehr für die Box zahlen kann, ist das dein gutes Recht. Das Pferd arbeitet sozusagen für seinen Unterhalt. Einverstanden?«

Lovis nickte verdattert. Angelika fand wieder einmal die praktischste Lösung, und er fragte sich im Stillen, warum nicht sie die Detektivin geworden war.

»Ach übrigens.« Angelika sah auf. »Du sollst Eriks Mutter anrufen. Sie hat was für dich, sagt sie.«

»Mein Sohn hat gemeint, ich soll mich bei Ihnen melden«, waren die Worte, mit denen Frau Leitner das Gespräch eröffnete. »Wegen der Obereggerin.«

Lovis brummte zustimmend und war gespannt, was Frau Leitner ihm erzählen würde.

»Ich will nicht schlecht über andere Leute reden. Über Tote schon gar nicht, und …« Sie zögerte. »Ich habe sie nicht umgebracht. Das möcht ich gleich als Erstes sagen.« Sie wartete auf Lovis' Zustimmung, bevor sie fortfuhr: »Also, dass die Obereggerin nicht der einfachste Mensch war, wissen Sie ja schon, hat Erik gemeint. Das war auch in der Firma so. Ich selbst …« Wieder zögerte sie. »Ich kriege da jetzt aber nicht irgendwelche Schwierigkeiten, wenn ich Ihnen Dinge erzähle, die … zwischen mir und Frau Oberegger, … oder?« Unsicher verstummte sie.

»Frau Leitner, wenn Sie nicht die Mörderin sind, haben Sie auch nichts zu befürchten. Nicht von mir und auch nicht von der Polizei«, sagte Lovis. Zumindest hoffte er das.

»Ich bin nicht die Mörderin«, stellte seine Gesprächspartnerin noch einmal klar, zögerte noch einen Augenblick, dann fasste sie sich offenbar ein Herz und sagte:

»Also, Frau Oberegger hatte wirklich mit jedem in der Firma Schwierigkeiten. Auch mit mir.« Wieder verstummte sie.

Lovis merkte, wie er langsam unruhig wurde. Ständig diese Andeutungen, dann wieder Rückzieher. Er verfluchte sich dafür, dass er Frau Leitner angerufen hatte, statt einfach zu ihr nach Hause zu gehen und ein Gespräch von Angesicht zu Angesicht mit ihr zu führen, und war eben dazu entschlossen, ihr gerade das vorzuschlagen, als Frau Leitner fortfuhr: »Ich muss manchmal den großen Wagen nehmen. Mein Mann arbeitet in der Stadt, und da findet er mit dem Neunsitzer einfach keinen Parkplatz, ins Parkhaus darf er auch nicht, und daher nimmt er dann manchmal den kleinen Wagen, wenn er den Bus versäumt. Und ich den großen. Und mit dem großen Wagen krieg ich die Kurve zu meinem Parkplatz nicht, und da hab ich ihn halt manchmal auf dem Parkplatz von Frau Oberegger geparkt.«

»Und das war so schlimm?« Lovis verstand nicht, worauf Frau Leitner hinauswollte.

»Sie haben keine Ahnung, was für ein Theater die gemacht hat.« Eriks Mutter seufzte. »Jedenfalls. Das war's bei mir. Aber ich habe sie nicht ermordet.«

»Das glaube ich Ihnen, Frau Leitner«, sagte Lovis, und musste sich einmal mehr wundern. Der Auslöser des Streits war einfach läppisch. Es war unvorstellbar, dass Frau Oberegger tatsächlich so ein Theater wegen eines Parkplatzes gemacht hatte – wo vor der Firma doch genügend Platz für alle Fahrzeuge der Mitarbeiter war.

»Das war es aber nicht, was Sie mir erzählen wollten, oder?«

»Nein«, sagte Frau Leitner. »Das war es nicht. Es war … Bitte verstehen Sie mich nicht falsch. Ich will wirklich nicht schlecht über Frau Oberegger …«

»Ja, ja«, unterbrach sie Lovis. Es reichte ihm mit den Ausflüchten. »Schießen Sie einfach los.«

»Es ist aber nur eine Vermutung.«

Lovis hielt den Hörer von seinem Gesicht weg und fauchte in die Nachtluft hinein. War das die Möglichkeit? »Was denn nun, Frau Leitner?«, fragte er eine Spur ungehalten in den Hörer. »Was vermuten Sie?«

»Wir in der Firma glauben, dass die Obereggerin mit dem Chef … es ist nur ein Gerücht, verstehen Sie, aber sie war immer mit ihm auf Geschäftsreisen. Und ich kann nicht sagen, was genau es war, aber so was spürt man als Frau. Und ich war nicht die Einzige, glauben Sie mir. Auch die anderen haben das gespürt. Da war irgendwas. Wie gesagt, nur ein Gefühl. Ich hab keine Beweise.« Den letzten Satz flüsterte sie beinahe.

Lovis atmete durch. In schneller Folge blitzten verschiedene Bilder vor seinem inneren Auge auf. Die Gewitterstimmung im Hause Braunhofer/Schiener, als er die Unterlagen für die Steuererklärung vorbeigebracht hatte, Schieners überschwängliches Lob von Jasmin Obereggers Fähigkeiten. Scatolins Bemerkung, dass der Mörder meist im Umfeld des Opfers zu finden war. Es machte Sinn. Wenn die Obereggerin Schieners Geliebte war, konnte dann er der Mörder sein? Hatte sie ihn unter Druck gesetzt? War er ihrer überdrüssig geworden?

Lovis schüttelte den Kopf. Verrenn dich jetzt bloß nicht in irgendeine Theorie, sagte er sich selbst. Sonst verschließt du die Augen für die anderen möglichen Täter, und das haben wir ja schon einmal gehabt. Also:

Das ist eine Theorie, Lovis. Nicht mehr. Eine Theorie, die zu überprüfen ist.

Gleich morgen würde er sich daran machen …

»Das war heute ja wieder ein Tag«, seufzte Lovis, als er abends im Heu lag. »Erst Shanty, dann dieser Schleimer in der Firma und seine Frau, dann die Jungs und zum Schluss Frau Leitner mit ihren Neuigkeiten. Und das alles an einem Tag. Hilfst du mir, das zu sortieren?«

Er strich mit der Hand über Almas seidiges Gefieder. Sie schloss genießerisch die Augen und gurrte leise. Lovis zückte sein Notizbuch. Die Gedanken wirbelten alle so wild durcheinander, dass er gar nicht wusste, womit er beginnen sollte. Mit dem Verräter Reini, der Affäre zwischen dem Schiener und der Obereggerin? Er stöhnte.

»Machen wir schön der Reihe nach, was sagst du? Also, das Wichtigste zuerst. Liam Verginer. Als Mörder kommt er ja nun nicht mehr infrage. Das Alibi scheint niet- und nagelfest zu sein. Aber was noch nicht geklärt ist: Ist er der Pferdemörder? Einerseits wäre er ja wirklich blöd, wenn er vom Perwanger Hof herunter zu mir zieht und dann hier wieder ein Ross vergiftet, oder?«

Alma legte den Kopf schief.

»Aber vielleicht ist genau das seine Masche. Eben weil ihn niemand für so blöd hält, verstehst du?«

Alma legte den Kopf auf die andere Seite und krakelte leise vor sich hin.

»Du glaubst nicht, dass er der Pferdemörder ist?« Lovis musterte sein Ermittlerhuhn. Wie er es drehte und wendete, er konnte dem Kerl nicht trauen.

»Das Problem ist: Ich bin nicht unvoreingenommen, was ihn angeht. Er scharwenzelt immer so um Angelika herum, verstehst du?« Lovis seufzte. »Ich mag ihn einfach nicht.«

Alma plusterte ihr Gefieder auf und steckte den Kopf unter den Flügel.

»Langweile ich dich mit meinen Liam-Geschichten?« Lovis seufzte noch mal. »Du hast schon recht. Aber eine Sache muss ich noch loswerden. Heute bei dem Bild … Da hat er sich schon seltsam verhalten, nicht? Er hat sich ja gar nicht lösen können davon. Ich finde das schon irgendwie verdächtig. Vielleicht verrenne ich mich da aber auch wieder in etwas. Was meinst du?« Er fuhr leicht mit dem Finger über Almas Hals, worauf sie ihren Kopf doch wieder unter dem Flügel hervorzog und ihr Gefieder ausschüttelte.

»Sorry, dass ich dich nicht schlafen lasse. Aber das halten wir jetzt mal fest, oder?«

> Herausfinden, warum Verginer so
> auf das Bild fixiert war

schrieb er.

Er nickte zufrieden. »Ich bin nur froh, dass dieser Toni jetzt ein Auge auf ihn haben kann. Er wirkt ganz nett, oder?«

Alma gurrte vor sich hin, was Lovis als Zustimmung wertete. Womit er bei seinem Erzfeind angelangt war. Den er eigentlich gar nicht mehr als Erzfeind bezeichnen konnte, seit er ihm Toni geschickt hatte. Auch von Stadler zeigte sich plötzlich von einer anderen Seite. Lovis war froh, dass sein Konkurrent seine Fehler einzusehen schien. Auch wenn er lieber Paul auf dem Hof gehabt hätte, war es doch eine nette Geste von seinem Nachbarn war, ihm Toni zur Unterstützung zu leihen.

Trotzdem war da immer noch ein kleiner Zweifel in Lovis. Warum war dieser von Stadler plötzlich so hilfsbereit und so selbstlos? Plagte ihn wirklich das schlechte Gewissen? Oder steckte da etwas anderes dahinter?

Pauls Bedenken fielen ihm ein. *Pass bloß auf mit diesem von Stadler!* Der Satz hallte immer noch in seinen Ohren. Konnte er seinem Nachbarn trauen? Konnte er Toni trauen? Hatte diese Hilfeleistung einen Zweck, den Lovis nicht sah? Vielleicht sollte Toni ihn ausspionieren? Aber wenn ja, worum ging es von Stadler dann genau? Wollte er wissen, wo er ihn am besten treffen konnte? Oder doch wie weit er in seinen Ermittlungen zum Mord war?

Ach was, sagte er sich. Das Detektivspielen hatte ihn wohl etwas paranoid gemacht. Toni war in Ordnung. Und von Stadler tat es eben leid, dass er ihnen Schwierigkeiten gemacht hatte.

»Ich weiß, ich bin wieder mal voreingenommen, Alma«, sagte er seufzend. »Kaum streckt mir jemand freundlich die Hand hin, traue ich ihm keinen Mord mehr zu. Aber irgendwas ist bei von Stadler seltsam, weißt du? Immer noch. Auch wenn Scatolin behauptet, dass er ein felsenfestes Alibi hat. Daher …«

> von Stadler:
> Was hat es mit dem Bild auf sich?
> Was hatte er auf meiner Seite des Weinbergs zu suchen?
> Was hat er davon, dass Paul Schwierigkeiten kriegt?

hatte er bereits in seinem Büchlein notiert. Viel weiter war er noch nicht gekommen.

> Was hat er davon, dass er
> mir jetzt hilft?

schrieb er dazu.

Dann überlegte er weiter. Mindestens so merkwürdig wie von Stadlers Wandlung erschienen Lovis Schiener und seine Ehefrau.

»Fassen wir zusammen: Frau Braunhofer hat ihrem Ehemann ein Alibi verpasst. Zwischen den beiden steht es aber nicht zum Besten. Würde sie ihm ein falsches Alibi geben, auch wenn es zwischen ihnen kriselt? Oder hat sie auf diese Weise in Wirklichkeit sich selbst ein falsches Alibi besorgt?« Lovis sah Alma fragend an und erntete prompt ein leises Gackern von ihr. »Da ist was dran, wie? Andererseits war ihr Sohn an diesem Abend wirklich krank. Was meinst du: Würde eine Mutter ihr Kind in so einem Zustand allein lassen, um eine Konkurrentin aus dem Weg zu räumen?«

Alma legte ihren Kopf schief.

»Ich denke auch nicht. Aber wenn die Obereggerin seine Liebhaberin war, warum bringt der Schiener sie dann um? Das ergibt keinen Sinn, oder? Höchstens, sie wollte mehr. Vielleicht hat sie gedroht, es seiner Frau zu sagen, es kam zum Streit und …« Jetzt fabulierte er schon wie Hanne Wiedenhof. Auch wenn es wilde Spekulation war, sollte er dem Gerücht von einem Verhältnis zwischen Schiener und Jasmin Oberegger nachgehen. Lovis schrieb seine Fragen dazu auf, dann kratzte er sich nachdenklich an der Nase. Irgendwas fehlte hier noch. Irgendein Baustein. Er seufzte. Dazu musste er sich wohl oder übel an Scatolin wenden, der sicher mittlerweile die Ergebnisse der Informatik-Freaks vorliegen hatte. Im Tausch für diese Informationen würde er allerdings wohl mit seinen eigenen rausrücken müssen.

MITTWOCH

NACH PFINGSTEN

»Vergiss es. Aber ganz schnell«, kanzelte ihn Scatolin am nächsten Morgen ab. »Ich werde ganz sicher nicht die Ergebnisse der Informatiker mit dir teilen. Lovis, versteh doch endlich, dass ich das nicht darf. Warum interessiert dich das überhaupt?«

»Tja, das werde nun umgekehrt ich dir nicht sagen.« Lovis hatte den Entschluss blitzschnell gefasst. Er hatte nur wissen wollen, ob es irgendwelche Hinweise auf eine Beziehung im Mailverkehr zwischen Jasmin Oberegger und Schiener gegeben hatte. Scatolin hielt die Informationen zurück? Gut, das konnte er auch.

»Amico«, stöhnte Scatolin.

»Nix, Amico«, sagte Lovis bestimmt. »So geht das nicht. Eine Hand wäscht die andere. Und so wie ich das sehe, ist das hier eine einseitige Sache. Kannst du mir zumindest sagen, was die Analyse der Mordwaffe ergeben hat? Ist Paul endlich aus dem Schneider?«

Stille am anderen Ende der Leitung.

»Scatolo!«

»Nein, ist er nicht.« Wieder trat Stille ein. Lovis wartete, ob da noch etwas kam, aber es kam nichts, bis es Scatolin endlich doch zu dumm wurde. »Amico, was willst du, dass die Untersuchung ergibt? Auf einer halb verrosteten Eisenstange? Auf den paar glatten Stellen waren mehrere Fingerabdrücke drauf, unter anderem deine und die von Paul. Es ist gut, dass wir die Tatwaffe kennen, denn um die handelt es sich tatsächlich, aber mehr hat uns das nicht gebracht.«

»Mist«, sagte Lovis.

»Ja«, pflichtete Scatolin ihm bei. »Und was wolltest du mir sonst noch sagen?«

»Nichts von Belang«, sagte Lovis. »Ich wollte dich fragen, was mit dem Pferd geschehen soll.«

»Überschrift?«, fragte sein Freund zurück.

Lovis hörte das amüsierte Schmunzeln in seiner Stimme. »Das Pferd von der Obereggerin. Steht bei mir im Stall rum. Holt das jemand ab? Angehörige, Verwandtschaft, Erben? Angelika sagt, das ist nicht irgendein Klepper. Der ist was wert. Ich kann das ja nicht beurteilen, aber sie meint, es sollte unbedingt regelmäßig geritten werden. Und wer zahlt die Miete? Angelika hat vorgeschlagen, dass es für Kost und Logis …«

»Weißt du was? Ihr macht das erst mal so, wie ihr meint«, unterbrach ihn Scatolin. »Ich notiere das und leite es dem Vermögensverwalter weiter. Wenn irgendwo Papiere auftauchen, schickst du sie mir. In ihrem Putzkoffer waren nur Striegel und Bürsten. Aber vielleicht findest du ja noch irgendwas. Inzwischen verfährst du mit dem Pferd, als wäre es dein eigenes – nur verkaufen darfst du es nicht. Alles klar?«

»Alles klar«, sagte Lovis und nickte Angelika zu, die abwartend neben ihm stand. »Wir sollen tun, was wir für richtig halten«, sagte er, als er das Telefongespräch beendet hatte.

»Na ja, zumindest etwas.« Angelika schien weniger enttäuscht als er. »Dann wollen wir mal.« Und zusammen gingen sie in den Stall, wo Semira mit hängendem Kopf stand und sichtlich trauerte.

»Ich denke, wir schauen mal ihre persönlichen Sachen durch«, schlug Angelika vor. »Irgendwo muss sie ihr Büchlein haben, den Impfpass, irgendwelche Unterlagen, die uns mehr über das Pferd verraten. Die solltest du dann deinem Kollegen bringen.« Während sie das sagte, strich sie Semira über den Hals, kraulte sie zwischen den Ohren und hielt ihr ein paar Karottenstückchen hin. Semira nahm sie mit zarten Lippen von der flachen Hand und genoss die Zuwendung. Als Angelika sie am Halfter packte und aus dem Verschlag führte, folgte sie ihr gehorsam. »Ich lass sie mal an die Sonne. In dem düsteren Stall muss sie ja früher oder später deprimiert werden.«

Lovis stimmte Angelika zu. Er folgte den beiden mit seinem Blick und beschloss, inzwischen den ganzen Krempel von Frau Oberegger ans Licht zu befördern.

In der Sattelkammer roch es immer noch ein bisschen nach Hasenstall. Die Utensilien der Reiter waren auf breiten Regalen verstaut. Helme, Putzkoffer, allerhand Sprays und Fläschchen, drei Sättel lagen ordentlich auf den dafür unter den Regalen angebrachten Stangen, daneben steckten Gerten. Das alles interessierte Lovis wenig, dafür wollte er sich Jasmin Obereggers übrige Sachen genauer anschauen. Ihren Putzkoffer – Paul hatte ihn in der Landwirtschaftlichen Genossenschaft als Ersatz für den gekauft, den er in seinem Zorn auf den Misthaufen katapultiert hatte – hatte die Polizei schon durchgesehen, da war nichts weiter drin, wie Scatolin ihm erzählt hatte. Lovis begann also die anderen Dinge ein wenig hin- und herzuschieben, um nachzusehen, was da sonst noch alles lag. Dabei stieß er, gut versteckt unter einer haarigen Pferdedecke, auf ein Köfferchen, das aussah wie ein kleiner Koffer für Toilettenartikel – zu sauber für die Sattelkammer und zu … teuer. Gratuliere, Scatolin, die Polizei arbeitet ja wirklich gründlich, dachte er spöttisch, wusste aber, dass seinen Freund keine Schuld traf. Er hatte ihm selbst gesagt, wo er nach den persönlichen Sachen der Reiterin suchen sollte, und von diesem Koffer hatte er nichts gewusst. Lovis nahm ihn an sich und trug ihn nach draußen in die Sonne, wo Angelika inzwischen von der Koppel zurückkam.

»Dann wollen wir mal schauen, was die Obereggerin hier drin versteckt hat«, meinte sie. Lovis öffnete den Koffer – und er war bis oben hin gefüllt mit Dokumenten. Tierarztrechnungen, das Pferdebüchlein, jede Menge Zettel. Lovis fühlte sich unangenehm an seinen soeben erst beendeten Papierkrieg erinnert. Er war versucht, alles von sich fortzuschieben und einfach die Sonne zu genießen. Am blauen Himmel flitzten die Schwalben hin und her – das Wetter war zu schön, um sich mit Zettelwerk zu befassen.

»Was hast du denn da?«, riss ihn Angelikas Stimme wieder zurück in die Realität. Zwischen all den Papieren hatte sie eine Klarsichthülle gefunden, in der einige Bilder steckten.

»Urlaubsbilder?« Lovis schloss die Augen wieder und hielt sein Gesicht in die Sonne. Was kümmerte ihn, was die Obereggerin für Zeugs ansammelte?

»Das wäre ja ein schöner Urlaub gewesen«, stellte Angelika trocken fest und streckte ihm die Hülle hin. Sie zwang ihn mit einem ordentlichen Stoß in die Seite, seine Augen zu öffnen, und hielt die Bilder so, dass er sie sehen konnte.

Auf dem obersten Foto war ein verdreckter Tümpel zu sehen. Die Wasseroberfläche und die Ufer waren mit einer Müllschicht bedeckt. Styroporbehälter, Plastikflaschen und Kanister lagen zwischen Grasbüscheln und Steinen. Im Hintergrund war ein rostiger Tank zu sehen, hinter dem sich eine marode Fabrik erhob.

»Hmm. Passt doch wunderbar mit dem zusammen, was wir über die Obereggerin wissen, nicht? Sie fährt irgendwohin, wo sie ordentlich meckern kann.«

»Das ist Indien.« Die Stimme ließ Angelika und Lovis zusammenfahren. Sie waren so vertieft in die Betrachtung des Bildes gewesen, dass sie Hanne nicht bemerkt hatten, die wie üblich mit einem Buch unter dem Arm zu ihnen gestoßen war. *Kreizkruzefix* stand auf dem Buchrücken des Krimis.

»So?« Lovis fragte sich, woher sie das wissen wollte.

Hanne nickte überzeugt. »Der Dunst, die Farben … Ich weiß es. Ich war dort.«

Zweifelnd betrachtete Lovis das Bild. »Na, ich weiß nicht …«

»Hanne hat vielleicht recht«, meinte da Angelika langsam und zeigte ihm das nächste Bild. »Das hier könnte indische Schrift sein.« Das Foto zeigte einen Kellerraum, in dem lecke Fässer gestapelt waren. Im Hintergrund waren es rostige Stahlfässer, im Vordergrund handelte es sich um modernere, aber reichlich mitgenommene Plastikfässer, auf denen Etiketten klebten, die mit fremden Schriftzeichen beschriftet waren. Der Totenkopf darauf war unmissverständlich. »Gift?«

»Vielleicht können wir einen Übersetzer finden, der uns sagen kann, was auf diesen Fässern steht.« Hanne holte ihr Handy hervor, das sie als Lesezeichen zwischen die Buchseiten geklemmt hatte, und machte ein Foto.

Lovis bewunderte sie für ihren Pragmatismus und blätterte weiter durch die Bilder. Der rostige Tank war wieder darauf abgebildet, von einer geringeren Entfernung aus. Nun konnte man erkennen, dass er leckte. Aus einem kleinen Loch an der unteren Kante tropfte eine dunkle Flüssigkeit. Als er das nächste Bild sah, zuckte Lovis zusammen. Ein Junge war darauf, dessen gesamte linke Gesichtshälfte durch Verätzungen entstellt war. Vorwurfsvoll sah er mit einem intakten Auge in die Kamera, das andere war gerötet und von Eiter verklebt.

»Wie krank war diese Obereggerin, dass sie solche Bilder geschossen hat?«, fragte Angelika leise und steckte das furchtbare Foto schnell hinter die anderen.

Auch Lovis war eigentlich die Lust vergangen, weiter in den Bildern zu blättern. Aber irgendetwas zwang ihn, sie weiter zu betrachten.

»Komm, Lollo, tu dir das nicht an.« Angelika legte ihm eine Hand auf die Schulter. Doch er schüttelte den Kopf. Er hatte das Gefühl, irgendwas zu übersehen. Er betrachtete jedes Detail auf den Bildern so genau wie möglich, aber er wollte nicht draufkommen, was es war.

»Irgendwas ist da …« Er sah verzweifelt von Angelika zu Hanne. »Das hat mit ihrem Tod zu tun, ich spüre das, und ich weiß, dass ich irgendwas übersehe. Aber was?«

Die beiden Frauen sahen ihn abwartend an. Er schüttelte den Kopf – er wusste selbst nicht, was ihn an den Bildern stutzig machte. Plötzlich quiekte Hanne auf. Alle Blicke wandten sich ihr zu.

»Alles klar?«, fragte Angelika besorgt. Auf Gesicht und Hals der Urlauberin zeichneten sich rote Flecken ab. »Ich glaube, ich weiß …« Hanne hatte ihr Mobiltelefon aus der Tasche gezaubert und trippelte aufgeregt von einem Fuß auf den anderen, während sie hektisch darauf herumwischte. »Wo sind die Indizien?«, murmelte sie vor sich hin.

»Indizien?«

Ungeduldig stampfte Hanne mit dem Fuß auf. »Na, die Sachen, die ich im Weinberg gesammelt habe! Ich habe sie doch fotografiert. Und Sie haben sie Ihrem Chemikerfreund zur Analyse geschickt. Das haben Sie doch, oder?«

»Immer langsam mit den jungen Pferden«, sagte Lovis. Diese Hanne war die reinste Naturgewalt. Was die für eine Hektik verbreitete, und das im Urlaub? Hilfesuchend sah er zu Angelika, doch die rührte keinen Finger, um ihm zu helfen.

»Hier!«, rief Hanne jetzt aufgeregt aus. »Hier!« Dann streckte sie ihnen ihr Mobiltelefon entgegen. Ein Bild des Pillendöschens, das Lovis an Schrambach weitergegeben hatte, leuchtete auf dem Display. »Das meine ich! Hier! Und das hier …«, Hanne zupfte ihm das Bild aus der Hand, »… habe ich gemeint!« Sie tippte auf das Bild mit den Giftfässern.

Hinter den bunt schillernden Pfützen war an einem Maschendraht ein Schild befestigt, das ihnen allen nicht aufgefallen war. Jetzt, wo Hanne das Foto von dem Pillendöschen dagegenhielt, konnte man auf dem Schild allerdings einen Teil des Firmenlogos von BiosCanc erkennen. BiosCanc, die Firma, in der Jasmin Oberegger gearbeitet hatte. In Lovis' Kopf fuhren die Gedanken Karussell, doch Hanne verhinderte, dass er einen greifen konnte, denn schon wieder sprudelte es aus ihr hervor: »Das Pillendöschen, das ich gefunden habe, *muss* mit dem Mord in Zusammenhang stehen! Diese BiosCanc-Firma muss ziemlichen Dreck am Stecken haben! Und unser Mordopfer hat das gewusst!«

Lovis wiegte bedächtig den Kopf. »Irgendwas könnte bei BiosCanc nicht mit rechten Dingen zugehen, von mir aus. Und dass das Pillendöschen nicht allein hinauf in den Weinberg marschiert ist, glaube ich auch. Aber das beweist noch nichts. Vielleicht hat die Tote das Medikament ja selbst eingenommen?«

»Hast du nicht gesagt, dass das ein Medikament gegen Krebs ist?«, mischte sich jetzt Angelika ins Gespräch.

»Ein Nahrungsergänzungsmittel«, berichtigte Lovis sie.

»Gegen Krebs«, wiederholte Angelika beharrlich. »Glaubst du, dass sie Krebs hatte? Oder warum sollte sie sonst mit diesem Zeug herumlaufen?«

»Ich sag's ja: Betriebsspionage!« Hanne sah herausfordernd von Lovis zu Angelika. »Diese Dame hat in Ihrem Weinberg einen russischen Spion ...«

»Das hatten wir doch schon«, sagte Lovis entnervt. »Wisst ihr was? Ich rufe Schrambach an, bevor wir uns in einer Sackgasse verrennen.« Russische Wirtschaftsspione! In Brixen! Diese Hanne hatte eine blühende Phantasie. So viel stand einmal fest!

»Lovis, gut dass du anrufst. Ich wollte mich grad bei dir melden«, eröffnete Schrambach das Gespräch.

»Das bedeutet, du hast schon was für mich?«

»Hab ich. Du liegst mit deinem Verdacht richtig.«

Lovis' Herz klopfte schneller. Er unterließ es, den Pathologen davon in Kenntnis zu setzen, dass eigentlich seine Urlauberin diesen Verdacht gehabt hatte. »Das Zeug ist fauler Zauber?«

»Das Zeug hat alles, was die Naturheilkunde als Heilmittel gegen Krebs propagiert. Neben Cannabis, Grünem Tee, Kurkuma, Knoblauch und Schwarzkümmel habe ich Amygdalin gefunden – zu Deutsch Marillenkerne –, Mistel, Sulforaphan – das in Brokkoli steckt … na ja, der übliche Mix aus Zeug, das man eigentlich auch mit der Nahrung zu sich nehmen könnte. Nichts besonders Originelles. Dann hab ich mir die Giftstoffe angeschaut.« Schrambach machte eine Spannungspause, und Lovis konnte sich ein ungeduldiges »Und?« nicht verkneifen. »Das Zeug hat besorgniserregend hohe Lindan-Werte.«

»Und das heißt?« Lindan klang für Lovis in etwa gleich aufschlussreich wie Amygdalin.

»Es ist giftig, Lovis. Lindan ist ein Insektizid, das in keinem europäischen Land zugelassen ist.« Wieder machte er eine Spannungspause. »Weil es in hohem Maße krebserregend ist.«

»Krebserregend«, wiederholte Lovis fassungslos, und Hanne riss die Augen auf.

»Ich vermute mal, einer oder auch mehrere der Inhaltsstoffe dieses Präparats werden in Asien gewonnen. Grüner Tee oder Kurkuma zum Beispiel. Da wird noch mit Lindan gegen Schädlinge gespritzt. Wer auch immer die Inhaltsstoffe angebaut hat, hat es mit diesem Lindan jedenfalls auch noch gut gemeint. Kurz: Dieses Medikament könnte jemandem, der an Krebs erkrankt ist, den letzten Todesstoß geben«, erklärte Schrambach.

Lovis war zu geschockt, um darauf etwas sagen zu können. Auch Schrambach schwieg eine Weile. Dann räusperte er sich. »Das Präparat hat mit dem Mord bei euch im Dorf zu tun, nicht wahr?«

»Ja«, sagte Lovis. »Ich hab's bislang nicht geglaubt, aber jetzt bin ich auch davon überzeugt.«

»Dann wäre jetzt ein guter Zeitpunkt, um die Polizei einzuschalten.«

Noch nicht, dachte Lovis. Noch nicht. Er dachte an Scatolins Äußerung, »der Wunsch ist Vater des Gedankens«. Erst wollte er sichergehen und noch ein paar Beweise dazu sammeln. Was sagte das Ergebnis der Untersuchung groß aus? Dass Schiener ein giftiges, krebserzeugendes Präparat als Heilmittel gegen Krebs verkauft hatte. Und? Hätte jemand Schiener ermordet, wäre das ein Indiz. Aber so? Oder war Frau Oberegger als Vertreterin der Firma BiosCanc ermordet worden?

Das machte keinen Sinn. Lovis schüttelte den Kopf. Er hatte keine Lust, sich erneut Scatolins Spott auszusetzen. Zuerst mussten weitere Beweise her. Entschlossen wandte er sich den beiden Frauen zu, um ihnen zu berichten, was es mit dem Zaubermittel auf sich hatte.

Ein tiefes Knattern unterbrach ihr Gespräch. Es war Liam, der auf seiner Enduro um die Kurve des Feldwegs bog. Lovis schnaufte genervt durch. Schon wieder dieser Kerl. Mit gemischten Gefühlen sah er zu, wie Liam das Motorrad abstellte und den Helm abnahm. Selbst mit verstrubbelten Haaren sah er umwerfend aus. Lovis ignorierte das Leuchten, das sich auf Angelikas Gesicht ausbreitete, und tat, als sei er in die Fotos vertieft.

»Hallo Angie, hallo Lollo«, grüßte er und mit einer leichten Verbeugung Richtung Hanne: »Guten Morgen, schöne Frau.«

In gleichem Maße, wie Hanne sich über die Aufmerksamkeit des »gut aussehenden, charmanten« Reiters freute, ärgerte sich Lovis darüber, dass der arrogante Kerl es wagte, ihn mit Lollo anzusprechen, dem Namen, den neben seinen Eltern und Onkel Sebastian nur Angelika benutzte.

»Bereit für einen Ausritt, meine Schöne?«, fragte er anzüglich in Angelikas Richtung, und Lovis ballte die Fäuste.

»Ach, bist du jetzt wieder seine Schöne?«, fragte er bissig und erntete ein siegessicheres Grinsen von Verginer.

Angelikas Miene verfinsterte sich. »Was dagegen?«, fragte sie in gleichem Ton zurück.

»Nein, amüsiert euch gut bei eurem Ausritt.« Lovis betonte das letzte Wort genauso anzüglich, wie Verginer es davor getan hatte, und beobachtete zufrieden, wie Angelikas Wangen sich rosa färbten. Sollte sie doch mit diesem blöden Kerl ausreiten, wenn sie es so haben wollte. In einem ruhigen Moment, nachdem Liam das erste Mal auf dem Messner Hof aufgekreuzt war, hatte sie ihm erzählt, wie Liam sie mit anderen Frauen betrogen hatte, wieder und immer wieder, bis sie endlich einen schmerzhaften Schlussstrich unter ihre Beziehung gezogen hatte. Nun hatte sie sich also von diesem Schleimer wieder einwickeln lassen. Dann musste sie wohl auch die Konsequenzen tragen. Du aber auch, flüsterte eine leise Stimme in seinem Kopf, doch Lovis brachte sie mit einer Handbewegung zum Schweigen.

»Bevor ihr verschwindet: Was hat dein Freund gesagt?«

»Freund?« Liam sah ratlos von Lovis zu Angelika.

»Na, der Experte für Moroder-Lusenberg. Ist das Bild echt?«

»Ach, der …« Liams Blick flüchtete zur Seite. »Ja … also … ja, ist er wohl.«

»Und das ist uns egal, weil dir niemand den Auftrag erteilt hat, irgendwas in diese Richtung zu ermitteln«, schnappte Angelika, packte Liam an den Schultern und drehte ihn Richtung Stall.

Der drehte sich noch einmal Richtung Lovis um, zeigte seine ebenmäßigen Zähne und seine bezaubernden Grübchen und meinte: »Frauen, in ihren Händen werde ich zu Wachs.«

Lovis musste sich mit aller Macht zurückhalten, um ihm nicht dieses frauenvereinnahmende Jungenlächeln ein für alle Mal aus dem Gesicht zu prügeln.

»Er lügt«, kam es flüsternd von Hanne, als Liam und Angelika in der Reiterkammer verschwunden waren. »Diesen Freund gibt es nicht, Herr Lovis. Lassen Sie es sich von mir gesagt sein.«

Lovis wusste, dass sie recht hatte. Nur: Warum log Liam? Das wusste er nicht. Und wie hatte er es nur wieder geschafft, Angelika gegen sich einzunehmen?

»Und wegen Angelika müssen Sie sich keine Sorgen machen.« Lovis sah Hanne zweifelnd an, doch sie nickte wichtigtuerisch. »Sie ist bis über beide Ohren in Sie verliebt. Das sieht eine Frau. Aber vielleicht lassen Sie sich was einfallen, um ihr umgekehrt auch zu zeigen, dass sie Ihnen was bedeutet.« Sie grinste über Lovis' verlegene Miene und klatschte in die Hände. »So. Ich bringe unsere Mindmap auf den neuesten Stand«, erklärte Hanne. »Und dann befrage ich weitere Zeugen. Das wäre doch gelacht, wenn ich es nicht schaffen würde, diesen Mord innerhalb meines Urlaubs aufzuklären. Und Sie machen am besten einen Spaziergang. Sie schauen nämlich aus, als hätten Sie einen nötig. Und dann kochen Sie ihr ein gutes Essen. Liebe geht durch den Magen, wissen Sie.«

Damit wandte sie sich ab und marschierte Richtung Ferienwohnung.

Lovis befolgte Hannes Ratschlag und pfiff nach seinem Hund. Barnabas stemmte sich schwerfällig von seinem Lieblingsplatz an der Hausmauer hoch und folgte ihm. Bald kreuzte er vor ihm zwischen den Obstbaumreihen hin und her.

»Was Schönes kochen …«, brummte Lovis. Seine Kochkenntnisse beschränkten sich auf Basisrezepte wie Nudeln Aglio e Olio. Oder Nudeln mit Sgombri. Allerhöchstens noch Nudeln mit Pesto – wobei das Pesto aus dem Supermarkt stammte. Ob er Angelika mit so was beeindrucken konnte?

»Hast du eine Idee, was ich Schönes kochen könnte?« Lovis sah Barnabas an, doch der fühlte sich nicht angesprochen und schnüffelte hingebungsvoll an einem Apfelbaum. »Du bist mir ja eine große Hilfe.«

Lovis steckte die Hände in die Hosentaschen. Bis zum Abend würde er zur Not wohl irgendein Essen hinkriegen. »Aber eigentlich sollte ich ja beim Perwanger auch noch vorbeischauen. Ich muss dem Rudi einfach reinen Wein einschenken und ihm sagen, dass ich das nicht mehr schaffe mit seinem Pferdemörder. Wobei ich eh befürchte, dass wir den inzwischen auf dem Hof haben. Da kann Angelika sagen, was sie will.« Lovis seufzte. Aber zuerst würde er bei dem Toni vorbeischauen. Den hatte er nämlich zum Auszupfen in die Gala-Wiesen geschickt. Die Äpfelchen, die zu viel waren, mussten entfernt werden, damit die anderen Platz zum Wachsen hatten.

»Nicht, dass ich davon viel verstehen würde«, erklärte Lovis seinem Bernhardiner. »Aber zumindest kann ich ja so tun als ob, und wenn er merkt, dass jemand nachkontrolliert, kommt er nicht auf dumme Gedanken.«

Doch schon auf dem Weg zur Gala-Wiese begegnete ihm Toni, ein fröhliches Liedchen pfeifend, und erklärte ihm, dass die Arbeit für heute getan und demnächst zu mulchen sei. Dann setzte er grüßend seinen Weg fort und Lovis spazierte weiter Richtung Weinberg. An der Stelle, wo sich der Wirtschaftsweg gabelte, begegnete ihm von Stadler.

»Ich bin brav auf meiner Seite«, begrüßte der ihn.

»Das sehe ich«, erwiderte Lovis. »Danke übrigens für Ihren Toni. Der ist wirklich eine Riesenhilfe!«

»Ja, ich dachte mir, dass Ihnen der gefällt«, sagte von Stadler. »Und ich habe noch ein bisschen darüber nachgedacht, was ich noch tun könnte.«

Lovis hob abwehrend die Hand. »Dass Sie mir Toni leihen, ist wirklich genug …«

»Aber mir ist noch etwas eingefallen«, unterbrach ihn von Stadler eifrig. »Und eigentlich war ich soeben auf dem Weg zu Ihnen, um Ihnen einen Vorschlag zu unterbreiten.« Er zog ein Papier aus der Innentasche seiner Jacke. »Ich würde Ihnen heuer die ganze Weinernte abnehmen für … sagen wir mal 2.500 Euro. Was sagen Sie? Ohne Wenn und Aber. Wenn der Hagel die Trauben runterschlägt, kriegen Sie das Geld trotzdem. Und meine Angestellten kümmern sich um die Weinlese, pflegen Ihre Reben mit … Schließlich weiß man ja nicht, wie lange das mit Paul dauert.« Er sah Lovis abwartend an. »Wenn Sie einverstanden sind: Ich habe sogar einen Vertrag vorbereitet. Da müssen wir nur noch die Zahlen einsetzen.«

Lovis wiegte nachdenklich den Kopf. Paul war zwar schon nicht mehr in Untersuchungshaft, aber trotzdem wusste man nicht, wie lange das Ganze sich zog. Ob womöglich doch noch andere belastende Beweise gefunden wurden und er … Nein, daran wollte Lovis nicht denken.

»Ihr Besitzrecht wird natürlich nicht angetastet. Ich nehme Ihnen nur die Arbeit ab und die Ernte. Ein garantiertes Einkommen sozusagen. Eine kleine Wiedergutmachung. Ein Zeichen meiner Anerkennung. Ein …«

»Ja, ja, ja«, brummte Lovis. »Lassen Sie stecken. Ich überleg's mir. 2.500 Euro sagen Sie?«

Von Stadler nickte. »2.500 Euro. Von mir aus lasse ich mich auf 3.000 Euro hinauftreiben. Aber das ist ein sehr großzügiges Angebot – vor allem, weil man ja nie sagen kann, ob das wirklich was wird mit der Ernte. 3.000 Euro und zehn Flaschen Wein. Was sagen Sie?« Abwartend sah er Lovis an und wedelte mit dem Papier. »Lassen Sie es sich durch den Kopf gehen. Schlafen Sie eine Nacht drüber. Ich will Sie nicht übers Ohr hauen. Die Zeiten sind vorbei. Das habe ich ja inzwischen bewiesen, nicht?«

»Mal sehen.« Lovis nickte vage. Die gebotene Summe klang gut. Trotzdem war er noch immer misstrauisch, und er wollte die Entscheidung nicht allein fällen. Wenn nur Paul da wäre, dachte er zum tausendsten Mal in den letzten Tagen.

»Wir reden ein anderes Mal«, sagte er. »Ich muss jetzt … zum Perwanger hinauf.«

»Sie sind an dem Pferdemörder dran?«, fragte von Stadler interessiert. »Da wünsch ich Waidmannsheil.« Auf Lovis' irritierten Blick fügte er schnell hinzu: »Bei der Jagd auf den Missetäter, meine ich.«

Der Perwanger Hof lag wie ausgestorben in der Nachmittagssonne. Im Stall befand sich nur ein Haflinger, der mit hängendem Kopf vor sich hindöste und hin und wieder den Schweif durch die Luft pfeifen ließ, um die Fliegen zu verscheuchen.

»Niemand da?«, fragte Lovis ihn, ohne sich eine Antwort zu erwarten.

»Die sind alle zum Heuen in Gereuth«, sagte ein Stimmchen aus der Box des Haflingers. Ein Mädchen um die sechzehn erhob sich von einem Strohballen, wo er sie bei seinem Eintritt in den Stall nicht gesehen hatte. »Keiner da.«

»Oh«, machte Lovis. »Und du bist allein hier im Stall?«

»Ich passe auf meinen Clio auf«, sagte sie. »Ich lass ihn nicht mehr allein. Nicht dass das noch mal passiert.«

Das Mädchen umfasste den Pferdehals mit seinen Armen und lehnte seine Wange dagegen.

»Das ist das Pferd, das vergiftet wurde«, erkannte Lovis. Er betrachtete das Tier genauer. »Geht es ihm wieder gut?«

»Na ja, gut …« Das Mädchen streichelte dem Tier sanft über die Nüstern. »Er ist noch schwach. Aber er hat es überlebt. Im Gegensatz zu den anderen Tieren. Ich bin … auf der Suche nach einem anderen Hof. Bis ich einen gefunden habe, bleib ich an seiner Seite.«

»Und Schule?«

»Ist ja nicht mehr lang.«

Das stimmte. Zwei Wochen noch, dann begannen die Sommerferien. Trotzdem nahm die Teenagerin einiges auf sich. Lovis rang mit sich. Das Mädchen würde den Perwanger Hof wohl auf jeden Fall mit seinem Pferd verlassen. Sollte er ihr sagen, dass es bei ihm freie Plätze gab? Doch er entschied sich dagegen. Er hatte dem Perwanger genug Schaden zugefügt. Noch einen Reiter konnte er ihm nicht abspenstig machen.

»Und der Rudi ist nicht da, sagst du?«

Das Mädchen schüttelte den Kopf.

Angelika würde jetzt sagen: »Menschen haben einen Mund, damit sie anrufen können, statt den ganzen Weg umsonst zu machen.« Und sie hatte recht. Er war umsonst zum Perwanger gefahren. Plötzlich hatte er jedoch eine Idee. Nein, nicht ganz umsonst. Er würde heute ein schönes Essen für Angelika zaubern. Und dafür würde er beim Perwanger die Zutaten holen.

Er überquerte die Straße und schwang sich über das Gatter zur Weide. Die Pferde standen alle dicht gedrängt am oberen Ende der Weide, wo die Bäume ein kleines Fleckchen Schatten spendeten. Nicht weit davon entfernt war die Stelle mit den blauen Blümchen, die seine Mutter früher immer über den Salat gestreut hatte. Oberhalb der Koppel breitete sich der blaue Teppich bis zum Waldrand aus.

Lovis schwang sich über den Zaun und machte sich daran, einen alten Joghurteimer, den er in seinem Wagen gefunden hatte, mit den blauen Blüten zu füllen. Die Pferde sahen ihm neugierig zu und bettelten mit langen Hälsen um ein paar Halme.

»Nix da«, sagte er. »Die sind alle für Angelika.« Er grinste. Zum Glück nahm die Wildkamera keinen Ton auf. Der Perwanger Rudi hätte ihn sonst wohl für verrückt erklärt. Als der kleine Eimer voll war, winkte er noch einmal fröhlich Richtung Kamera, dann machte er, dass er ins Tal kam. »Schönes Essen, ich komme«, dachte er.

»Mmmmh, was riecht denn da so lecker?« Genießerisch schnuppernd betrat Paul die Küche.

»Paul! Was … Wie …?« Lovis wusste gar nicht, was er sagen sollte, als sein Knecht überraschend in der Küche stand – mit einem breiten Grinsen auf dem Gesicht – und neugierig den Pfannendeckel hob.

»Hab's nicht mehr ausgehalten daheim«, erklärte Paul. »Erst die Nachricht, dass Shanty vergiftet worden ist, und dann, dass einer aufgetaucht ist und mich ganz einfach ersetzt. Als dann meine Mutter auch noch im Zimmer gestanden ist und mir erklärt hat, ich solle endlich meinen Saustall aufräumen, als wäre ich zwölf, hab ich gewusst, dass es an der Zeit ist, die Zelte abzubrechen.« Er verzog das Gesicht. »Wenn du mich wiederhaben willst, heißt das.«

»Wieso sollte ich dich nicht wiederhaben wollen?«, fragte Lovis irritiert. Auch wenn es seine Pläne gehörig durcheinanderwarf, dass Paul genau jetzt aufkreuzte, wo er Angelika mit einem Essen verwöhnen wollte, freute er sich doch, dass er wieder da war.

»Na, weil der Neue besser ist als ich.« Paul druckste herum. »Oder weil ich der Mörder bin. Ich kann mich immer noch an nichts erinnern.«

»Dafür können sich andere erinnern«, sagte Lovis. »Und der Neue heißt Toni und kann in den zwei Tagen, die er hier gearbeitet hat, gar nicht besser geworden sein als du. Ich bin jedenfalls froh, dass du wieder da bist. Schneid mal den Käse auf.«

Und dann erzählte er seinem Knecht, was Hanne alles aus den Dorfbewohnern herausgekitzelt hatte, welche Gerüchte es um die Obereggerin und ihren Chef gab und was für Bilder aufgetaucht waren. »Und deshalb«, endete er, »gibt es mittlerweile einige andere, die viel verdächtiger sind als du. Ich für meinen Teil habe sowieso nie geglaubt, dass du der Mörder bist.«

»Im Gegensatz zu mir«, meinte Paul. Dann wechselte er das Thema: »Was wird das überhaupt?«

»Nudelauflauf à la Lorenz Lovis«, gab er zur Antwort. Er sah sich verzweifelt nach einem Topflappen um. Die Nudeln waren fertig und mussten abgetropft werden, bevor sie mit den gequirlten Eiern und den angebratenen Speckwürfeln vermischt und mit Käsescheiben belegt wurden.

»Da.« Paul hielt ihm den gesuchten Topflappen hin, dann fläzte er sich grinsend auf einen der Stühle. »Ist Angelika nicht da? Oder handelt es sich hier um Protzgehabe im 21. Jahrhundert? Kochender Mann schlägt wahnsinnig gut aussehenden Kerl?«

Lovis knurrte nur. Sein Knecht hatte mit seiner Vermutung natürlich ins Schwarze getroffen. Vorsichtig goss Lovis das Nudelwasser ab, der heiße Dampf verbrannte ihm die Wangen. »Vom guten Aussehen allein kann man auch nicht leben.«

»Ja, wenn du den Schuldenberg auf deinem Konto umkehrst, bist du ein wohlhabender Mann und damit garantiert die bessere Partie.«

»Ich weiß selber, dass ich keine Chance hab gegen den Kerl.«

Paul wiegte den Kopf hin und her. »Man soll die Flinte nicht ins Korn werfen, bevor der Hase tot ist.«

Freudlos lachte Lovis auf. »Dein Wort in Gottes Ohr.«

»Nein, im Ernst. Angelikas Herz gehört nicht ihm.«

»Mir jedenfalls auch nicht«, meinte Lovis mutlos.

Paul zuckte ungerührt die Schultern. »Wahrscheinlich steht sie insgeheim auf *mich*«, meinte er grinsend. »Aber mit diesem Essen könntest du sie wieder auf deine Seite ziehen. Vorausgesetzt, du sorgst dafür, dass die Küche nicht wie ein Schlachtfeld aussieht.« Vielsagend deutete er auf die Töpfe und Pfannen, die sich auf allen Ablagen stapelten. »Wie kann man nur für einen einfachen Nudelauflauf alle Töpfe und Pfannen dreckig machen?«

»Dann koch doch du!«

»*Mich* liebt Angelika auch ohne, dass ich ihr was koche.« Paul hob abwehrend die Hände. »Nein, mach ruhig. Und damit du danach mit reinem Gewissen behaupten kannst, dass du das ganz allein geschafft hast, werde ich auch keinen Finger krümmen.« Paul klimperte unschuldig mit den Wimpern und lehnte sich im Stuhl zurück. »Tatsächlich war es schon zu viel Hilfe, den Topflappen unter der Pfanne hervorzuziehen.«

»Depp«, wiederholte Lovis, schob die Auflaufform in das Backrohr und machte sich an den Salat. »Ich behalte Toni und schicke dich wieder nach Hause zu deiner Mama.«

»Ist auch gut«, brummte Paul, machte aber keinerlei Anstalten, die Küche zu verlassen. Stattdessen beobachtete er Lovis beim Salatwaschen. »Wenn das unserer ist, rate ich dir, ihn gut zu waschen. Das ist kein Supermarktsalat, der nie einen Krumen Erde gesehen hat. Der ist bio. Was bedeutet, dass ihn auch Schnecken lecker finden!«

Wie zum Zeichen, dass er genau wusste, was er tat, hob Lovis mit zwei Fingern eine kleine Nacktschnecke hoch, die sich zwischen den Salatblättern versteckt hatte.

»Warte, bis du ihre große Schwester findest«, meinte Paul feixend.

Lovis beachtete ihn nicht, sondern schnitt die gartenfrischen Radieschen in hauchdünne Scheiben. Dann würzte er den Salat und rührte ihn mit beiden Händen um. Paul machte Würggeräusche. Lovis ignorierte ihn weiter. Er streute einen Teil des Schnittlauchs über den Salat und zum Schluss die liebevoll gezupften blauen Blüten. Ein Blick ins Backrohr sagte ihm, dass der Nudelauflauf bald so weit war. Der Salat stand auf dem Tisch, das Blau der Blüten wurde von dem kleinen Sträußchen aufgenommen, das vor Angelikas Teller stand. Der Tisch sah beinahe festlich aus. Jetzt fehlte nur noch …

»Entschuldigt bitte! Wir haben uns total in der Zeit …« Mitten im Satz brach die junge Frau ab und sah ungläubig auf den Tisch und dann zu Paul hin. »Paul! Du bist wieder da!«

Paul hob grüßend eine Hand und grinste breit. Dann erstarrte sein Grinsen. Auf der Türschwelle stand Toni. Die beiden taxierten sich misstrauisch.

Super, dachte Lovis. Das war's dann endgültig mit Candle-Light-Dinner.

»Du bist der Toni?« Paul durchbrach das peinliche Schweigen als Erster.

»Paul?«

Wieder Schweigen. Lovis war froh, dass er so tun konnte, als verlange das Kochen seine volle Konzentration. Zwischen den beiden Männern knisterte es.

»Ich hab mit dem Auszupfen angefangen«, meinte Toni schließlich. »Weit bin ich aber noch nicht gekommen.«

»Dauert länger, als man meint.«

»Besonders allein.«

Paul nickte.

»Angefangen hab ich unten«, versuchte es Toni noch mal. »Hab mir gedacht …«

»Ich fang auch immer unten an.«

»Ja, dann, also … braucht's mich jetzt ja nicht mehr.« Toni wollte sich abwenden und zur Tür hinaus verschwinden, da packte ihn Angelika.

»Nichts da. Zum Essen bleibst auf alle Fälle da, Toni. Das wär ja noch schöner.«

»Genau«, meinte Lovis. »Vielleicht behalten wir dich ja auch. Paul wird mir langsam zu frech.«

»Ja, oder wir behalten Paul als Koch«, stimmte Angelika zu. »Das schaut ja lecker aus, Paul.«

Der hob abwehrend beide Hände und deutete auf Lovis. »Ganz allein sein Werk.«

»Du hast gekocht?« Angelika blickte Lovis ungläubig an. »Du kannst kochen?«

Lovis zuckte unbehaglich die Schultern. Hier taten alle geradezu, als sei er allein zu gar nichts imstande. »Ich habe zwanzig Jahre überlebt, ohne dass mich irgendwer bekocht hätte«, rechtfertigte er sich.

»Vom Kebabstand, der Würstlbude und dem Metzger gleich unter deiner Wohnung mal abgesehen.« Paul grinste.

Lovis fühlte seine Wangen heiß werden. Haut nur alle drauf auf mich, dachte er.

»Es riecht jedenfalls himmlisch«, schwärmte Angelika. »Soll ich …?« Sie deutete zum Backrohr, doch Lovis wehrte ab. »Das gehört zum Service dazu. Du musst dich nur mehr hinsetzen. Magst du ein bisschen Salat als Vorspeise?«

Jetzt erst bemerkte Angelika den Salat. Plötzlich lief ein Schrecken über ihr Gesicht. »Gundermann! Sag bloß, du hast irgendwo hier auf dem Hof Gundermann gefunden!«

»Gundermann?«

»Diese kleinen blauen Blumen! Bitte sag mir, dass die nicht irgendwo hier auf dem Messner Hof wachsen!«

»Nein«, beruhigte Lovis sie, obwohl er nicht wusste, was sie so erschreckt haben konnte. »Beim Perwanger. Ich war heute oben. Ich wollt mit ihm sprechen, weil ich den Fall niederlegen …«

»Gundermann!« Sie schlug die Hand gegen ihre Stirn. »Du hast den Gundermann beim Perwanger Hof gepflückt? Womöglich auf der Weide?«

Lovis nickte. Er hatte keine Ahnung, worauf sie hinauswollte.

»Das ist die Lösung, Lovis! Das ist die Lösung!«

Verständnislos schüttelte er den Kopf. Angelika redete wirr. Oder doch nicht?

»Gundermann! Wilde Petersilie! Wieso bin ich nicht draufgekommen! Gundermann ist ein tolles Heilkraut gegen alle möglichen langwierigen Krankheiten beim Menschen, oder man kann es wie du hier zum Würzen verwenden. Aber für Pferde ist er giftig! Hochgiftig! Sie können sterben, wenn sie Gundermann fressen. Die Pferde vom Perwanger sind nicht vergiftet worden, die haben sich selbst vergiftet!« Vor Erregung war sie von ihrem Stuhl hochgesprungen und sah Lovis erwartungsvoll an.

Das passte alles zusammen. Der Gundermann wuchs zwar nicht direkt innerhalb der Koppel, aber die gierigen Kreaturen streckten ihren Kopf unter den Balken durch, um auf der anderen Seite des Zauns die kleinen, blauen Blüten zu rupfen. Das hatte er selbst gesehen. »Sind die wirklich so giftig?«, fragte er.

Paul und Angelika nickten beide nachdrücklich.

»Ich glaube, du hast zumindest den Pferdefall gelöst«, sagte Angelika glücklich. »Du bist ein Genie! Ob bei uns auch irgendwo Gundermann wächst? Oder war das bei Shanty womöglich doch was anderes?«, überlegte sie laut weiter.

Da fuhr Lovis der Schreck in die Glieder. Er sah seine flache Hand vor sich und Shanty, die mit zarten Lippen die blauen Blümchen draus fraß. Seine Wangen wurden heiß. »Ich glaube, da muss ich was beichten«, sagte er. »Das war wohl ich, der Shanty vergiftet hat.«

Er erzählte den anderen von seinem Fehler.

Angelika schüttelte fassungslos den Kopf. »Und wir haben die Schuld dem armen Liam in die Schuhe geschoben. Ich hab dir ja gesagt, dass er's nicht gewesen sein kann. Siehst du! So, und jetzt rufst du den Rudi an und sagst ihm, was wir herausgefunden haben. Bevor sich noch ein Pferd selbst vergiftet.«

Das Telefongespräch war schnell erledigt. Der Perwanger Bauer hörte ihm ungläubig zu, als Lovis ihm von Angelikas Verdacht erzählte, aber er versprach, sich zu informieren und vor allem den Gundermannteppich am Rand seiner Weide so schnell wie möglich zu eliminieren. Lovis machte in Gedanken bereits ein Häkchen unter den Pferdefall, da ertönte von draußen ein aufgeregtes Flöten. »Herr Lovis! Herr Looovis! Ich habe Neuigkeiten!« Bekam man denn hier nie Ruhe? Mit dem romantischen Abendessen zu zweit war es jedenfalls dahin …

Er ging auf den Söller und sah der aufgeregten Hanne Wiedenhof mit dem freundlichsten Lächeln entgegen, das er sich abringen konnte.

Keuchend kam sie den Kiesweg herauf und meinte: »Gut, dass ich Sie gleich hier antreffe!«

»Neuigkeiten?«

»Ich … ich … muss erst mal wieder zu Atem kommen«, schnaufte sie und atmete ein paarmal tief durch. »Hier ist aber auch alles so steil. Also, was ich sagen wollte … Ich habe mir mal das Lager angeschaut, das Ihre Babysitter mit meinen Jungs im Wald angelegt haben. Nicht dass sie da was Gefährliches machen.«

Lovis grinste. Immerhin hatte es der Kleine beinahe vier Tage geschafft, das große Geheimnis zu bewahren. Immerhin. »Und?«, fragte er neugierig.

»Nicht gefährlich. Toll! Die drei Jungs sind fantastisch! Aber auf dem Rückweg ist mir ein alter Jäger begegnet, der ganz in der Nähe auf einen Hochstand geklettert ist. Und jetzt kommt's: Ich hab ihn so ein kleines bisschen gefragt, ob er am Donnerstagabend nicht irgendwas Verdächtiges beobachtet hat und: tadaaa …« Sie sah Lovis mit leuchtenden Augen an. »Er hat gesehen, wie Paul vom Weinberg Richtung Messner Hof ging. Und zwar weit *vor* der Tatzeit! Und …«, Hanne machte eine Spannungspause, »… er hat auch das Mordopfer gesehen. Sie ist erst danach zum Weinberg hochgelaufen. Und zwar …«, wieder machte sie eine Spannungspause, »… mit einem Herrn!«

Das waren allerdings interessante Neuigkeiten, und Lovis hätte sich spazierenwatschen können, weil er nicht selbst daran gedacht hatte, den alten Schmiedhofer zu fragen, ob er nicht vielleicht zur Tatzeit in seinem Hochstand gewesen war und etwas beobachtet hatte. Der Altbauer vom Schmieder Hof brauchte zwar zum Gehen einen Stock, aber jeder wusste, dass er es sich nicht nehmen ließ, beinahe täglich auf seinen Hochstand zu klettern, um von dort aus das Wild zu beobachten.

»Also dieser Jäger …«

»Schmiedhofer, heißt er.«

»Meinetwegen, also der Herr Schmiedhofer hat gesagt, dass er die Obereggerin am liebsten erschossen hätte. Sie muss ganz furchtbar laut herumgezetert haben, sodass die Rehe im Wald verschwunden sind, und er hat sich geärgert, weil das Licht an diesem Tag perfekt gewesen wäre. Wofür ein Jäger auch immer perfektes Licht braucht!«

»Er schießt eigentlich kein Wild mehr … nur noch Fotos«, erklärte Lovis. Jeder im Dorf wusste, dass den alten Schmiedhofer der Ehrgeiz gepackt hatte, als er bei einem Wettbewerb für Naturfotografie den zweiten Preis gewonnen hatte. Man witzelte gern darüber, dass es in der Gegend wohl gefährlicher für Spaziergänger als für das Wild war.

Hanne verdrehte die Augen. »Dann soll er das auch sagen. Er hat jedenfalls erzählt, dass das Mordopfer, diese Frau Oberegger, alle Tiere verscheucht hat, und ihr Begleiter war auch nicht leiser. Er hat gesagt, dass die beiden sich so angebrüllt haben, dass ihm auf dem Hochstand noch die Ohren gewackelt haben.«

»Hat er den Mann gekannt?«

»Nein, den nicht.«

»*Den* nicht?«

»Nein, aber den anderen.«

»Da war noch ein Mann?«

»Ja, und wenn Sie mich nicht ständig unterbrechen würden, könnte ich Ihnen den auch beschreiben. *Den* hat Herr Schmiedhofer nämlich erkannt.«

Lovis hielt die Luft an. »Und?«

»Es war der Kerl, der ständig in der Kneipe sitzt. Halblange Haare, ein bisschen schmuddelig. Dreitagebart und so. Wirkt wie ein Obdachloser auf Zeit. Wie heißt er noch gleich … irgendwas mit Lazarus oder so. Lazzari war's.«

Reini! Reinhard Lazzari! Der Paul mit erfundenen Geschichten schwer belastet hatte. Er starrte Hanne an, die natürlich erriet, was in seinem Kopf vorging.

»Ja, das habe ich mir auch gedacht. Dieser Mann kommt auf meiner persönlichen Verdächtigenliste ganz nach oben. Und eigentlich habe ich am Nachmittag versucht, ihm in der Kneipe die Zunge zu lockern mit dem, was dieser alte Jäger mir erzählt hat, aber der Kerl ist total verstockt. Hat mich nur mit seinem Schnapsatem ange-haucht und gesagt, ich sei eine *blede Deitsche* und solle *abfetzen*. Diese Ausdrücke hat er wirklich gebraucht. Und dann ist er verschwunden.« Hanne sah Lovis empört an.

Dass Reini bereits am Nachmittag so betrunken war, dass er seiner Urlauberin gegenüber ausfällig wurde, war untypisch. Was war los mit dem Grundschullehrer?

Doch Hanne riss Lovis sofort wieder aus seinen Ge-danken. »Der Herr Schmiedhofer hat jedenfalls erzählt, dass Ihr Knecht an dem Abend vom Weinberg Richtung Hof ging. Und dass das Mordopfer erst lange danach Rich-tung Weinberg wanderte, in männlicher Begleitung, die der Schmiedhofer nicht gekannt hat. Und wieder etwas später war dann dieser Schmuddeltyp unterwegs – in der Gegenrichtung. Was sagt uns das?«

Da brauchte Lovis nicht lang nachzudenken. »Dass Paul es nicht gewesen sein kann, dass Reini den Mör-der getroffen haben muss und dass es auf jeden Fall ein Mann war.«

»Ein feiner Herr«, berichtigte Hanne. »Er hat gesagt, ein feiner Herr.«

Für Lovis gab es jetzt nur eins zu tun: Er musste mit dem alten Schmiedhofer sprechen und mit Reini, und das am besten sofort. Ihre Aussagen würden nicht nur helfen, Paul zu entlasten, sondern vielleicht zur Aufklärung des Mordes beitragen. Stellte sich nur die Frage, warum beide ihr Wissen nicht mit der Polizei geteilt hatten. Und mit wem sollte er es zuerst aufnehmen?

Hanne schien seine Gedanken umgehend erraten zu haben und meinte: »Bei dem Schmuddeltyp brauchen Sie es gar nicht versuchen. Noch während ich auf ihn eingeredet habe, ist er aufgestanden und aus der Kneipe getorkelt. Wenn Sie mich fragen, muss er erst mal seinen Rausch ausschlafen, bevor der wieder ansprechbar ist.«

Also zuerst zum Schmiedhofer, der jetzt, bei einsetzender Dämmerung, sicher in seinem Hochstand zu finden war. In Begleitung von Barnabas machte Lovis sich auf zu der Wiese, die an die unteren Ausläufer des Weinbergs anschloss. Doch kaum kam er dort an, blieb der Bernhardiner knurrend, mit steif erhobener Rute und aufgerichteter Bürste stehen, seinen Blick fest auf den Waldrand gerichtet. Zuerst konnte Lovis nicht erkennen, was seinen Hofhund so aus dem Konzept brachte, doch dann machte er im Dämmerlicht das Rudel Rehe aus, das im Schutz der Bäume äste. Die Wiese lag verlassen vor ihm im diffusen Licht des anbrechenden Abends, und hinter einer Gruppe junger Fichten entdeckte er den Geländewagen des alten Schmiedhofer. Also musste er sich auf dem Hochstand befinden.

Leise, um die Rehe nicht zu stören und damit den Fluch des Alten auf sich zu laden, schlich sich Lovis in einem großen Bogen zu dem Jeep, setzte sich dort ins feuchte Gras und wartete. Barnabas legte sich neben ihn und genoss die unverhoffte Streicheleinheit. Das Licht nahm weiter ab, und bald verstummte die Amsel, die bis jetzt ihr Abendlied gesungen hatte.

Als es ganz dunkel war, erhob sich Lovis. Seine Glieder waren steif geworden, und die Kleidung fühlte sich klamm an auf seiner Haut. Wo blieb der alte Schmiedhofer? Er konnte doch mittlerweile auch nichts mehr sehen und schon gar keine Fotos machen. War er in seinem Hochstand eingeschlafen? Hatte er womöglich den Weg zu seinem Hof zu Fuß zurückgelegt? Nein, Lovis verwarf den Gedanken gleich wieder. Der Alte war so schlecht zu Fuß, dass er den Weg über die weiche Wiese nie und nimmer geschafft hätte. Wo blieb er nur?

Einer schrecklichen Vorahnung folgend, überquerte Lovis die Wiese. »Schmiedi?«, rief er hoch.

Keine Antwort.

Lovis versuchte es noch etwas lauter. »Schmiedi? Bist du da oben?«

Wieder blieb alles still. Ein mulmiges Gefühl breitete sich in seiner Magengrube aus.

»Du bleibst hier«, sagte er zu Barnabas, der zustimmend mit dem Schwanz wedelte und beobachtete, wie Lovis die grob gezimmerte Leiter zum Hochstand emporkletterte. Oben empfing ihn ein unverkennbarer metallischer Geruch: Blut. Eine Menge Blut.

Lovis würgte. Angestrengt versuchte er, die Dunkelheit in dem kleinen Verschlag mit seinen Blicken zu durchdringen. Doch der viereckige Ausguck ließ schon bei Tag kaum Licht ins Innere des Hochstands dringen, jetzt war es hier zappenduster. Und so tat Lovis, was ihm zutiefst widerstrebte. Er tastete vorsichtig den Boden ab, um gleich danach zurückzuzucken. Haare. Feuchte Haare.

Wieder würgte Lovis. Seine Knie gaben nach, und er musste sich an der Leiter festklammern, um nicht vom Hochstand zu fallen. Mit zitternden Fingern tastete er nach seinem Handy. Irgendwo musste diese blöde Taschenlampenfunktion sein. Die Jungs hatten es ihm sicher zehnmal erklärt, wie er wohin zu wischen hatte, aber natürlich funktionierte es nicht, wenn er es brauchte. Er

fluchte, wischte weiter wild über das Display, und plötzlich – er wusste nicht, was er da jetzt genau getan hatte –
hatte er die gesuchte Funktion. Vom Smartphone fiel ein
kalter Schein ins Innere des Hochstands, der die grausige
Szenerie beleuchtete: der alte Schmiedhofer in seinem
eigenen Blut, reglos, neben ihm seine Fotokamera. Das
unterarmlange Teleobjektiv hatte sich aus der Halterung
gelöst und lag in der Blutlache, die sich unter dem Kopf
des Alten ausgebreitet hatte. Eine Wunde klaffte über
seinen leblos ins Leere blickenden Augen.

Lovis merkte, wie das Zittern sich seines ganzen
Körpers bemächtigte. Er konnte sich kaum auf der Leiter halten und musste das Handy ablegen, um sich mit
aller Kraft festzuklammern. Der Schmiedhofer war tot.
So viel stand fest. Und er war keines natürlichen Todes
gestorben.

Lovis packte sein Handy und schaute auf dem schnells-
ten Weg, mehr rutschend als kletternd, wieder festen
Boden unter seinen Füßen zu gewinnen. Als er endlich
unten ankam, gaben seine Knie nach, und er landete auf
dem Wiesenboden unter dem Hochstand, wo er versuchte,
seine Sinne zu sammeln.

Die Polizei, war sein erster Gedanke. Er musste Scatolin verständigen. »Dann hoffen wir mal, dass ich mich
damit nicht wieder selbst an die Spitze der Verdächtigenliste katapultiere«, murmelte Lovis, während er mit
zittrigen Fingern die Nummer seines Freundes wählte.
Er erinnerte sich mit Unbehagen daran, welche unange-
nehmen Folgen sein Notruf bei dem Brand von Cavagnas
Jagdhütte gehabt hatte.

»Sai che ore sono?«, eröffnete Scatolin unwirsch das
Gespräch.

Doch für Lovis spielte die Uhrzeit jetzt keine Rolle.

»Entschuldige, wenn ich dich bei deinem Schäferstündchen störe, aber …«

»Ma che, Schäferstündchen! Ich bringe die Kinder zu Bett. Giulietta ist beim Elternabend.«

»Porca miseria«, entfuhr es Lovis. »Das auch noch. Der alte Schmiedhofer ist tot. Ich glaube … ermordet.«

Am anderen Ende der Leitung war es still. Dann meinte Scatolin: »Scherzi?«

»Mit so was mache ich keine Späße.«

»Wie schaffst du es nur, dass du ständig in solche Sachen verwickelt bist?« Das fragte sich Lovis selbst schon eine Weile, aber er hatte keine Antwort drauf.

»Der Hochstand ist an der Wiese unter meinem Weinberg. Den Weg kennst du ja schon.« Er schluckte.

»Ich komme. Bleib, wo du bist, und gib uns mit deiner Handytaschenlampe Signale, damit wir diesen Scheiß-Hochstand leichter finden.«

Dann knackte es in der Leitung. Scatolin hatte aufgelegt, und Stille umgab Lovis. Plötzlich wurde er sich bewusst, dass er allein mit einem Toten war. Allein und weitab von anderen Menschen. Der nächste Hof war sein eigener, und selbst wenn er um Hilfe schrie, würde ihn keiner bis dorthin hören. Er hielt den Atem an.

Hörte er da Schritte im Gras? Knackte dort ein Ast?

Er fühlte, wie sich die Härchen auf seiner Haut aufstellten. Ohne ein Geräusch zu verursachen, erhob er sich. Wieder dieses Knacken. Er kniff die Augen zusammen und versuchte in der Dunkelheit etwas zu erkennen, als plötzlich wenige Meter vor ihm etwas aufleuchtete. Zwei silberne Scheiben. Geisteraugen … Barnabas ließ ein Grollen ertönen, dann waren die zwei Augen wieder verschwunden. Schnelle, trappelnde Schritte raschelten durch das Gras, und die Spiegel von ein paar Rehen blitzten in der Dunkelheit auf. Barnabas wollte schon nachsetzen, als Lovis ihn im letzten Augenblick am Fell zu fassen kriegte.

»Du bleibst schön hier! Wehe, du lässt mich hier mit dem alten Schmiedhofer allein, hörst du? Und wenn mich jemand überfällt, dann erwarte ich, dass du ihm an die Gurgel gehst, statt ihm wie gewöhnlich auch noch die Hand abzuschlecken.«

Genau das tat Barnabas jetzt, und Lovis ließ es gnädig geschehen. Die warme, raue Zunge des Bernhardiners war wie ein beruhigendes Streicheln einer Mutter.

So standen sie eine gefühlte Ewigkeit in der Dunkelheit und warteten, bis endlich eine Reihe von Einsatzfahrzeugen mit Blaulicht den Feldweg zum Messner Hof und von dort weiter zur Wiese des alten Schmiedhofers ruckelten. Wild schwenkte Lovis sein Handy in der Luft und lenkte sie in seine Richtung. Als Scatolin vor ihm stand, stieß Lovis erleichtert die Luft aus. Erst jetzt merkte er, dass er kaum geatmet hatte.

»Dov'è?«, fragte sein Freund. Stumm wies Lovis nach oben. »Chi?«

»Der alte Schmiedhofer. Einer meiner Nachbarn. Der Altbauer.«

»Wie kommt es, dass gerade du ihn gefunden hast?« Ist das ein Zufall, oder hast du was mit seinem Tod zu tun, konnte Lovis aus der Frage nur zu deutlich heraushören. Er zuckte beleidigt die Schultern.

»Ich wollte ihn was fragen.«

»Santo cielo! Lass dir doch nicht jede Information aus der Nase ziehen. Was wolltest du ihn fragen?«

»Er war ein Zeuge, den meine Urlauberin klargemacht hat.« Dann erzählte er, was Hanne aus dem alten Schmiedhofer rausgebracht hatte.

Scatolin sog scharf die Luft ein. »Scheiße. Warum ist er damit nicht zu uns gekommen?«

»Ja, das hab ich mich auch gefragt.«

Plötzlich durchzuckte ihn ein Gedanke. »Jemand muss auf dem Hof nach dem Rechten sehen. Hanne ist in Gefahr! Sie hat das alles herausgefunden, und heute Nachmittag war sie im Dorf und hat Reini und ein paar anderen Leuten Fragen zu diesem ominösen Herrn gestellt. Der Mörder muss das mitgekriegt haben, und als Nächstes … als Nächstes bringt er vielleicht sie um. Scatolin, du musst jemanden zum Hof schicken, der das verhindert! Schnell!« Flehend sah er Scatolin an.

Der nickte. »Wahrscheinlich hast du recht.« Suchend drehte er sich um. »Sabrina?«

Lovis' Nachfolgerin bei der italienischen Staatspolizei war gerade dabei, die Stelle mit Absperrband zu sichern, obwohl das jetzt in der Nacht wenig Sinn machte. Sie sah auf. »Sì, Ispettore?«

In wenigen Sätzen erklärte ihr Scatolin, was er von ihr wollte. Ohne ein Wort zu verlieren, stieg die Beamtin über das Absperrband, salutierte nachlässig und machte sich auf, Richtung Messner Hof.

»Sie?« Lovis blickte ihr zweifelnd nach. Wäre die junge Beamtin einem so brutalen Gegner gewachsen? Er sah sie bereits mit blutendem Schädel auf der Treppe zur Ferienwohnung liegen.

»Keine Angst. Sie ist eine überaus fähige Beamtin. Der macht keiner was vor. Außerdem wartet im Wagen noch ein Fahrer, der sie begleiten wird.«

Und schon sah man die Bremslichter eines Einsatzwagens den Feldweg hinuntertanzen. Hoffentlich kommen sie nicht zu spät, dachte Lovis unbehaglich.

Lovis überließ mit der Zustimmung des Ispettore den Experten das Gebiet und folgte Sabrina wenig später zum Messner Hof. Für den Schmiedhofer konnte er doch nichts mehr tun. Dafür stand er Ängste um seine Urlauberin aus. Sosehr sie ihn anfangs genervt hatte, so ein Ende, wie es der Schmiedhofer hatte erleiden müssen, wünschte er ihr sicher nicht.

Als er am Hof ankam, war alles in heller Aufregung. Hanne und ihr Lebenspartner rannten mit Gepäck zwischen der Ferienwohnung und ihrem Auto hin und her, die Jungs folgten ihnen auf dem Fuße und sahen sich dabei immer wieder ängstlich um. Beide steckten in ihren Schlafanzügen. Timmi hatte den Daumen im Mund und klammerte sich mit der anderen Hand an seinen Stofftieren fest, Hasi und Froschi. Ulli ließ den Zipfel von Hannes Morgenmantel nicht aus und weinte hysterisch.

»Was ist hier los?«, fragte Lovis fassungslos Sabrina, die dem Treiben mit unbewegter Miene zusah.

»Sie reisen ab.«

»Warum?«

»Können Sie sich das nicht vorstellen?«

Doch, das konnte er. Trotzdem versetzte es ihm einen Stich, dass sich Hanne so einfach aus der Affäre zog.

»Kann ich helfen?«, fragte er, als sie wieder daherkam, eine Kiste mit Plastikspielzeug in den Händen.

»Ja, indem Sie aus dem Weg gehen«, fauchte sie ihn an. »Wir reisen ab.« Sie schob sich an ihm vorbei auf das Auto zu und hievte die Kiste in das Auto. »Wir haben alles eingepackt.«

»Die Kiste mit den Büchern?«, erinnerte Manfred sie. Er sah aus, als habe er bereits geschlafen. Das Haar stand ihm wirr in die Höhe, seine Augen waren verquollen.

»Bleibt hier. Ich habe genug Krimi gehabt für mein Leben! Ab jetzt lese ich nur mehr Liebesromane!«

Verständlich, dachte Lovis.

Manfred sah ihn bittend an. »Die Rechnung …«

Lovis winkte ab. »Lassen Sie gut sein.« Er konnte zwar nichts dafür, dass der Urlaub der Wiedenhofs durch die zwei Morde überschattet worden war, aber er brachte es nicht übers Herz, sie auch noch dafür bezahlen zu lassen. Die Jungs sahen aus, als würden sie den überstürzten Aufbruch ihr Leben lang nicht verwinden, auch um Hanne machte er sich Sorgen. Sie atmete flach und schnell, und auf ihrem Hals hatten sich rote Flecken gebildet. »Vielleicht kommen Sie nächstes Jahr wieder?«

Hannes Fauchen war Antwort genug. Mit hektischen Bewegungen schnallte sie die Jungs an. Dann knallte sie die Wagentür zu.

Manfred drückte Lovis mitfühlend die Hand. »Viel Glück«, sagte er, nickte ihm kurz zu und umrundete den Wagen, um sich auf dem Beifahrersitz niederzulassen. Auch seine Wagentür schlug zu.

Bevor Hanne sich in den Wagen setzen konnte, bekam Lovis sie am Arm zu fassen und hielt sie noch einen Moment zurück. »Nur eine Frage, Hanne«, sagte er beschwörend. »Haben Sie außer uns noch jemandem davon erzählt, dass Sie einen Zeugen für Pauls Unschuld gefunden haben?«

»Lassen Sie mich los!«, zischte sie.

Ein beschwichtigendes »Hanne!« kam von der Beifahrerseite und ließ sie kurz innehalten. Plötzlich war es, als weiche all die Anspannung aus ihrem Körper. Sie sank auf den Fahrersitz und ließ den Kopf vornübersinken. »Ich habe es tatsächlich erzählt«, sagte sie. »Allen. In der Kneipe habe ich es herumposaunt.« Sie begann zu weinen. »Ich war so … stolz, dass ich etwas herausgefunden habe … wie eine richtige Detektivin.« Manfred legte ihr beruhigend die Hand auf die Schulter. »Ich habe meine Kinder in Gefahr gebracht mit meiner verdammten Eitelkeit. Eine Rabenmutter …«

Lovis war peinlich berührt von dem Ausbruch. Er hüstelte verlegen. »Na ja, es konnte ja wirklich niemand ahnen, dass so etwas passieren würde. Und Sie *haben* ja auch ermittelt wie eine richtige Detektivin. Das lässt sich nicht bestreiten. Wenn Sie sich jetzt noch erinnern können, wer alles in der Kneipe war, als Sie das herumposaunt haben, finden wir vielleicht den Täter … Und unser Dorf wird wieder das verschlafene Nest, das sich zu nichts anderem eignet, als hier den friedlichsten Urlaub zu verbringen, den man sich vorstellen kann.«

»Meinen Sie?« Hanne sah ihn zweifelnd an.

Er nickte nachdrücklich.

»Also …«, überlegte sie. »Dieser ausgebrannte Lehrer war da. Sie kennen den Namen …«

»Reini? Der auch von dem alten Schmiedhofer gesehen wurde?«

»Ja.« Hanne nickte. »Der Wirt natürlich und seine Frau. So ein glatzköpfiger Mann in den Vierzigern …«

»Goggo?«

»Keine Ahnung, wie der heißt. Und ein paar Alte … die haben Karten gespielt. Gehören wohl zum Inventar …«

Lovis war im Bilde. Am verdächtigsten von den Genannten war Reini … Schon weil er es die ganze Zeit über darauf angelegt hatte, Paul in Verruf zu bringen. Aber welches Motiv könnte er gehabt haben, Jasmin Oberegger umzubringen? Bisher war er einer der wenigen, die nicht in Streitigkeiten mit dem Mordopfer verstrickt gewesen waren. Ihn würde er sich morgen wohl als Ersten vornehmen müssen.

»Seien Sie vorsichtig«, warnte ihn Hanne, als hätte sie wieder einmal seine Gedanken erraten. »Nicht, dass Sie der Nächste …«

Lovis winkte ab.

»Und …« Sie sah ihn bittend an. »Halten Sie mich auf dem Laufenden?«

Gegen seinen Willen musste er grinsen. »Klar«, sagte er. »Sie sind doch Hanne Watson. Natürlich halte ich Sie auf dem Laufenden.«

»Danke«, sagte sie. Hinter ihrer Stirn arbeitete es. Dann wandte sie sich an ihren Lebenspartner. »Manni? Würdest du die Kiste mit den Büchern doch holen? Es wäre schade drum. Ich habe erst ganz wenige der Bücher gelesen, und sie sollen alle echt gut sein.«

Manfred und Lovis tauschten ein verstohlenes Grinsen. »Weißt du was, Hanne? Wir lassen sie hier. Die liest du alle das nächste Mal, wenn wir wieder hierherkommen.«

Auf Hannes Gesicht legte sich ein zufriedener Ausdruck. »Ja«, sagte sie. »Das ist eine Idee. Im Sommer vielleicht. Oder spätestens im Herbst. Sie haben die Ferienwohnung doch noch nicht ausgebucht oder, Herr Lovis?«

Der schüttelte den Kopf. »Für die Wiedenhofs werde ich immer ein Plätzchen frei haben.«

»Na dann.« Hanne nickte ihm zu und startete den Motor. »Dann bis zum Sommer, Herr Lovis.« Das Fenster fuhr hoch, der Wagen setzte zurück, und dann holperte er den Feldweg hinunter.

»Die Deutschen«, sagte Sabrina kopfschüttelnd.

»Das sind ausgesprochen nette Leute«, verteidigte Lovis die Wiedenhofs nachdrücklich. »Ich freu mich, wenn sie wiederkommen. Und diese Hanne … an der ist wirklich eine Kommissarin verloren gegangen.«

DONNERSTAG

NACH PFINGSTEN

»… und deswegen sind sie weg.« Mit diesen Worten schloss Lovis seinen Bericht.

Paul und Angelika starrten ihn fassungslos an, während Iwan seinen Freund mit dem Ellenbogen in die Seite stieß und grinste. »Babysitterjob beendet.«

Matthias grinste ebenfalls. »Wann kriegen wir dafür eigentlich unseren Lohn?«

»Den kriegt ihr soeben in Form von Brot und Gipfeln«, erklärte Lovis erbarmungslos. Doch auch er grinste. Er selbst hatte die Jungs, die wegen der *Festa della Repubblica*, dem italienischen Staatsfeiertag, schulfrei hatten, zu diesem Frühstück eingeladen, und natürlich würde er das versprochene Taschengeld bezahlen.

Angelika brachte das Gespräch wieder auf den Mord. »Dann habe ich das richtig verstanden: Der Mörder ist ein feiner Herr. Und als Herrn könnte man entweder von Stadler bezeichnen oder diesen Schiener oder … Liam?«

283

Lovis nickte. »Wobei alle drei ein Alibi haben. Von Stadler war auf dieser Preisverleihung in Cremona, Liam hatte zwei Noteinsätze für die Schlüsselfirma, und Schiener war mit seiner Frau zu Hause bei dem kranken Kind.«

»Einer der drei muss also gelogen haben«, stellte Paul fest. »Sollte es nicht noch jemanden geben, von dem wir nichts wissen.«

»Ja, und Reini hat der Polizei gegenüber kein Wort verlauten lassen, dass er im Weinberg jemanden gesehen hat. Stattdessen hat er Paul fälschlicherweise belastet. Was steckt dahinter?« Lovis biss auf seiner Unterlippe herum.

»Bei Reini hängt zurzeit der Haussegen schief«, warf Angelika nachdenklich ein. »Seine Frau hat genug von seiner Spielsucht und von der Trinkerei und ist mit den Kindern zu ihren Eltern gezogen. Kann es damit was zu tun haben?«

Lovis runzelte die Stirn. Dass Reini übermäßig trank, wusste er inzwischen. Auch dass er spielte, hatte Schorsch einmal angedeutet. Aber was sollte das mit seiner Falschaussage zu tun haben? Außer …

»Kann es sein, dass der Mörder Reini für sein Stillschweigen Geld geboten hat?«, sagte er langsam.

Paul sah überrascht hoch, und Angelika legte die Stirn in Falten. »Du solltest auf jeden Fall mit ihm reden«, sagte sie.

»Das werde ich«, versprach Lovis. »Aber zuerst werde ich meine Steuererklärung abholen.«

Paul winkte ab. »Das hat jetzt doch wirklich keine Eile. Zuerst solltest du …«

»… bei Schieners Ehefrau«, unterbrach ihn Lovis. »Inge Braunhofer ist Schieners Ehefrau, die sein Alibi bestätigt hat.«

»Langsam wird wirklich ein Detektiv aus dir, Lollo«, lobte Angelika.

»Wir könnten uns mit Jakob und Flo treffen«, schlug Matthias vor. »Ich lade sie einfach in mein Baumhaus ein, und dann vernehmen wir sie. Mal sehen, ob sie das Alibi ihrer Eltern auch bestätigen können.« Er grinste Richtung Iwan, und der signalisierte ihm mit hochgerecktem Daumen, dass er mit von der Partie war.

»Und ich kümmere mich um Toni. Ich kann einfach nicht glauben, dass von Stadler dir seinen Arbeiter so ganz uneigennützig geschickt hat«, sagte Paul.

»Ja, dann wird wohl mir die Aufgabe zufallen, Liam auf den Zahn zu fühlen«, sagte Angelika seufzend. »Kriege ich eigentlich eine Zulage dafür, dass ich mich ständig mit diesem Kerl abgeben muss?«

Diese Bemerkung ließ Lovis' Herz in seiner Brust hüpfen, und ohne lang darüber nachzudenken, beugte er sich vor und küsste sie direkt auf den Mund. Erst als er die Stille um sich herum wahrnahm, fuhr er zurück, als hätte ihn der Blitz getroffen. Angelika schnappte nach Luft, ihre Wangen leuchteten rosa.

»Das war dann wohl die Zulage«, meinte Paul trocken.

Die Jungs kicherten, und Lovis warf Angelika einen prüfenden Blick zu. War er jetzt zu weit gegangen?

Um Frau Braunhofer vernehmen zu können, musste sie allein sein. Daher strich Lovis eine Weile um das Haus der Schieners herum und versuchte, über die Ligusterhecke einen Einblick ins Wohnzimmer zu bekommen.

Seine Steuerberaterin saß über Papiere gebeugt auf dem Sofa und arbeitete. Am Staatsfeiertag. Von Schiener war nichts zu sehen. Die Jungs wusste Lovis bei seinen drei jungen Assistenten gut aufgehoben. Noch während er überlegte, ob er es riskieren sollte, dem schmierigen Chef von BiosCanc über den Weg zu laufen, rauschte ein Wagen über die Rampe der Tiefgarage herauf, und Lovis erkannte Schieners Gesicht hinter dem Steuer. Den war er los. Er atmete einmal tief durch, dann trat er vor die Haustür und drückte auf den Klingelknopf.

»Sie?« Lovis konnte Frau Braunhofer am Gesicht ablesen, dass er unerwünscht war.

»Ich war grad im Dorf und dachte mir, vielleicht haben Sie ja die Steuererklärung schon parat?«

»Nein«, sagte sie. »Ich hab Ihnen doch gesagt, dass es bis nächste Woche dauern wird. Außerdem ist heute Feiertag.«

»Ja, das stimmt. Und ich entschuldige mich für die Störung. Aber ich hätte noch ein paar Fragen an Sie, die sich nicht aufschieben lassen … Wollen Sie mich nicht hereinbitten?« Lovis lächelte seine Steuerberaterin an.

Nein, sagte ihr Blick mehr als deutlich. Doch der Umstand, dass Lovis vor ein paar Tagen mit dabei gewesen war, als Scatolin sie gebeten hatte, das Alibi ihres Mannes zu bestätigen, schien ihm zuzuspielen. »Kommen Sie rein. Ich wollte mir grad einen Kaffee machen. Mögen Sie auch einen?«

Die Küche war bereits erfüllt von Kaffeegeruch, die Mokkamaschine fauchte auf der Glaskeramikplatte vor sich hin. Inge Braunhofer holte Tassen aus einem Wandschrank, stellte sie auf die Theke, vor der zwei Barhocker standen, Milch und Zucker dazu. Dabei vermied sie die ganze Zeit, ihn anzusehen. Als endlich der Kaffee in den beiden Tassen dampfte, gab es keinen Grund mehr für sie, in der Küche herumzuwuseln, und sie ließ sich widerstrebend neben ihm auf dem anderen Barhocker nieder.

»Was wollen Sie von mir?«

Lovis lächelte. Der Frau war die Verkörperung des schlechten Gewissens. »Die Wahrheit, Frau Braunhofer.«

»Welche Wahrheit?«

»Wo Ihr Mann am Donnerstagabend wirklich war.«

Inge Braunhofer schnaubte. »Woher wollen Sie wissen, dass das nicht die Wahrheit war?«

»Weil Sie es nicht schaffen, mir in die Augen zu schauen. Genauso wenig, wie Sie es am Dienstag geschafft haben.«

Sie zwang ihren Blick nach oben und sah ihm ins Gesicht. »Es ist die Wahrheit. Mein Mann war den ganzen Abend zu Hause.« Und wieder brach sie den Blickkontakt ab.

Lovis lächelte. Ein Blinder mit Krückstock konnte erkennen, dass hier etwas im Argen lag.

»Frau Braunhofer«, begann er. »Ich habe inzwischen ein paar Informationen zusammengetragen. Vor allem aber konnte ich mit dem alten Schmiedhofer sprechen, bevor er umgebracht wurde.«

Erschrocken sah sie ihn an. »Der alte Schmiedhofer? Umgebracht?« Ihre Atmung beschleunigte sich.

Aha, dachte Lovis, mit dieser Nachricht hatte er sie also überrascht. »Ja, erschlagen. Vermutlich mit dem Objektiv seiner Kamera. Man hat ihn gestern in seinem Hochstand gefunden. Aber ich weiß trotzdem, was er gesehen hat.«

Sie sagte nichts, sah ihn nur aus geweiteten Augen an, und so fuhr er fort: »Er hat die Obereggerin in Begleitung eines Herrn gesehen. Eines feinen Herrn – diese Beschreibung trifft wohl kaum auf meinen Knecht Paul zu, oder? Ich frage mich …« Er sah seiner Steuerberaterin eindringlich ins Gesicht. »… ob Frau Oberegger wohl in Begleitung ihres Liebhabers war. Die Bank auf dem Hügel ist ein beliebtes Plätzchen für Liebespaare, wissen Sie.«

»Dann sollten Sie wohl herausfinden, wer der Liebhaber von dieser Frau war, nicht?« Inge Braunhofer schien sich wieder gefangen zu haben. Ruhig blickte sie Lovis ins Gesicht, einzig die roten Flecken auf ihrem Hals ließen auf ihre Erregung schließen.

»Ja, das sollte ich.« Lovis lächelte einnehmend. »Ich will Ihnen nicht zu nahe treten, aber in der Firma wird gemunkelt, dass Frau Oberegger ein Verhältnis mit …«

»Nein!« Sie sprang von ihrem Hocker auf und funkelte ihn wütend an. »Hören Sie sofort auf, dieses dreckige Gewäsch vor mir auszubreiten. Mein Mann hatte nichts mit dieser Furie. Er liebt mich, und er liebt seine Kinder, und er würde nie …« Sie brach ab und schluckte einen Schluchzer hinunter. »Mein Mann war hier. Zu Hause. Ich werde Ihnen unseren Anwalt auf den Hals hetzen, wenn Sie nicht aufhören, solche Lügengeschichten über Gabriel zu verbreiten. Und jetzt verschwinden Sie aus meinem Haus!« Sie deutete mit ausgestrecktem Zeigefinger Richtung Tür. »Ihre Steuererklärung ist bis nächste Woche fertig. Und dann holen Sie sie bitte in unserem Büro in der Stadt ab. Nicht hier. Raus jetzt!«

Lovis gehorchte. Auch wenn sie mit keiner Silbe von ihrer ersten Version abgewichen war, war er doch sicher, dass bei Frau Braunhofers Aussage vor ein paar Tagen nicht alles der Wahrheit entsprach. Nur was für ein Geheimnis war es, das sie zu verbergen versuchte?

Als Lovis wenig später wieder auf dem Messner Hof ankam, saßen Paul und Angelika über ein Papier gebeugt und sahen ihm vorwurfsvoll entgegen.

»Was ist das hier für ein Zeug?«, fragte Paul und wedelte mit dem Dokument herum.

Lovis brauchte ein paar Augenblicke, um zu erkennen, worum es sich handelte. »Ach, das hatte ich ganz vergessen. Von Stadler drückt das schlechte Gewissen. Er möchte den Schaden wiedergutmachen, den er in den letzten Wochen angerichtet hat. Von den Vandalenakten im Weinberg bis zu deiner Verleumdung. Klingt gut, oder?«

»Gut?« Paul schnaubte empört. »Wie war das? Du hast von Landwirtschaft so viel Ahnung wie der Hahn vom Eierlegen? Das war wohl noch stark untertrieben! Ich hoffe, du hast das noch nicht unterschrieben!«

»Wieso?« Lovis sah vom einen zum anderen. »Ist das kein gutes Angebot?«

»Lollo!« Angelika stöhnte auf. »Wie kannst du nur glauben, dass von diesem von Stadler irgendetwas kommt, das nicht in allererster Linie ihm selbst nützt!«

Lovis verstand noch immer nur Bahnhof.

»Deine voraussichtliche Ernte ist beinahe das Dreifache wert«, erklärte Paul. »Dieser von Stadler wollte dich wieder einmal über den Tisch ziehen, und du – blauäugig wie du bist – lässt es einfach mit dir geschehen.«

»Ich …«, setzte Lovis zu seiner Verteidigung an, doch Paul unterbrach ihn gleich wieder: »Und das bringt mich zur nächsten Frage: Was genau soll die Anwesenheit von diesem Toni bezwecken?«

»Dazu kann ich vielleicht was sagen?«, kam es von der Tür. Mit schuldbewusstem Gesicht stand dort Toni.

»Wenn man vom Teufel spricht …«, stöhnte Paul, und auch Angelika setzte eine misstrauische Miene auf. Doch Lovis bedeutete Toni zu sprechen.

»Von Stadler wollte von mir, dass ich mir dein Vertrauen erschleiche, Bauer, und dir dann das Angebot vom Boss schönrede …« Er brach ab, sah schuldbewusst vom einen zum anderen. »Ich hätt irgendwas von Schädlingen im Weinberg sagen sollen und dass heuer ein ganz schlechtes Weinjahr sein könnt und solche Sachen, aber ich …« Er brach ab.

»Und weil Paul früher auf den Hof gekommen ist, als von Stadler vermutet hat, hast du's nicht getan«, stellte Lovis fest.

»Nein, nicht deswegen. Ich … denke immer noch an meinen Hof und was daraus jetzt geworden ist, und … ich wollte nicht, dass der Messner Hof … und du …« Er brach ab. Dann warf er Lovis noch mal einen entschuldigenden Blick zu und meinte: »Es tut mir leid.« Er wandte sich zum Gehen.

»Halt!«, rief da Angelika. Toni blieb in der Türöffnung stehen. »Setz dich her, und wir reden in Ruhe über das ganze Chaos. Und wie wir von Stadler für diesen neuen Coup bezahlen lassen.«

Doch daraus wurde nichts, denn bei Lovis kündigte sich ein Anruf an.

»Lovis, brutte notizie.« Lovis konnte das Grinsen in Scatolins Stimme genau hören und fragte sich, wie schlecht diese Nachrichten wohl sein konnten, wenn sie seinem Freund solch ein Vergnügen bereiteten. »Wir hatten grad noch einen Einsatz. Dein Boxenmieter, dieser Liam Verginer, ist dabei erwischt worden, wie er bei deinem Erzfeind von Stadler eingestiegen ist. Wollte offenbar eines der Gemälde in seinem Hotel stehlen.«

»Den Moroder-Lusenberg?«

»Ja, den Moroder-Lusenberg. In dem Moment, wo er das Bild von der Wand nahm, ging die Alarmanlage los, und er wurde gefasst.«

»Er war die ganze Zeit hinter dem Bild her.«

»Ja, hat irgendwas davon gefaselt, dass er der eigentliche Erbe des Bildes wäre oder so ähnlich.«

»Wie, ›der eigentliche Erbe‹?« Lovis verstand nicht.

»Na ja, dieser Moroder-Lusenberg war wohl irgendein Urahn von deinem Verginer, und er war total drauf versessen, ein Bild von ihm zu besitzen. Dann hat er Jasmin Oberegger kennengelernt, irgendwo auf einem Pferdehof.«

»Ja, im Unterland«, warf Lovis ein.

»Irgendwie hat sie dort wohl fallenlassen, dass ihre Großtante ein Bild von Moroder-Lusenberg besitzt.«

Wie kam man auf solche Gesprächsthemen? Lovis stellte sich vor, wie die beiden auf der Reitbahn ihre Runden machten und Liam Verginer ganz nebenbei die Bemerkung fallen ließ, »Übrigens, ich bin ein Urahn von Moroder-Lusenberg«, und dann zum nächsten Gesprächsthema überging.

»Und dann hat er begonnen, sie zum Verkauf zu drängen.«

Das war es also, was er von ihr gewollt hatte. Liam Verginer war kein Stalker, sondern einfach versessen auf dieses Bild. Und Jasmin Oberegger hatte ihn zappeln lassen. Deswegen war er ihr vom Unterland zum Perwanger Hof nachgezogen und von dort auf den Messner Hof. Und dann hatte er erfahren, dass das Bild schon längst in von Stadlers Besitz war. »Deswegen hat er sich auch so schwer von dem Bild trennen können, als wir die Jungs aus dem Hotel befreit haben«, dachte er laut.

»Die Jungs aus dem Hotel befreit?«, fragte Scatolin plötzlich hellhörig.

Doch Lovis lenkte ihn schnell mit seiner nächsten Frage ab: »Und dann?«

»Er muss jedenfalls Wind davon gekriegt haben, dass das Bild bei von Stadler im Hotel war, und wollte es stehlen.«

»Und dabei habt ihr ihn geschnappt.« Lovis dachte nach.

»Wird wohl eine saftige Geldstrafe einfahren«, sagte Scatolin.

»Hmm«, machte Lovis. Auch wenn seine Theorien mittlerweile in eine ganz andere Richtung gingen, war Liam Verginer doch auch immer noch ein möglicher Verdächtiger. »Dass er die Obereggerin umgebracht hat, hältst du immer noch für unmöglich?«

»Fängst du schon wieder an?« Scatolin schnaubte leise. »Sein Alibi ist hieb- und stichfest. Glaub mir.«

»Wenn du meinst.« Lovis dachte weiter nach. »Wie ist das übrigens mit von Stadler? Dass er dieser Großtante das Bild um einen Pappenstiel abgekauft hat, ist in Ordnung?«

»Nein, da wird er sich dafür verantworten müssen. Das ist ganz klar Übervorteilung. Der Prozess war ja schon am Laufen. Danke, dass du uns da deinen Sänger-kollegen geschickt hast.«

Lovis fiel der neueste Gaunertrick ein, den von Stadler an ihm selbst ausprobiert hatte. »Ist es auch Übervorteilung, wenn er versucht, mir die Ernte meines Weinbergs abzugaunern?« Er beschrieb von Stadlers Manöver, angefangen bei Toni, über das Angebot, ihm die Ernte abzunehmen. »Paul in die Scheiße zu reiten, war sein erster Schachzug und dieses zweifelhafte An-gebot sein letzter. Zum Glück hat Toni alles auffliegen lassen.«

Scatolin antwortete nicht gleich. »Ich schreib das grad mit, Amico. Das kommt auch auf die Liste mit den Vorwürfen gegen von Stadler. Der wird vermutlich ein paar Monate von der Bildfläche verschwinden, wenn sich solche Vorwürfe häufen.«

Lovis nickte zufrieden. Das war gut so. Doch womög-lich blieb es nicht dabei.

Da fielen ihm Hannes Ermittlungsergebnisse ein. »Habt ihr den Herrn schon gefunden, den der Schmied-hofer mit der Obereggerin gesehen haben will?«

Scatolin seufzte.

»Wenn es nämlich nicht der Verginer war«, fuhr Lovis ungerührt fort, »der ja auch als Herr durchgehen könnte, bleiben noch zwei mögliche Kandidaten – und ja, ich weiß, dass auch ihre Alibis hieb- und stichfest sind.«

»Du meinst deinen Lieblingsfeind und den Chef von der Obereggerin?«, vermutete Scatolin.

»Ja.«

»In der Beziehung ist von Stadler wirklich unschul-dig. Wir haben das mit dieser Veranstaltung in Cremona überprüft. Es gibt mittlerweile noch weitere Zeugen. Von Stadler kann frühestens um halb drei Uhr morgens zurück im Dorf gewesen sein. Zu spät für den Mord.«

»Dann Schiener.«

Scatolin seufzte. »Ja, ich fürchte auch, dass hier irgendwo der Hund begraben liegt. Aber solange seine Ehefrau ihn schützt und wir keine anderen Beweise haben, können wir nichts machen.«

»Aber sie lügt.« Lovis seufzte. Konnte Inge Braunhofer nicht einfach mit der Wahrheit herausrücken? Warum war immer alles so kompliziert?

»Ja«, stimmte Scatolin zu. »Aber beweis das mal.«

»Das werde ich«, sagte Lovis. »Wart nur ab.«

Angelika stellte gerade eine hohe Schüssel voller Speckknödel auf den Tisch, als von draußen helle Stimmen zu hören waren. Ein Blick durch das Küchenfenster bestätigte Lovis, dass es die Jungs waren.

»Als hättet ihr's erraten«, begrüßte Angelika Iwan, Erik und Matthias, die wie immer schubsend und blödelnd durch die Küchentür kugelten.

»Wir mussten einfach«, erklärte Matthias mit leuchtenden Augen. »Wir haben was rausgefunden. Das kann nicht warten.«

»Ja?« Lovis war gespannt wie ein Flitzebogen. Würde sich jetzt das Rätsel um Frau Braunhofer lösen?

»Also.« Iwan beugte sich vor. »Am Abend, als die Obereggerin umgebracht worden ist, war Herr Schiener nicht zu Hause und …« Er machte eine Spannungspause und sah von Lovis zu Angelika und dann weiter zu Paul. »Auch Frau Schiener war nicht zu Hause.« Beifall heischend schaute er in die Runde.

»Ist das sicher?« Lovis konnte es beinahe nicht glauben.

»Hundertprozentig.« Iwan stieß Matthias in die Seite. »Erzähl du.«

Und Matthias erzählte. Wie er die Schiener-Jungs direkt am Vormittag zu sich aufs Baumhaus eingeladen hatte und wie sie da über Gott und die Welt geplaudert hatten. »Ich wollte ja rausbringen, ob Herr Schiener am Donnerstagabend zu Hause war, und da … hab ich über *Indiana Jones* geredet.«

»Das ist ein Film, der am Donnerstag gelaufen ist«, erklärte Iwan.

»Ja, und ich weiß, dass Jakob und Flo keine solchen Filme schauen dürfen. Ihre Mama ist nämlich der Meinung, dass …«

»… dass die viel zu brutal sind und …«

»… deswegen dürfen sie nie. Aber diesen *Indiana Jones* haben sie gesehen!« Matthias blickte Lovis mit leuchtenden Augen an. »Und da hab ich gefragt …«

»… ob sie jetzt plötzlich solche Filme doch schauen dürfen«, ergänzte Iwan. »Und sie haben gesagt …«

»Jetzt lass mich doch endlich mal selber erzählen«, regte sich Matthias auf und fuhr fort, bevor ihm Iwan wieder ins Wort fallen konnte: »Da haben sie gesagt, dass sie am Donnerstag allein waren. Dass zuerst der Vater gegangen ist und kurz danach die Mutter, und dann haben sie einfach eingeschaltet und den Film geschaut. Und als die Eltern – übrigens beide gleichzeitig – zurückgekommen sind, sind sie schnell ins Bett.

Deswegen wollten sie von mir wissen, wie der Film ausging.« Matthias sah Lovis stolz an. »Wie haben wir das gemacht?«

Lovis war von den Ausführungen der Jungs beeindruckt. Er sah von Matthias zu Iwan und weiter zu Erik, nahm ihre vor Stolz glühenden Gesichter wahr und beglückwünschte sich dazu, sie mit ins Boot geholt zu haben.

»Das habt ihr wirklich super gemacht«, sagte er schließlich. »Ihr seid der Wahnsinn.«

»Du meldest das am besten sofort deinem Kollegen«, schlug Angelika vor, und häufte den Jungs zur Belohnung erst mal eine ordentliche Portion Speckknödel auf ihre Teller.

»Scatolo?«

»Schon wieder du?«, knurrte sein Freund gespielt genervt ins Telefon. »Nur gut, dass Botta seit dem Wochenende in Urlaub ist, sonst würde er dich wegen Belästigung der Staatsgewalt verhaften lassen.«

Lovis grinste. Er wusste, dass die ganze Belegschaft Bottas Urlaub genoss. Die Atmosphäre im Polizeikommissariat war ungleich entspannter, wenn er nicht da war. »Dann soll ich mit meinen Ermittlungsergebnissen lieber zu den Carabinieri gehen?« Er lachte leise.

»Wir haben uns gerade erst vor einer Stunde gehört. Was kannst du in der Zeit schon groß herausgefunden haben?« Scatolin schnaubte.

»Zum Beispiel, dass das Alibi von Schiener nicht stimmt?« Er grinste, als er Scatolin am anderen Ende der Leitung nach Luft schnappen hörte.

»Jetzt red schon!«, zischte er ungeduldig durch die Leitung.

»Okay, aber nicht schimpfen. Die Jungs …«

Scatolin schnaubte erneut. »Hast du schon wieder Kinder in die Ermittlungen reingezogen?«

»Die Kinder haben sich selbst reingezogen. Aber wenn du nicht hören willst, was die drei rausgefunden haben, kein Problem.« Er wartete.

Am anderen Ende der Leitung erklang ein resigniertes Seufzen. »Vai avanti.«

Und Lovis fuhr wie gewünscht fort: »Die Jungs haben mit den Söhnen der Schieners gequatscht, und dabei ist zufällig«, er betonte das Wort »zufällig«, »rausgekommen, dass Jakob und Flo am Donnerstagabend allein waren. Sie haben da irgendeinen Film angeschaut, den sie nur sehen konnten, weil die Eltern nicht zu Hause waren. Alle beide.«

»Und das war nicht an einem anderen Tag? Die beiden sind … Wie alt sind sie eigentlich?«

»Acht und zehn. Und ich habe das Programm überprüft. *Indiana Jones* lief am Donnerstagabend, und es gab keine Wiederholung. So, und jetzt mach draus, was du willst.«

Am anderen Ende der Leitung war es still. Schließlich meinte Scatolin: »Amico, preparati. In zehn Minuten bin ich bei dir und hole dich ab.« Und damit legte er auf.

Inge Braunhofer lugte durch den Türspalt nach draußen, sah Lovis und wollte die Tür eben wieder verschließen, als Scatolin sich in ihr Sichtfeld schob.

»Signora, wir müssen mit Ihnen sprechen.«

»Ich hab nichts zu sagen.«

»Wir wissen, dass Ihr Mann am Donnerstagabend nicht zu Hause war. Genauso wie Sie. Sie haben gelogen.« Scatolin wartete. Frau Braunhofer schien mit sich zu ringen, bis sie endlich die Tür freigab und Scatolin eintreten ließ, dicht gefolgt von Lovis. Im Flur blieben sie stehen. Frau Braunhofer schloss die Tür zum Wohnzimmer, aus dem Kinderstimmen und Fernsehgeräusche erklangen.

»Ich frage Sie noch einmal, Frau Braunhofer, und ich bitte Sie, diesmal bei der Wahrheit zu bleiben: Wo war Ihr Ehemann am Donnerstagabend zwischen neun und elf Uhr abends?« Scatolin sah sie abwartend an.

Inge Braunhofer rieb ihre Hände an den Hosennähten, setzte zum Sprechen an, stockte wieder. Endlich flüsterte sie: »Er war bei ihr.«

»Bei Frau Oberegger?«, wollte Scatolin wissen.

Sie nickte. Dann sah sie auf und Lovis ins Gesicht. »Sie hatten recht. Er hatte ein Verhältnis mit ihr. Aber er hätte uns nie verlassen. Nie.« Es klang, als wolle sie sich selbst davon überzeugen.

»Sie haben gewusst, dass er sich mit ihr treffen wollte?« Scatolin sah Frau Braunhofer prüfend ins Gesicht.

Dann schluchzte sie auf, nickte, in ihren Augen schwammen Tränen. »Sein Handy hat auf dem Esstisch gelegen, als die Nachricht eingegangen ist. Nur zwei Wörter hat sie geschickt: halb neun. Ich hab sofort gewusst, dass sie ihn schon wieder zu einem Treffen bestellt hat.«

»Warum haben Sie sein falsches Alibi bestätigt?«

»Würden Sie das nicht tun für Ihren Partner? Für den Menschen, den Sie lieben?«

Der dich betrogen hat mit seiner Sekretärin, dachte Lovis und erinnerte sich an die erste Begegnung zwi-

schen Inge Braunhofer und Gabriel Schiener, die er miterlebt hatte. Da hatte es eindeutig gekriselt zwischen
den beiden. »Hatte Ihr Ehemann eine Ahnung, dass Sie
Bescheid wissen?«, fragte er und erntete einen vorwurfsvollen Blick von Scatolin. Richtig, er wollte die Fragen
stellen. Lovis hob entschuldigend die Hände, doch Frau
Braunhofer, die von ihrem stillen Austausch nichts mitgekriegt hatte, nickte.

»Er hatte mir versprochen, dass er das Ganze beendet.«

»Und hat er das getan?« Jetzt war es wieder Scatolin,
der die Fragen stellte.

Frau Braunhofer zuckte die Schultern und sah Scatolin
an. Ihr Blick war voller Trauer, Wut und Schmerz. Sie war
nicht zu beneiden. »Er wollte es bei ihrem nächsten Treffen tun. Also am Donnerstagabend.«

»Aber sie hat ihn unter Druck gesetzt. Hat sie ihm
gedroht, dass sie an die Öffentlichkeit geht mit ihrem
Wissen, was es mit diesem Präparat auf sich hat?« Lovis
ignorierte Scatolins frustrierten Blick. »Dass BiosCanc
hochgradig krebserregend ist? Er hätte alles verloren,
und da hat er sie eiskalt umgebracht, damit sie ihm keine
Scherereien bereiten kann. War es so?«

Scatolins Mund klappte auf und zu, und Lovis grinste
innerlich über seinen Wissensvorsprung.

Aber Frau Braunhofer schüttelte den Kopf. »So war's
nicht. Mein Mann ist unschuldig. Er hat Jasmin Oberegger
nicht umgebracht.«

Ein Schlussel drehte sich im Schloss, und kurz darauf öffnete sich die Tür. Gabriel Schiener stand in der
Türöffnung. Wie gerufen, dachte Lovis und beobachtete den gehetzten Blick, den Schiener seiner Ehefrau
zuwarf.

»Sie schon wieder?« In seiner Stimme schwang ein angriffslustiger Ton mit.

»Ja, wir schon wieder«, sagte Scatolin. »Mit dem dringenden Verdacht, dass Sie verantwortlich sind für den Tod von Jasmin Oberegger und Matthias Schmiedhofer.«

Wieder dieser gehetzte Blick, ein Zucken, als wolle er die Flucht ergreifen, dann plötzlich legte sich Ruhe über Gabriel Schiener. »Dann ist es also so weit«, stellte er fest.

»Nein«, rief Frau Braunhofer mit schreckgeweiteten Augen.

»Schatz, es hat keinen Sinn mehr zu leugnen.« Mit einem leisen Kopfschütteln schickte Schiener seiner Frau eine Botschaft, die nur sie verstand. Dann wandte er sich ab, hielt Scatolin seine ausgestreckten Arme hin. »Wollen Sie mir Handschellen anlegen?«

Scatolin schüttelte nur den Kopf. »Kommen Sie einfach mit.« Er legte Herrn Schiener die Hand auf den Rücken und schob ihn zur offenen Tür hinaus.

»Nein!«, rief Inge Braunhofer und brach an der Stelle zusammen, an der sie stand. Ihre Söhne streckten ihre Köpfe fragend in den Flur, doch Lovis schickte sie wieder zurück ins Wohnzimmer. Die Kinder sollten die Verzweiflung ihrer Mutter nicht sehen.

»Ich mach das schon«, sagte er. Dann beugte er sich zu seiner Steuerberaterin hinunter, umfasste ihre Schultern und richtete sie auf. Sie wurde von einem Weinkrampf geschüttelt.

»Kann ich etwas für Sie tun?«, fragte er.

»Sie verstehen nicht«, sagte sie unter Schluchzern. »Mein Mann hat Jasmin Oberegger nicht umgebracht.«

»Frau Braunhofer, er hat gerade gestanden.« Wie sollte er diese Frau trösten, deren Ehemann soeben verhaftet worden war, die sich weigerte, der Wirklichkeit ins Gesicht zu sehen? Lovis seufzte. »Haben Sie einen guten Anwalt? Vielleicht sollten Sie den jetzt anrufen.« Er tätschelte ihr unbeholfen die Schulter.

Doch sie schüttelte ihn ab. »Nein! Er ist unschuldig. Er hat Frau Oberegger nicht umgebracht.« Sie sah ihn aus tränenverschleierten Augen an. »Das war ich.«

»Ich kann's immer noch nicht glauben«, seufzte Angelika, als Lovis am späten Nachmittag mit ihr, Paul und Toni auf dem Söller bei einer improvisierten Marende saß. Nachdem Lovis von den Speckknödeln beim Mittagessen nichts mehr abbekommen hatte, knurrte ihm jetzt gehörig der Magen. »Dann war es tatsächlich die Frau Braunhofer, die die Obereggerin umgebracht hat. Das hätte ich mir im Leben nicht gedacht.«

Scatolin war postwendend umgekehrt, als Lovis ihm die Neuigkeiten mitgeteilt hatte, Schiener immer noch auf der Rückbank des Polizeiwagens. Und dann war die ganze Wahrheit ans Licht gekommen. Frau Braunhofer war über die steile Abkürzung zu der Bank auf dem Hügel gewandert, wo sie das Treffen zwischen ihrem Mann und seiner Geliebten vermutet hatte – ungesehen von dem alten Schmiedhofer –, und war genau in dem Augenblick dort angekommen, als die Obereggerin ihrem Mann gedroht hatte. Doch statt das Ganze zu beenden, knickte er ein und versprach ihr, sich von seiner Frau scheiden zu lassen. Unbemerkt von den beiden hatte Frau Braunhofer sich zurückgezogen. Zuerst hatte sie geweint, dann schlug die Trauer in eine unbezähmbare Wut auf dieses Miststück um. Und genau in diesem Moment stolperte sie buchstäblich über den Schlüssel für die Wasserleitung. Sie packte ihn und kletterte damit noch mal den Hügel hinauf zu der Bank. Dort fand sie ihren Mann eng umschlungen mit seiner Geliebten, holte aus und schlug mit der Eisenstange auf Jasmin Oberegger ein.

Bei ihrem Geständnis war Schiener mehr und mehr in sich zusammengesunken. »Schatz«, hatte er zum Schluss geflüstert. »Wieso konntest du nicht den Mund halten?«

»Und dann hat er das mit dem Schmiedhofer gestanden?«, fragte Angelika.

»Ja. Dann hat er gestanden, dass er den Schmiedhofer umgebracht hat. Um seine Frau zu schützen.« Lovis schüttelte den Kopf. »Die beiden geben mir echt Rätsel auf. Ich meine: Versteh einer mal, was da passiert ist! Er betrügt sie. Sie bringt seine Geliebte um. Das kann ich ja noch verstehen. Aber dann verpasst er seiner Frau ein falsches Alibi, bringt den einzigen Zeugen um und nimmt den Mord auf sich. Und das alles, obwohl die Ehe Müll war.«

»Na ja, versteh einer die Liebe.« Angelika seufzte.

»Ja, versteh einer die Liebe.« Lovis seufzte ebenfalls.

Plötzlich riss Angelika erschrocken die Augen auf. »Die Kinder! Was passiert mit den Kindern?«

Lovis schluckte. Auch wenn er ein bisschen stolz darauf war, zur Aufklärung eines Verbrechens beigetragen zu haben. Dieses Kapitel der Geschichte bereitete ihm doch Magenschmerzen. Flo und Jakob waren auf einen Schlag beider Eltern beraubt worden, und er trug die Schuld daran. Na ja, nicht wirklich, dachte er. Die Morde haben die beiden Schieners auch ohne sein Zutun verübt. Aber trotzdem standen die beiden jetzt mutterseelenallein da, und niemand konnte ihren Kummer besser nachvollziehen als er selbst.

»Ich habe Maria angerufen«, sagte er. »Und sie hat sie zu sich geholt. Als Zwischenlösung.«

Maria hatte mit einer Selbstverständlichkeit zugesagt, sich um die beiden Jungs zu kümmern, die Lovis überrascht hatte. Er hatte immer gewusst, dass Schorschs Frau ein großes Herz hatte, aber es war doch etwas anderes, jemanden zu Erdäpflblattln einzuladen, als zwei wildfremde Kinder zu sich ins Haus zu holen.

Angelika nickte zufrieden. »So wie ich Maria kenne, wird aus der Zwischenlösung eine Lösung. Das hoffe ich zumindest für die beiden Jungs.«

Ein Schatten legte sich über ihr Gesicht und Lovis wusste, dass Angelika an ihre eigene Zeit im Kinderdorf dachte.

»Hat dein Kollege den Reini auch schon verhört? Sonst nehm ich mir den Kerl höchstpersönlich vor«, unterbrach Paul seine Gedanken und zog ein grimmiges Gesicht. »Dass ich die ganzen Schwierigkeiten nur wegen ihm gehabt hab, werd ich ihm nie vergessen.«

Lovis nickte. »Wie du vermutet hast, Angelika, ist er hoffnungslos verschuldet. Spielschulden, Trinkschulden, und seine Frau ist mit den Kindern abgehauen und wohnt jetzt bei ihren Eltern. Der Schiener hat ihm wohl ein hübsches Sümmchen versprochen, wenn er die Falschaussage macht. Dass er das, was Hanne in der Kneipe herumposaunt hat, weitergetragen hat, davon hat er sich wohl einen weiteren Bonus verhofft. Dass der alte Schmiedhofer deswegen dran glauben musste, hat er wohl nicht erwartet gehabt. Der wird seine Strafe auch kriegen.«

»Armer Kerl«, sagte Angelika.

»Na, hör mal, armer Kerl. Ich bin wegen dem eingesessen«, protestierte Paul. »Irgendwo hört der Spaß auch auf.«

»Und der Boss?«, wagte nun auch Toni eine Frage.

»Mein Kollege sagt, dass der wohl ein paar Monate aufgebrummt kriegen wird.«

»Sauber«, meinte Toni. »Dann werd ich wohl durch die Finger schauen, bis er wieder draußen ist.« Er ließ seinen Kopf sinken.

Lovis, Angelika und Paul wechselten einen Blick, dann räusperte sich der Knecht. »Ich hätte da zwar ein paar Studenten gefragt, ob sie beim Zupfen helfen, aber einer von denen hat schon wieder abgesagt, und auf den Chef hier kann man sich auch nicht wirklich verlassen, was das angeht. Also ... brauchen tät ich dich schon, Toni. Wenn du halt magst.«

Ungläubig sah Toni auf. »Wirklich?«

Paul nickte. Dann erhob er sich. »Fängst gleich an? Bin spät dran mit Melken.« Er zwinkerte dem Toni zu und deutete mit dem Kinn Richtung Lovis und Angelika. »Und die beiden haben was zu klären, denk ich.«

»Das heute Morgen ...«, setzte Lovis an, als die Schritte der beiden Männer auf dem Flur verklungen waren. »Entschuldigung.«

»Wieso entschuldigst du dich?«, fragte Angelika.

»Na ja, ich hab dich geküsst.«

»Hast du?«

Lovis fühlte, wie seine Wangen rot wurden. Musste sie es ihm auch noch schwer machen? Sein Blick glitt von ihrem Gesicht nach unten und blieb an dem Spruch hängen, der an diesem Tag ihre Brust zierte:

ECHTE PRINZESSINNEN
KÜSSEN KEINE FRÖSCHE

Sollte er das als Botschaft verstehen? War er in Angelikas Augen ein Frosch? Er schluckte. »Ich dachte …«

»Was dachtest du denn?« In ihren Augen blitzte etwas auf. Die Grübchen in ihren Wangen verstärkten sich. Plötzlich beugte sie sich vor, nahm seinen Kopf zwischen ihre Hände und drückte ihm einen Kuss auf die Lippen. »Hast du das gemeint?«

Lovis fühlte, wie das Blut in seinen Adern rauschte. Er räusperte sich unbeholfen. »Das … also … ja.«

»Ach das«, sagte Angelika. Dann zwinkerte sie ihm zu, stand auf und setzte sich auf seinen Schoß. »Das war doch kein Kuss. Ein Kuss geht so.« Und dann zeigte sie ihm, was ein richtiger Kuss war.

EINE WOCHE SPÄTER

»Was tust du denn so früh im Stall?«, wunderte sich Paul über seinen Bauern Lorenz Lovis, der gehetzt durch die Tür gehuscht war und sie mit einem leisen Knall hinter sich zugeworfen hatte.

»Die Walschen«, sagte er nur, erntete von Paul ein verständnisvolles Kopfnicken und gleich darauf den Hinweis: »Die Mistgabel steht da hinten.«

Lovis seufzte. Natürlich hatte die Ruhe vor den italienischen Urlauberfamilien, die den Messner Hof seit einer guten Woche heimsuchten, ihren Preis. Er kniff die Lippen zusammen, packte die Mistgabel und begann, den Mist in der Jaucherinne zusammenzuschieben.

»Das Förderband?«

»Im Eimer«, knurrte Paul. »Ist Zeit, dass du deine Finanzen auf die Reihe kriegst. Wenn du wieder mal flüssig bist, ist das die erste Neuanschaffung, die wir machen, das sag ich dir.«

Wieder seufzte Lovis. Er würde frühestens in zehn Jahren wieder flüssig sein, wenn nicht ein Wunder geschah. Seit gut zwei Monaten war er jetzt Bauer auf dem von seinem Onkel Sebastian geerbten Messner Hof. Doch obwohl er als Privatdetektiv inzwischen vier Ermittlungen erfolgreich durchgeführt hatte, schaute es auf seinem Konto kaum anders aus als damals, als er die Erbschaft angetreten hatte: ein Berg voller Schulden.

»Nooon toccare questo, tesoro«, schrillte es von draußen herein. Ein Klatschen ertönte, und ein durchdringendes Schreien schraubte sich auf Sirenenlautstärke hoch.

Lovis und sein Knecht tauschten einen genervten Blick. Es war so weit. Sein Fluch hatte ihn eingeholt.

»Gehst du, oder gehe ich?«, fragte er.

Paul schüttelte den Kopf. »Deine Gäste«, sagte er, packte die Schubkarre und deutete mit dem Kinn auf die Tür. »Bei der Gelegenheit kannst mir gleich die Tür aufmachen, Chef.«

Mit einem dritten tiefen Seufzen führte Lovis den Befehl seines Mitarbeiters aus und trat in die Vormittagssonne hinaus.

»Buon giorno a tutti«, grüßte er. Dabei entblößte er seine Zähne und hoffte, dass die Urlauber die Grimasse als freundliches Lächeln erkannten.

»Asia ha mangiato la cacca! Asia ha mangiato la cacca! Asia ha …« Der kleine Santiago zeigte begeistert auf das Gesicht seiner dreijährigen Schwester Asia, der Tränenbäche über das mit Hühnerdreck verschmierte Gesicht rannen.

Lovis wollte schon zu einem wohlmeinenden Scherz ansetzen, doch der vorwurfsvolle Blick von Asias Mutter bewirkte, dass ihm das Wort im Hals stecken blieb.

»Sta fattoria è una sola porcheria!«, beschwerte sie sich und rubbelte mit einem Taschentuch im Gesicht ihrer Tochter herum. Deren Geheul schraubte sich weiter in Ultraschallhöhe.

Sein Bauernhof ein Schweinestall? Lovis lag eine Bemerkung auf der Zunge. Er bot Ferien auf dem Bauernhof an, auf gut Italienisch ein Agriturismo, und auf einem Bauernhof lebten eben Tiere, die – im Fall der Hühner – eben auch frei herumliefen und dort hinschissen, wo sie gerade das Bedürfnis hatten. Menschen, die ihrerseits ein Bedürfnis nach porentiefer Sauberkeit hatten, sollten ihren Urlaub bitteschön nicht auf dem Bauernhof buchen, sondern in einem Hotel oder noch besser in einem Krankenhaus. Aber er sagte nichts davon. Er sagte auch nichts, als Maristella Coppola das benutzte Papiertaschentuch einfach zu Boden fallen ließ, ein neues herauszog und mit einer Flasche Evian benetzte, um dem Hühnerdreck im Gesicht ihrer Tochter weiter auf den Leib zu rücken.

»Io invece non mangerei mai cacca«, stellte Santiagos Zwillingsschwester Ginevra fest und imitierte dabei perfekt die affektierte Art ihrer Mutter. Nein, dieses Kind würde bestimmt keine Hühnerkacke essen. Lovis konnte sich nicht einmal vorstellen, dass es sich auch nur in die Nähe davon begab. Ihr schwarzes Tüllröckchen war farblich auf die Pantherköpfe auf ihrem T-Shirt abgestimmt. Ein großer Gucci-Schriftzug zog sich von einem aufgerissenen Pantherrachen zum nächsten. Markenklamotten für Siebenjährige. Lovis konnte nur den Kopf schütteln. Er verbiss sich ein Grinsen, als Paul nun die nächste Fuhre übel riechenden Mistes aus dem Stall und an den Urlaubern vorbei zum Misthaufen manövrierte.

»Che schifo!«, ächzte Ginevra angewidert und wedelte mit ihren pink lackierten Fingernägeln vor ihrem Näschen herum.

»Schifo! Schifo! Schifo!«, sang Santiago und hüpfte zu seinem neuerlichen Freudengeheul auf und ab, bis seine Mutter wieder ausholte und ihm einen weiteren Klaps versetzte. Unbeeindruckt von der Ohrfeige, hüpfte er weiter und formte mit seinen Lippen ein lautloses »Schifo!«.

Lovis legte sich soeben eine italienische Gardinenpredigt zurecht, als eine weitere Lawine an Gästen sich in den Vorhof ergoss. Die zwei Familien Greco und Ricci, die beim jungen Schmiedhofer logierten, hatten wohl ebenso wie die Familie Coppola ihr Frühstück beendet und waren jetzt bereit, gemeinsam den Messner Hof heimzusuchen. Auf einen Schlag gab es ein fröhliches Durcheinander von Kinderschreien, überkandideltem Frauenlachen und viel zu lauten Männerstimmen – und das alles gleichzeitig. Die Frauen hauchten sich Küsschen auf die Wangen, als hätten sie sich seit Dekaden nicht gesehen, dabei waren sie alle miteinander vor gut einer Woche im Konvoi angekommen und verließen das Dorf nur in der schützenden Gruppe. Lovis rief sich unwillkürlich das Abreisedatum der drei Familien in Erinnerung. Noch drei Wochen musste er aushalten! Ohne ein weiteres Wort wandte er sich um und flüchtete in den Stall. Das fordernde »Signor Lovis«, das eine der Mütter ihm hinterherrief, überhörte er geflissentlich.

»Ich halte das nicht aus. Nicht noch drei Wochen«, stöhnte er drinnen. Es war zehn Uhr morgens, und er war bereits am Ende mit seinen Nerven. Und er hatte gedacht, die deutschen Urlauber wären anstrengend …

»Ja, das kann ich verstehen.« Paul musterte ihn nachdenklich. »Und darüber wollt ich mit dir reden. Also … bevor es hier wieder einen Mord gibt und irgendwer auf

die Idee kommt, dass du es gewesen sein könntest, weil
die Gäste dir den letzten Nerv geraubt haben … Na ja,
also der Waldner, der Förster … der hat mich gefragt, ob
du … also, ob du nicht oben auf der Alm …«

»Geh, Paul, red nicht so um den heißen Brei herum.
Was soll ich auf der Alm?«

»Na, die Kühe gehören rauf. Und außerdem geht da
einer um, der im Wald alles kaputtmacht. Wirft die Pilze
um, schneidet die Drähte der Viehzäune durch, so Zeug
halt. Und der Waldi ist unterbesetzt und hat gemeint,
wenn du vielleicht selber auf die Alm … und da ein bissl
den Kerl im Auge behalten würdest?«

»Asiaaaaaaa!«, gellte es durch das gekippte Stallfens-
ter herein.

Lovis hatte den Ausblick auf die Aferer Geisler von
der kleinen Bank vor Onkel Sebastians Almhütte vor
sich. Frieden, Stille, Ruhe … Er schnaufte tief durch, sah
Paul an und meinte: »Wann kann's losgehen?«

– Ende –

NACHWORT UND DANKSAGUNG

Liebe Leserinnen und Leser!

Das war also das zweite Abenteuer von Lorenz Lovis, der genauso überraschend Privatdetektiv geworden ist wie ich Autorin. Die Feuertaufe hat er bestanden, nun muss er sich bewähren, und ich bin gespannt auf eure Rückmeldungen.

Auch diesmal möchte ich mich bei ein paar Menschen bedanken, ohne die es Lorenz Lovis nicht gäbe. Meine Familie kommt diesmal zuerst dran. Danke, dass ihr meine Sorgen und Freudentänze über euch ergehen lasst, dass ihr euch mit sorgt und mit mir tanzt und auch sonst immer für mich da seid und mich und Lorenz Lovis unterstützt.

Lorenz Lovis löst seine Fälle nur, weil er von allen Seiten Hilfe bekommt. Da geht es mir als Autorin gleich. Hilfe habe ich natürlich von meiner Verlagsfamilie bekommen. Euch allen, die ihr mich und mein Buch umsorgt: ein ganz herzliches Dankeschön!

Vielen lieben Dank auch an meine Testleser Uli und Stefan, die die *Bewährungsprobe* in einer Rohform auf Logikfehler und Plotlöcher untersucht haben.

Novella und ihr Mann Andreas haben meine Fragen zu den Vorgängen bei der italienischen Staatspolizei beantwortet, ebenso Annalisa, die zusammen mit Donato und Elisa auch meinem Schulitalienisch auf den Leib gerückt sind. Manfred Lukaschewski antwortet in seiner Facebook-Gruppe immer schnell auf kriminaltechnische Fragen – danke euch allen für die Unterstützung. Sollten in diesen Bereichen noch Fehler in der Geschichte sein, entstammen diese allein meiner Phantasie oder dramaturgischen Notwendigkeiten.

Während andere Autoren und Autorinnen im Lockdown wie gelähmt waren, hatte ich einen Höhenflug. Drei Krimis sind in dieser Zeit entstanden (mal sehen, ob sie es auch in die Buchregale schaffen), und das nur, weil ich Teil einer so inspirierenden Autorengruppe bin. Die Mord(s)lustigen, allen voran Ariana Lambert und Drea Summer, haben mir manchmal den nötigen Tritt in den Hintern verpasst, den ich brauche, um mit dem Schreiben weiterzukommen. Ebenso Beatrix Erhard, die zweimal einen NaNoWriMo organisiert hat – was das ist, erzähle ich euch in meinem Videotagebuch, das ihr auf YouTube sehen könnt.

Ihr seht: Die *Bewährungsprobe* stammt zwar aus meiner Feder, aber sie ist nicht allein mein Werk. Mein Name steht groß auf dem Cover, aber all diese Menschen sind mit daran beteiligt. Und noch einige mehr, von denen nicht einmal ich weiß. Ebenso wichtig seid ihr, liebe Leserinnen und Leser! Eure Rückmeldungen lassen mich wachsen und machen anderen Menschen Lust auf das Buch. Ich freue mich über jede Rezension, aus der ich etwas für mein Schreiben mitnehmen kann. Noch mehr freue ich mich, wenn ich euch kennenlerne – weil ihr mir auf meinen Newsletter antwortet, in den sozialen Netzwerken meine Beiträge kommentiert oder mich auf einen Kaffee und ein gutes Gespräch trefft.

Pfiat enk und liebe Grüße, Heidi Troi
www.heiditroi.me

Lorenz Lovis, Mitte vierzig, Junggeselle und geschasster Beamter der Staatspolizei Brixen steht vor einer schwierigen Entscheidung: Soll er den Bauernhof seines verstorbenen Onkels weiterführen – ganz ohne Erfahrung als Landwirt? Doch bevor er seiner neuen Berufung zum Bauern folgt, sind seine ermittlerischen Fähigkeiten gefragt: Ein Unbekannter wirft dahingemetzelte Uhus auf das Grundstück von Baron Carlo Cavagna. Ein dummer Jungenstreich oder doch ein Sabotageakt gegen Cavagnas umstrittenes Luxushotelprojekt? Als in der Jagdhütte des Barons eine Leiche gefunden wird, beginnt es im beschaulichen Brixner Talkessel ordentlich zu rumoren.

HEIDI TROI
FEUERTAUFE
368 Seiten · 13,5×20,5 cm
Klappenbroschur
ISBN: 978-3-7104-0214-2 · € 14,00

Regionalkrimi mit Biss und Herz

Unkonventionell führt Theres Hack in Oberammergau die Familienmetzgerei – und beweist auch sonst den richtigen Riecher in Sachen Tod und Mord, was natürlich den Dorftratsch befeuert. Trotz Startschwierigkeiten entdeckt Theres ihre Sympathien für die neue alte Heimat – und knüpft manch unerwartete Freundschaft wie die zur renommierten Künstlerin Hanna. Jedoch wird Hanna bald tot im Wald bei Murnau aufgefunden. Nicht nur Theres zweifelt an der Unfalltheorie der Polizei. Zusammen mit ihrem Vater und dem Dorfpfarrer stochert sie daher eigenmächtig in Hannas Vergangenheit. Die drei stoßen auf alte Streitereien – und auf ein tragisches Geheimnis, das bis nach Murnau zu Gabriele Münter und zur Künstlervereinigung Blauer Reiter führt. Ein Geheimnis, das Hanna nach all den Jahren womöglich den Tod brachte?

MONIKA PFUNDMEIER
DIE BLAUE REITERIN
296 Seiten · 13,5×20,5 cm
Klappenbroschur
ISBN: 978-3-7104-0237-1 · € 14,00

Mord zum Saisonauftakt: Wer stört die Winteridylle in Bad Kleinkirchheim?

Eigentlich hat sich der Wiener Chefinspektor Wendelin Kerschbaumer seinen Winterurlaub anders vorgestellt: Bei einer zweiwöchigen Sportkur mit strenger Diät will er seine überzähligen Scheidungskilos loswerden. Doch dann wird eine junge Slowenin tot in einem Stadl abseits einer Skipiste aufgefunden und Kerschbaumer muss ermitteln. Der Mord droht, den Saisonauftakt des ambitionierten Wintersportortes zu ruinieren. Um dies zu verhindern muss sich der Chefinspektor mit der zwielichtigen Verwandtschaft der Toten, den Zwistigkeiten des örtlichen Hotelgewerbes und einem übereifrigen Journalisten herumschlagen. Kann er diesen Kriminalfall lösen?

STEFAN MAIWALD
DIE TOTE IM STADL
272 Seiten · 13,5×20,5 cm
Klappenbroschur
ISBN: 978-3-7104-0239-5 · € 14,00